D1665196

Tres enigmas para la Organización

Eduardo Mendoza

Tres enigmas para la Organización

© Eduardo Mendoza, 2024
© Editorial Planeta, S. A., 2024
Seix Barral, un sello editorial de Editorial Planeta, S. A.
Avda. Diagonal, 662-664, 08034 Barcelona (España)
www.seix-barral.es
www.planetadelibros.com

Primera edición: enero de 2024
ISBN: 978-84-322-4282-3
Depósito legal: B. 19.268-2023
Composición: Realización Planeta
Impresión y encuadernación: CPI Black Print
Printed in Spain - Impreso en España

La lectura abre horizontes, iguala oportunidades y construye una sociedad mejor. La propiedad intelectual es clave en la creación de contenidos culturales porque sostiene el ecosistema de quienes escriben y de nuestras librerías. Al comprar este libro estarás contribuyendo a mantener dicho ecosistema vivo y en crecimiento. En **Grupo Planeta** agradecemos que nos ayudes a apoyar así la autonomía creativa de autoras y autores para que puedan seguir desempeñando su labor.
Dirígete a CEDRO (Centro Español de Derechos Reprográficos) si necesitas fotocopiar o escanear algún fragmento de esta obra. Puedes contactar con CEDRO a través de la web www.conlicencia.com o por teléfono en el 91 702 19 70 / 93 272 04 47.

El papel de este libro procede de bosques gestionados de forma sostenible y de fuentes controladas.

1

Barcelona, primavera del año 2022.

En la calle Valencia, a escasos metros del Paseo de Gracia, refulgente de hoteles suntuosos y tiendas lujosas de grandes marcas internacionales, casi enfrente del pequeño pero simpático museo de antigüedades egipcias, donde no faltan momias, sarcófagos y tablillas, así como un número indeterminado de figuritas, se levanta un edificio estrecho, de estilo decimonónico, fachada de piedra gris con algunos relieves florales, balcones alargados con barandas de herraje y zaguán oscuro. No hay portero y es inútil pulsar el interfono. En las gruesas jambas de la puerta de entrada, una docena de placas de latón indican que el edificio, destinado en sus orígenes a vivienda de familias acomodadas, está ocupado ahora por oficinas. Las placas que corresponden al segundo piso son cuatro. Años atrás, las dos viviendas que lo integraban fueron divididas con objeto de sacarles mayor rentabilidad. Hoy son cuatro despachos distintos, cuyas actividades respectivas anuncian las cuatro placas, iguales en tamaño y letra.

2.º 1.ª Arritmia. Obesidad. Demencia. Todo lo cura el doctor Baixet.

2.º 2.ª Academia Zoológica Neptuno: Se adiestran simios.

2.º 3.ª Delitos fiscales, embargos, decomisos, expedientes. Borrachuelo & Associates.

2.º 4.ª Duró Durará. Reparación de lavavajillas, aspiradoras, planchas, cafeteras y demás efectos del hogar.

Un observador perspicaz podría advertir que, pese a lo habitual de la oferta, a las cuatro oficinas apenas acude nadie, ni empleados ni clientes; y si alguien lo hace, hombre o mujer, procura pasar inadvertido, escudriña a derecha e izquierda antes de entrar en el edificio, y repite la maniobra al salir a la calle. El mismo observador se sorprendería al comprobar que algunos de los que entran no salen; y que otros, que nunca entraron, salen con las mismas muestras de cautela; lo cual sería imposible, salvo que en el ínterin se hubiese producido una asombrosa transformación. Pero la posible existencia de tal observador es remota, porque en el edificio, como queda dicho, sólo hay despachos y locales de negocios, con horario reducido, a los cuales cada uno va a lo suyo. En la calle el tráfico rodado es denso y los viandantes, en su mayor parte, son turistas apresurados o cuando menos forasteros, y para ellos la irregularidad de algunas costumbres no constituye motivo de extrañeza.

*

—Buenos días. Vengo por el anuncio. Soy Marrullero.

La chica que le atendía miró con los párpados entrecerrados al hombre que tenía delante. Deliberadamente dejó transcurrir unos segundos antes de preguntar.

—¿Así te llaman?

El hombre movió la cabeza de lado a lado.

—Así me llamo —respondió—. Me llaman cosas peores.

Quien así hablaba era un varón de edad indefinida, quizá cuarenta y pocos años, delgado de cuerpo, ancho de hombros, pálido de tez; vestía con discreción ropa gastada por el uso; miraba fijamente un punto en el vacío y hablaba con voz ronca, como de perro asmático. Con gesto lento sacó del bolsillo interior de la chaqueta un papel mugriento, lo desdobló y lo colocó sobre la mesa.

—Vea la cédula de identidad —dijo señalando la cédula—. Aquí lo dice bien claro. Marrullero Vicente. Tengo otra a nombre de Buenaventura

Adelantado. Y un pasaporte a nombre de Olaf Gustafsson, por si me confían una misión en el extranjero.

La chica de la recepción cerró los ojos y levantó la mano.

—Está bien —dijo secamente—. Dejemos lo del nombre. Aquí le proporcionaremos otra identidad. Podrá seguir usando la suya, pero sólo cuando no esté de servicio. ¿Qué sabe hacer?

—Bien, lo mío. Mal, lo que me manden —dijo él.

—No le pregunto qué hacía antes —atajó ella—, pero sí el motivo del cambio.

—Ya tengo una edad —dijo él bajando la voz—. Conviene ir pensando en la jubilación.

—Aquí el trabajo es peligroso —dijo ella—. Pocos llegan a la edad de la jubilación.

—Bueno —dijo él—, tampoco era cuestión de quedarme sentado tocándome el pirindolo, ya me entiende.

—Eso es asunto suyo —dijo ella secamente.

El recién llegado bajó los ojos y pasó una mirada distraída por los peculiares rasgos de la persona que le estaba interrogando: una joven delgada, morena, con una abundante cabellera rubia, piercings en la nariz y las cejas y abigarrados tatuajes que le cubrían los antebrazos y asomaban por el escote de la blusa. Aquella pinta estrafalaria no engañó al recién llegado, que adivinó sin esfuerzo que la joven llevaba peluca, que los tatuajes se disolvían en agua corriente y los piercings eran de quita y pon. Se preguntaba si otros detalles personales también serían ficticios, pero abandonó de inmediato las conjeturas: en su trato con las mujeres, dejarse llevar por la curiosidad le había reportado no pocos líos.

—¿Cuándo empiezo a trabajar? —preguntó.

—Si le aceptan, ya —respondió ella—. El jefe nos ha convocado a todos dentro de un cuarto de hora. Antes le pasaré su solicitud. Si él la aprueba, acuda a la reunión; allí recibirá instrucciones y, de paso, conocerá a sus compañeros.

*

Después de hacer pasillo, el nuevo entró en la sala de reuniones, donde el jefe ya estaba presente, aunque el nuevo no le había visto entrar. La sala era rectangular; en un extremo había una mesa, un proyector de diapositivas y una pantalla enrollada. Frente a la mesa, una docena de sillas colocadas en dos filas separadas por un pasillo central. La chica que le había atendido le tocó discretamente el brazo y le indicó que se sentara y guardara silencio y compostura.

Detrás del recién llegado y su acompañante, entraron dos hombres: uno, de avanzada edad, enjuto, mal afeitado, nariz afilada, ojos protuberantes y unas orejas grandes y alabeadas, como de divinidad hindú, vestido con ropa vieja, arrugada y cubierta de lamparones; el otro era un jorobado de mirada esquiva. Los dos se sentaron sin saludarse ni mirarse siquiera a los ojos, ni tampoco al jefe. Sólo de cuando en cuando, una vez sentados, lanzaban una mirada furtiva al nuevo.

El jefe era un hombre de mediana edad, corta estatura, pelo cano, facciones regulares, aspecto atildado. Ni la entrada del nuevo ni la de los otros dos le hizo levantar la cabeza de unos papeles mecanografiados, en cuya lectura parecía absorto.

Al cabo de unos minutos entraron en la sala dos personas más. Una de ellas era un hombre de piel rosada, mofletudo, con una expresión triste en unos ojos bovinos, que acentuaba una gruesa capa de rímel. La otra era una mujer de distinguida madurez, muy bien vestida, con un perrito repelado y canijo atado a una correa. Al entrar la mujer, la chica de la recepción cerró la puerta de la sala y ocupó un asiento en la última fila. Sólo entonces el jefe levantó la vista y tomó la palabra.

—Antes de pasar al tema objeto de la presente reunión —empezó diciendo con voz pausada—, quiero dar la bienvenida a nuestro nuevo compañero. Oportunamente se informará al resto del personal de su nombre, su domicilio, su profesión, su estado civil y su historial, todos ellos, naturalmente, falsos. Por el momento, tenemos un asunto de más apremio. De modo que paso a enumerar los antecedentes. Como de costumbre, no está permitido tomar notas. Ya sé que ustedes conocen el procedimiento, pero aprovecho la llegada de un novato para recordar algunas normas básicas de esta organización. Nada de notas.

El jefe carraspeó, echó una ojeada a sus notas e inició la exposición.

—Hace dos días un hombre fue hallado muerto en una habitación del hotel El Indio Bravo, sito en la Rambla de San José. Para quien no lo sepa, la Rambla de San José es simplemente la Rambla o, para los barceloneses, las Ramblas. En concreto, el trozo o sector donde se halla ubicado el mercado de la Boquería. De hecho, el mercado de la Boquería se llama mercado de San José, por su ubicación. En algún momento cambió su nombre por el de la Boquería, todo lo cual, por ahora, no nos incumbe. Sí nos incumbe, en cambio, el interfecto hallado en el hotel. Según el atestado de la policía, fue hallado sin vida por el recepcionista de dicho hotel cuando acudió a la habitación de aquél para indicarle que debía abandonarla. Eso ocurría exactamente a las doce del mediodía, hora fijada para el llamado *check out*, pues es a esa hora, según el recepcionista del hotel, cuando se ha de adecentar la habitación, y se daba la circunstancia de que el cliente aún no había dejado la habitación. Según se deduce del atestado, la razón por la que el ya mencionado cliente no había dejado la habitación era porque colgaba del techo, suspendido de una soga, la cual, a su vez, estaba atada a una viga de madera. En el atestado dice *una higa*, pero sin duda se trata de un error tipográfico. El difunto se había registrado la víspera con un nombre falso y ostentaba la nacionalidad suiza, según acreditó con un pasaporte expedido por dicho país o, más probablemente, por algún falsificador. El pasaporte suizo es de color rojo y lleva en la tapa la conocida cruz blanca. El que presentó nuestro sujeto era de color amarillo, y las letras decían: Pasaporte Suizo, en castellano. El recepcionista del hotel no reparó en estos detalles, toda vez que el difunto, en vida, se había alojado a menudo en ese mismo hotel, El Indio Bravo, siempre con nombre y pasaporte falsos y siempre pagando en metálico por adelantado. El recepcionista dice recordar al individuo en cuestión, además de por lo dicho, porque en todas las ocasiones insistía en ocupar la misma habitación, la 212, en el segundo piso, y también porque allí recibía compañía femenina o, en palabras del propio recepcionista, putones. En la presente ocasión, la conducta del sujeto había seguido la misma pauta, a saber: *check in* y visita de una chica, la cual había abandonado la habitación y el hotel transcurrida una hora, poco más o menos. Preguntado si la chica era la misma en la presente ocasión y en las ocasiones anteriores, el recepcionista respondió que no se había fijado, dado que por allí pasaban muchas y muchos y quiénes eran o lo que iban a hacer no era asunto suyo, siempre que no alteraran el orden público, cosa que ni el difunto ni la chica, fuera la misma o no, habían hecho.

El jefe hizo una pausa. Los presentes esperaron en un respetuoso silencio.

—El segundo caso se produjo ayer. Por supuesto, del caso anterior hay más información, pero prefiero dársela luego y pasar al caso siguiente para que puedan formarse una visión de conjunto. Ayer, como digo, un funcionario del consulado del Reino Unido en Barcelona notificó a la policía la desaparición de un súbdito de dicha nacionalidad. La notificación la hizo en la comisaría de Quatre Camins, de donde la policía, o sea, los *Mossos*, la trasladaron a la Guardia Civil, por considerar a la Benemérita competente en incidencias ocurridas fuera del territorio catalán, como, a su entender, son las aguas portuarias. En el atestado de la Guardia Civil se hace constar que dicho ciudadano británico, de nombre Jenkins, fondeó su yate de recreo en el puerto de Barcelona el pasado jueves. No era la primera vez que visitaba nuestra ciudad, habiéndolo hecho con anterioridad por este mismo medio, es decir, marítimo, en varias ocasiones. Nada más atracar, el señor Jenkins dio permiso a la tripulación, permaneciendo él solo en la embarcación. Cuando la tripulación regresó, entrada la noche, en el yate no había nadie. Tampoco había señales de violencia. A la tripulación le extrañó que el patrón estuviera ausente, pero como todos estaban borrachos, según admitieron los propios interesados, no prestaron mayor atención a dicha anomalía. Sólo al día siguiente, al ver que su patrón no regresaba y que les debía la paga, decidieron poner el hecho en conocimiento de la Guardia Civil, la cual lo trasladó a la representación consular, ésta a la policía autonómica y ésta, como queda dicho, a la Guardia Civil, que en estos momentos realiza pesquisas, por ahora infructuosas.

El nuevo levantó la mano. El resto de los asistentes dio muestras de consternación y la chica de la recepción le susurró que nunca se interrumpía al jefe hasta que éste no abría el turno de preguntas, pero el propio jefe resolvió la situación con una sonrisa y un ademán benévolo, con el que daba la palabra al recién llegado.

—¿Sugiere usted —dijo éste, un tanto cohibido— que el patrón desaparecido y el muerto del hotel pueden ser la misma persona?

El jefe sonrió con mayor benevolencia.

—No sugiero nada —explicó pacientemente—. Tal cosa iría en contra de los métodos de la Organización. Ya se irá adaptando a nuestro modo de funcionar. Me limito a exponer los datos del caso.

El recién llegado agachó la cabeza y los demás mostraron una cortés indiferencia. Sólo el perrito lanzó un ladrido agudo y tiró de la correa, en un intento de atacar al nuevo. El jefe torció el gesto. Cuando el perrito se hubo calmado, prosiguió.

—Desde hace un tiempo vengo observando, cada vez que voy al supermercado, que la marca

Conservas Fernández no ha subido precios, a diferencia de otras marcas igualmente prestigiosas, como Ortiz, Cuca, Isabel, etcétera. En lo que va de año, estas tres marcas han subido el precio de sus productos entre un siete y un ocho y medio por ciento. No así Conservas Fernández. Eso es todo. ¿Alguna pregunta?

En vista del silencio y como no tenía nada que perder, el nuevo pidió otra vez la palabra.

—He creído entender —dijo cuando le hubo sido concedida— que usted considera estos tres episodios parte de un solo caso.

—En efecto —respondió el jefe—, lo ha entendido usted bien. Y precisamente por eso los planteo. Como sabe, nuestra función es encontrar una solución global a sucesos que, por ser competencia de distintos cuerpos del orden, nunca llegarían a resolverse de un modo satisfactorio.

—¿Puedo preguntarle en qué se basa para suponer que hay una conexión entre los tres supuestos que nos ha planteado? —insistió el nuevo.

—No tengo pruebas, naturalmente —dijo el jefe con una sonrisa indulgente ante una pregunta tan obvia—. Si las tuviera no estaríamos trazando un plan. Sin embargo, todo me dice que los tres supuestos, como usted mismo los acaba de llamar, tienen mucho en común. Nuestro cometido es encontrar los puntos de unión. Por lo que a mí respecta, sólo puedo decirle que desconfío de las coincidencias, y aquí hay muchas.

2

Con aquellas palabras el jefe dio por concluida la parte informativa de la sesión, pero antes de levantarla, se dirigió a los presentes en un tono más relajado, menos serio.

—Antes de poner manos a la obra —dijo—, y como es costumbre en la Organización, hemos de buscar un nombre para nuestro nuevo compañero. Se abre el turno de propuestas.

Hubo un breve silencio, tras el cual alguien propuso Jo Malone. En el debate subsiguiente se convino en que era un buen nombre para un agente secreto, pero el hecho de que ya existiera una conocida marca de cosmética con el mismo nombre le restaba seriedad. Pastas Secas recibió la aprobación general y algún aplauso, y el nuevo temió que se le adjudicara de forma inapelable, pero en el último momento el jefe expresó una cierta reserva y de inmediato la propuesta fue retirada. Tampoco prosperaron Tarántula y Cacaolat. Finalmente, por mayoría simple, se adoptó Marciano por un periodo de prueba de tres meses. No era un gran nombre, pero era original, fácil de recordar y no despertaba sospechas. Además, como observó la señora del perrito, nadie le llamará así y pronto la mayoría lo habrá olvidado.

Cumplido el requisito, todos se levantaron y fueron saliendo de la sala de reuniones para ir a sus respectivos despachos. El jefe retuvo al nuevo y le pidió que le acompañase al suyo. El nuevo siguió al jefe hasta un despacho más amplio que el resto, con alfombra y adornos. El jefe indicó al recién llegado que ocupara una silla frente a su mesa y él se sentó en su lugar y, sin decir palabra, empezó a leer una hoja mecanografiada. Al cabo de un rato levantó los ojos, los clavó en el nuevo, que había adoptado la actitud abstraída y la mirada perdida que había exhibido antes.

—Tengo ante mí —dijo el jefe— un resumen de su currículum. Una versión más completa ha sido destruida sin leer, como lo será esta hoja. Aquí no guardamos papeles. En toda la oficina no hay un solo archivador, como habrá visto. Una vez se ingresa en el equipo, el pasado deja de existir.

—Hay cosas que no se borran —murmuró el nuevo.

—¿Por ejemplo? —dijo el jefe levantando una ceja.

—Todos llevamos el pasado encima —explicó el nuevo—. Es parte de nuestra identidad.

—Le he pedido un ejemplo —insistió el jefe.

—He salido hace poco de la cárcel —dijo el nuevo—. Supongo que este dato consta en el currículum.

—Constaba —corrigió el jefe—. Lo acabo de tachar. De todos modos, conozco sus antecedentes. Precisamente el hecho de haber estado en la cárcel influyó en mi decisión de contratarle. Su experiencia nos puede resultar útil.

—No merece la pena, créame —dijo el nuevo con un encogimiento de hombros.

Sin prestar atención al comentario, el jefe rompió el papel en muchos trozos, los colocó sobre el cenicero, encendió una cerilla y les prendió fuego.

—El anonimato es fundamental en nuestro equipo —dijo mientras recogía la ceniza que se había esparcido por la mesa—. No lleve nunca un teléfono móvil encima, ni haga uso de ninguno. No pague con tarjeta de crédito. Cuando pague algo, siempre en metálico, no pida recibo. Los gastos derivados de la misión corren por cuenta de quien la realiza. Así, de paso, evitamos mucho dispendio. El lujo es nuestro enemigo. La molicie incita a hablar más de la cuenta.

Se echó hacia atrás y abrió los brazos para abarcar el microcosmos de su despacho.

—Contrariamente al dicho popular —dijo con énfasis—, aquí las paredes no oyen, y si pudieran hablar, no tendrían nada que contar. Otra cosa son los objetos que las adornan: muestras selectas de personas o instituciones agradecidas por nuestra actuación. Mire aquella foto. El que estrecha mi mano es un personaje ilustre, de renombre mundial. Como puede advertir, su rostro ha sido embadurnado para evitar que pueda ser identificado. El otro soy yo. Quizá no me reconozca, porque la foto tiene años y yo entonces llevaba bigote. No como disfraz o camuflaje. Simplemente, llevaba bigote. Cuando murió mi esposa, me lo afeité. Un viudo con bigote me pareció una redundancia. En otra ocasión, tendré sumo gusto en mostrarle más piezas de esta colección, modesta, pero de incalculable valor testimonial, en tanto en cuanto resume la razón de ser de nuestra organización y la de todos sus miembros.

Calló unos instantes, durante los cuales recorrió con los párpados entrecerrados las piezas colgadas de las paredes, y luego prosiguió en voz tan baja que el nuevo apenas conseguía entender palabras sueltas.

—No somos, como alguno podría pensar si tuviera noticia de nuestra existencia, una policía paralela. Más bien lo contrario. Como usted bien sabe, los servicios de seguridad españoles se cuentan entre los mejores del mundo, pero por un cúmulo de históricas causas... —hizo una pausa para ver si la audaz figura retórica había causado impresión a su interlocutor y luego, al comprobar que éste seguía escuchándole con la boca abierta, continuó—... causas que ahora no vamos a analizar, en lugar de ser un cuerpo único, como en los demás países, está dividido en varias ramas, las cuales compiten entre sí en eficacia e integridad. Tenemos la Guardia Civil, la policía, la Guardia Urbana, por citar sólo los principales cuerpos, con el agravante de las transferencias a las distintas comunidades autónomas que integran el Estado o, por así decir, el Reino de España. Por este motivo, y sin merma de sus respectivos méritos, en los casos complejos, como el que acabo de exponer hace un rato, las investigaciones se fraccionan y es difícil alcanzar una solución que abarque todas las facetas.

Consultó el reloj y dio una palmada en la mesa.

—Se hace tarde y tenemos mucho trabajo por delante —dijo—. Le he asignado el hotel donde se produjo el supuesto suicidio. Vaya y averigüe lo que pueda. Como es nuevo, he dispuesto que le acompañe Chema. Tiene larga experiencia y es buen compañero, si no se le contradice.

3

Después de conferenciar, el nuevo y Chema decidieron ir andando. El día era agradable, no tenían prisa y un paseo sería beneficioso para la salud de ambos. Por el camino, el compañero del recién llegado le dijo que, al ingresar en la Organización, su nombre de guerra era Mandarino. Luego habían borrado el nombre y le llamaban simplemente Chema.

—Pero en mi fuero interno —dijo el jorobado en tono confidencial—, yo me llamo a mí mismo el Increíble Hulk, porque, como el personaje homónimo, cuando algo me enoja me vuelvo un energúmeno. Pierdo el control y devengo un peligro. Usted, sin embargo, no debe preocuparse: con los colegas hago una excepción. En contra del sentir popular, los superhéroes somos proclives al compañerismo.

Hablando de esto y de otras cosas llegaron al

hotel El Indio Bravo. Era un edificio antiguo, de seis plantas, con un amplio vestíbulo, al fondo del cual la pobre iluminación dejaba entrever el mostrador de la recepción. Todo daba a entender que el hotel había sido construido como tal y que había conocido tiempos mejores. De la ornamentación de la fachada apenas si se distinguían fragmentos de esculturas ennegrecidas. En la actualidad el hotel acogía a forasteros de escasos medios, poco exigentes en cuanto a servicio e higiene, o dispuestos a soportar aquellas y otras pegas a cambio de alojarse en un lugar tan céntrico.

Antes de entrar, el jorobado dijo a su compañero:

—Tú interroga al recepcionista mientras yo reconozco el terreno.

—¿Qué le pregunto? —dijo el nuevo—. Nunca he interrogado a nadie.

—No importa —dijo el jorobado—. Tú pregunta cualquier cosa y él te contestará lo que le dé la gana. Lo importante es empezar.

Entraron los dos; el jorobado se quedó en mitad del vestíbulo, como si buscara a alguien, mientras el nuevo se dirigía a un hombre desaliñado, grueso, de mediana edad, adormilado sobre el mostrador de la recepción. A la derecha, una escalera conducía a los pisos superiores; a la izquierda había un ascensor en cuya puerta un cartel decía: NO FUNCIONA, y más abajo, para los clientes extranjeros: IN TOTAL DISORDER.

—Buenos días —dijo el nuevo después de esperar a que el recepcionista le dirigiera una mirada hosca—. Somos del Servicio de Sanidad del Ayuntamiento.

—Anda ya —dijo el recepcionista.

—Está bien —admitió el nuevo—. No somos del Servicio de Sanidad. Pero igualmente recabamos su colaboración. No le perjudicará en nada, y puede resultarle muy beneficiosa. De seis personas que han colaborado con nosotros, cinco han obtenido grandes ventajas.

—¿Y la sexta? —preguntó el recepcionista.

—Siempre hay que dejar margen a las eventualidades —dijo el nuevo—. Por lo demás, pedimos cosas muy sencillas. Aquí hubo un muerto hace dos días. Cuéntenos lo que pasó y déjenos ver la habitación donde se produjo el óbito, si no está ocupada.

—Ocupada no está —dijo el recepcionista—. La policía le echó el cierre. Tengo prohibido tocar nada.

—Pero no le han prohibido hablar —dijo el nuevo—. ¿A qué hora llegó el cliente? Lo tendrá registrado.

—Sí. En el ordenador —dijo el recepcionista—. Y como me lo han preguntado un montón de veces, me acuerdo muy bien. A las siete y pico de la tarde. Se registró y subió directamente a la habitación. Al cabo de un rato vino una titi y subió a la habitación sin preguntar nada. Yo estaba aquí, como de costumbre. Ella no se hizo anunciar, pero como el cliente ya había hecho lo mismo en ocasiones anteriores, no le di la menor importancia y la dejé pasar.

—¿La chica era la misma de otras veces? —preguntó el nuevo.

—No me fijé —dijo el recepcionista—. Me fijé en ella porque estaba de buen ver, como las anteriores, pero de ahí a decir si era la misma o no media un abismo. Todas se parecen. Me refiero a esa clase de chica.

—Prostitutas profesionales —apuntó el nuevo.

—Supongo —dijo el recepcionista—. Pero no lo podría asegurar. Podrían ser otra cosa. Incluso venir a otra cosa. Trabajo, por ejemplo. Chicas jóvenes, bien vestidas. Hoy en día uno no sabe. Antes era distinto. Antes una puta era como mi madre, pero perfumada. Hoy parecen señoritas de buena familia.

En aquel punto intervino el jorobado.

—El ascensor —dijo señalando el letrero colgado de la puerta—, ¿funcionaba cuando vino la chica?

—¿Eso? —exclamó el recepcionista—. Lleva sin funcionar desde el Congreso Eucarístico. Cada cinco años cambiamos el cartel.

—Pero podría funcionar —siguió preguntando el jorobado—. Si se arreglara, digo. Podría funcionar.

—El motor existe —dijo el recepcionista—. Y

los cables también. Yo no me fiaría mucho, pero ahí está todo, como cuando funcionaba.

—Entonces —intervino el nuevo, volviendo a su tema—, la chica subió y bajó por la escalera.

—Sí, claro —dijo el recepcionista.

—¿Llevaba bolso? —preguntó el nuevo.

—No me fijé —dijo el recepcionista.

—Haga memoria —le rogó el nuevo—. Un bolso grande o pequeño. Una mochila. Ahora se estilan las mochilas.

—Un bolso grande —dijo finalmente el recepcionista—. No tan grande como para llevarse la ropa.

—¿Qué ropa? —preguntó el jorobado.

—La del muerto —respondió el recepcionista—. ¿No han leído la prensa? El muerto estaba en calzoncillos. Colgado y en calzoncillos. En la habitación, ni rastro de ropa. Pero la chica no se la llevó en el bolso. No le habría cabido. El muerto era de talla normal, tirando a L. L significa *large*, o sea, gordo.

—Pudo tirar la ropa por la ventana —sugirió el nuevo.

—¿A las Ramblas? —exclamó el recepcionista—. No, hombre. Habría llamado la atención. Las Ramblas están a petar a todas horas. Si llovieran pantalones y zapatos se armaría la de Dios.

—El muerto —dijo el jorobado— era cliente habitual.

—Así lo podríamos llamar —dijo el recepcionista—. Un tipo con buena pinta, bien vestido. Yo en su lugar habría ido a otro hotel. A uno mejor que esta pocilga. Pero si venía a lo que venía, es probable que aquí se sintiera a salvo.

—¿Quién descubrió el cadáver? —preguntó el nuevo.

—Uno de los que limpian —dijo el recepcionista—. Moros, sin papeles. Al ver el fiambre dio un grito y salieron todos corriendo Ramblas abajo. Entonces subí yo y lo encontré ahí, colgando del techo, con la lengua fuera. Cerré la puerta con llave y llamé a la poli. Otra cosa no podía hacer.

—¿Recuerda qué hora era? —dijo el nuevo.

—Claro —respondió el recepcionista—. Sobre las once de la mañana. Cuando los clientes se han ido y aún no han entrado los nuevos.

—¿Había señales de violencia? —prosiguió el nuevo su interrogatorio—. ¿La habitación estaba en desorden? Cosas tiradas por el suelo, sillas volcadas, cristales rotos.

—No me fijé —dijo el recepcionista—. Con los nervios y la impresión, no estaba para tonterías. De todos modos, si se suicidó, ¿para qué iba a desordenar la habitación? Sólo por decir: ahí queda eso...

—Quizá no se suicidó —sugirió el nuevo—. Quizá lo mataron.

—¿Quién? —dijo el recepcionista—. ¿La chica? No habría podido. Matar no digo, pero colgar a un tío de una viga, venga ya.

—Es todo lo que queríamos saber —dijo el jorobado—. Volveremos si se nos ocurren más preguntas.

—Allá ustedes —dijo el recepcionista—. A mí ya saben dónde me encontrarán.

Antes de salir, el nuevo se dio media vuelta y se dirigió al recepcionista.

—Me gustaría aclarar un último punto —dijo—. ¿Por qué ha contestado tan amablemente a nuestras preguntas?

El recepcionista se encogió de hombros.

—Si ustedes no son policías ni periodistas —dijo—, prefiero no saber quiénes son, decir lo poco que sé y quedar tan amigos.

Una vez en la calle, los dos investigadores se felicitaron por el resultado obtenido. Chema era partidario de regresar a la base e informar al jefe, pero su compañero se resistía.

—Ya que hemos llegado hasta aquí, podemos aprovechar y averiguar algo más —dijo—. En la cárcel conocí a un tipo idóneo para nuestro propósito. Lo soltaron hace un par de años. Si todavía sigue libre y damos con él, a lo mejor le podemos tirar de la lengua. Solía frecuentar esta zona. Por la noche. Pero de día no habrá ido muy lejos. Un buen profesional siempre vive cerca de su puesto de trabajo.

Caminaron hacia la Boquería. A la puerta del mercado se agolpaban los turistas. Algunos badulaques adquirían objetos, se retrataban mutuamente y se empapuzaban de comida basura. La mayoría se limitaba a mirar y a esquivar como podía la agresiva oferta de baratijas y bazofia.

Vislumbrar una cara conocida les hizo que interrumpieran la conversación.

En la barra de un bar de tapas un hombre de apariencia juvenil sorbía una bebida de color turbio. Llevaba camiseta blanca, muy ajustada, pantalón de cuero y botas militares. Se acercaron por detrás, pero al llegar a su lado ya habían sido avizorados.

—Don Arsenio —dijo el nuevo.

El aludido se dio la vuelta. Visto de frente la apariencia juvenil se desvanecía para dejar paso a un hombre de unos sesenta años, con el pelo teñido.

—¿Qué tal? —dijo don Arsenio sin dar muestras de sorpresa al verse cara a cara con su antiguo compañero.

—Se te ve cachas —dijo el nuevo.

—¿Qué se os ofrece? —dijo don Arsenio sin parar mientes en el elogio.

—Buscamos información —dijo el nuevo—. Éste es mi colega. Chema. Hombre de confianza.

—Le tengo visto —replicó don Arsenio sin dignarse a mirar al jorobado—. Y, sé para quién trabaja. ¿Tú también?

—De algo hay que vivir, Arsenio —dijo el nuevo—. A los que hemos estado en el talego, ya sabes, nadie nos quiere.

—Hazte chapero, como yo —dijo don Arsenio sin ironía.

—No se me daría bien —replicó el nuevo—. Ahora investigo. Por eso me atrevo a molestarte. El muerto del hotel El Indio Bravo. Se ahorcó en su habitación. Sin ropa. Una chica lo había visitado esa misma noche. No era la primera vez. Me refiero a la visita, claro. Por lo visto recibía visitas cuando se alojaba allí. Quizá se alojaba allí precisamente para recibir visitas sin llamar la atención.

—Estoy al caso —siseó don Arsenio mirando de refilón a uno y otro lado—. ¿Qué quieres saber?

—Las chicas —dijo el nuevo—. Si eran profesionales tú las debes de conocer.

—Pero no las conozco —dijo secamente el veterano chapero—. No son de por aquí. Quiero decir: no trabajan en el barrio. Más finas que el producto de proximidad. Intentaré averiguar algo.

—A cambio no te puedo ofrecer nada —dijo el nuevo.

—No importa —respondió don Arsenio—. Alguna cosa te debo, si hago memoria. Y si no, me sales debiendo tú, que para el caso es lo mismo.

—¿Qué bebes? —preguntó el nuevo para cambiar de tema: a los dos les incomodaban las muestras explícitas de aprecio.

—El cóctel del día: orujo a granel con Schweppes de limón —dijo el veterano chapero—. No te lo recomiendo.

4

Al volver a casa el nuevo encuentra a su hijo con los ojos clavados en la pantalla del ordenador. Se acerca y ve que está mirando embelesado un videoclip de C. Tangana. Discretamente, para no parecer entrometido, le pregunta si ya ha hecho los deberes y el chico responde con un sonido que puede significar sí, no o a medias. Sin profundizar en el tema, se mete en la cocina y empieza a preparar la cena. Corta un pimiento verde, lo sofríe con ajo, añade un puñado de acelgas congeladas y dos salchichas precocinadas y envasadas al vacío. Añade agua del grifo y espera a que arranque el hervor. El olor del guiso atrae al chico. Echa una ojeada a la cacerola y suspira.

—¿Otra vez? —dice con acento quejumbroso.

—Nutritivo y equilibrado —dice su padre.

—Podrías aprender algo nuevo, además de lo que te enseñaron en la cárcel —protesta el chico—.

Hay un montón de libros de cocina. Y por la televisión salen chefs que lo explican muy bien.

—No tengo tiempo —dice él.

—¿Has encontrado trabajo? —pregunta el chico.

—Sí. He empezado hoy —responde su padre.

—¿De qué? —quiere saber el chico.

—De agente secreto —dice él—. No se lo digas a nadie.

—Papá, eso no es serio —rezonga el chico.

—No voy a encontrar otra cosa —se excusa él—. Con mis antecedentes y sin ningún oficio... Por eso has de estudiar. Para no acabar como yo. ¿Has hecho los deberes?

—Me falta muy poco —dice el chico sin mucha convicción.

—Pues no hay televisión si no los acabas —le advierte su padre—. Hazlos mientras preparo la cena y, cuando acabes, pon la mesa.

Cuando la cena está lista la mesa no está puesta, y el chico parece concentrado delante de la pantalla del ordenador. Se acerca por detrás y lee lo que su hijo ha escrito:

Mi padre es gilipollas.

Desde que salió de la cárcel está deprimido y los trabajos no le duran.

Cuando quiere ligar hace el payaso y las chicas salen por piernas.

Cocina fatal.

Por su gusto no pagaría nada a Hacienda.

La situación política de Cataluña se la pasa por el forro.

El novio de mi madre es mi pastor; con él nada me falta.

—¿No sería mejor que hicieras los deberes? —dice procurando no adoptar un tono didáctico.

—Esto son los deberes —replica el chico.

Al nuevo la pedagogía moderna le parece desencaminada, estéril e incluso un poco estúpida, pero se abstiene de hacer ningún comentario en este sentido para no desautorizar al profesor o la profesora y también para no inmiscuirse en los métodos educativos de una escuela de prestigio a cuya elevada cuota mensual él no aporta ni un céntimo.

De la lista le duele lo de que cocina mal. Cuando entró en la cárcel por segunda vez lo destinaron a cocinas y allí tuvo de maestro a un cocinero de renombre que había robado y estafado y, por si fuera poco, pegaba a los pinches. En la cárcel le apodaban el Monstruo de los Buñuelos. A él le tocó recibir algunos golpes, pero aprendió los rudimentos de la gastronomía moderna. Cuando licenciaron al cocinero, él se hizo cargo de la cocina, con dos subordinados a su cargo. Hubo protestas y en una ocasión, después de la comida de Navidad, le dieron una buena tunda. Que el chico prefiera a su madre es natural. A él no lo conoció hasta mucho después de haber nacido, porque se negó a que lo llevaran a la cárcel: no es bueno para un niño ver a su padre entre rejas.

Fue un bala perdida, pero cambió y ahora se considera rehabilitado. Fue la madre del niño la que le hizo abandonar la mala vida. Cuando se quedó embarazada, él le propuso matrimonio. Ella tenía una mentalidad conservadora y le pidió que, antes de dar un paso tan importante, fueran juntos a ver a un sacerdote amigo de la familia. Delante del sacerdote, él admitió los errores del pasado y juró solemnemente enmendarse. El sacerdote se mostró comprensivo, pero cuando se fueron, llamó a la policía y lo denunció. A los dos días volvieron para continuar la catequesis y ya le estaban esperando. Así le echaron el guante. El sacerdote dijo que había estado dudando entre guardar el secreto de confesión o comportarse como un buen ciudadano. Al final decidió que las enseñanzas pontificias iban en esta última dirección. Aunque me suspendan a divinis, declaró en el juicio, mi conciencia cívica pasa por encima de todo. A él lo encerraron y estuvo cuatro años a la espera de ser juzgado. Concluida la vista oral, fue condenado a siete años de prisión mayor. Como ya había cumplido más de la mitad de la condena, consideraron que habría sido absurdo concederle la libertad condicional, y lo devolvieron al presidio, con la recomendación de que allí fuera tratado con clemencia. De este modo consiguió el trabajo en cocinas. Como era un puesto muy codiciado, no le aplicaron la reducción de pena por trabajo. Cuando salió, el hijo ya estaba muy crecido y la madre había rehecho su vida. Ahora el chico vive con ella, pero de cuando en cuando pernocta en casa de su padre.

Mientras cenan la conversación languidece. El chico no tiene ganas de contar nada y el padre no se atreve a presionarle. Él, por su parte, tampoco se muestra comunicativo. En varias ocasiones el chico le ha preguntado por qué fue a la cárcel y él siempre responde lo mismo:

—Te lo contaré cuando seas un poco mayor.

En parte calla porque le avergüenza su pasado; en parte, para no dar un mal ejemplo a su hijo. Contrajo una deuda con la sociedad y cumplió la pena correspondiente, pero la deuda no se salda nunca. Por encima de cualquier otra consideración, quiere evitar que a su hijo se le ocurra seguir sus pasos, pero no sabe cómo: su propia ignominia le resta todo asomo de credibilidad. Confía en la disposición natural de todos los hijos a contradecir a sus padres: quizá por esta razón su hijo se esfuerce por seguir la buena senda. Por último, piensa que mantener el misterio hará que el chico siga viniendo, aunque sea a regañadientes.

Al acabar la cena levanta la mesa y lava los platos. Cuando vuelve al comedor, su hijo está sentado frente al televisor. Arrastra una silla y se sienta a su lado.

—¿Qué quieres ver? —pregunta, dispuesto a tragarse cualquier serie de muertos vivientes o sociedades futuras en las que la tecnología marranea a los humanos.

—Ya lo sabes —dice el chico—. El programa de mamá.

—Ah, es hoy... —murmura él.

Desde hace años su mujer trabaja en una televisión local. La cadena surgió unas décadas atrás, promovida por un grupo social de raigambre liberal levemente nacionalista, con un propósito no tanto político como cultural. De política cultural. Con el paso del tiempo el grupo se disolvió y las intenciones originales se fueron embarullando. Ahora subsiste con fondos de diversa procedencia y si tiene alguna ideología, ni se desprende de los contenidos ni la perciben los telespectadores. En la actualidad su mujer dirige un panel de discusión sobre un tema relacionado con la cultura popular, desde una perspectiva histórica. El programa se emite en la franja denominada *prime time*. En realidad, es la hora en que las demás cadenas emiten sus mejores programas y, como no puede competir con ellas, da el índice de audiencia por perdido y rellena esa franja horaria con un programa que no ve nadie. La poca audiencia que tiene está compuesta por espectadores de una cierta edad, y los temas de debate son elegidos en consecuencia.

—¿De qué va hoy? —pregunta para mostrar interés.

El chico se encoge de hombros.

—Es el aniversario de no sé qué de Jorge Negrete y van a hablar de su vida y de su influencia en las generaciones posteriores.

El chico aguanta el programa sólo por ver a su madre. Él haría lo mismo de buen grado. De hecho, para él no hay plan más atractivo que ver a su mujer en la pantalla acompañado de su hijo. Pero, por decoro, aduce cansancio y se retira a su habitación.

—En cuanto acabe el programa —dice—, te vas a dormir. Y si te aburres antes, antes. Nada de zapear, que te conozco.

Sabe que no le hará caso. En una de las largas pausas publicitarias, cubiertas por los productos más inverosímiles, cambiará de canal y se quedará viendo alguna película, aunque las posibilidades son pocas, porque no está abonado a Netflix ni a HBO ni a ninguna plataforma de pago. Ni siquiera a Filmin. De todos modos, se quedará despierto hasta una hora prudencial y luego saldrá para obligar al chico a acostarse o para apagar las luces y adecentar el cuarto de baño, si ya se ha acostado, y para dejar medio preparado el desayuno.

5

Con paso inseguro, procurando no meter los tacones de sus zapatitos de Louboutin en los rieles abandonados de un antiguo tren de vía estrecha, la señora Grassiela, como insistía en que se escribiera su nombre, paseaba arriba y abajo, arrastrando al perrito tiñoso, por el muelle donde siglos atrás habían fondeado los galeones con cuyos legendarios cargamentos de esclavos se cimentaron las grandes fortunas catalanas y donde ahora estaban atracados yates inmensos, propiedad de los hombres más ricos del mundo. Al cabo de un rato se detuvo delante de uno de mediana escala, de unos setenta metros de eslora. Un guardia de seguridad se le acercó. Ella le dirigió una sonrisa y un guiño. Desde que unos años atrás tuvo un pequeño ictus, a la señora Grassiela le quedó una sonrisa permanente y un tic en el ojo izquierdo que daba lugar a frecuentes malentendidos, porque la señora Grassiela, a pesar de sus años, conservaba una espléndida figura y unas facciones regulares, se maquillaba con discreción, vestía con elegancia y se contoneaba al andar. El guardia era de avanzada edad, pero no inmune a los encantos femeninos de la señora Grassiela. Trabaron conversación y ella le dijo:

—Conozco bien este barco. Mejor dicho, conozco bien al dueño de este barco. Hemos navegado juntos en incontables ocasiones. Por el Mediterráneo, sobre todo. Por el mar Tirreno, por no hablar del Jónico y el Adriático. ¡Oh, los atardeceres en el Peloponeso! ¡Sus paisajes! ¡Sus atunes!

Hizo una pausa y, aunque conservaba la sonrisa pícara, sus ojos expresaban nostalgia.

—¿Usted cree que podríamos subir a echar una ojeada a rincones que me traen tantos recuerdos? —preguntó.

—Ni hablar —respondió el guardia.

—Le aseguro que mi perrito no ensuciará nada —dijo ella—. Acaba de hacer pis, como un *gentleman*, y yo lo tendré sujeto todo el rato.

—Mire, señora —dijo el guardia—, no se trata del perrito. A mí si me mea dentro o fuera me la suda. Pero a este barco no se puede subir por tres razones. Primero, porque no. Segundo, porque no hay pasarela. Y tercero, porque la Guardia Civil se lo ha incautado.

—¡Madre mía! —exclamó la señora Grassiela—. ¿Y eso?

—Por lo visto la tripulación ha denunciado la

desaparición del amo —dijo el guardia—. Del patrón, para usar un lenguaje naval. Para mí que se fue sin pagar lo que les debía.

—No lo creo —dijo ella—. Si sólo fuera cuestión salarial intervendría la justicia ordinaria, no la Benemérita. ¿Usted conocía al patrón?

—De vista —dijo el guardia—. Venía de vez en cuando por aquí. Se hacía llamar Comodoro algo. Aquí todos se hacen llamar comodoro. Comodoro François, Comodoro Gilbert, Comodoro súbete aquí y verás París... Van de aquí a Montgat y ya se creen, no sé...

—¿Simbad? —sugirió ella.

—Sí —dijo el guardia—. O Popeye.

—Y cuando estaba aquí —siguió preguntando la señora Grassiela—, ¿vivía en el barco o se iba a un hotel?

—En el barco, mujer —repuso el guardia—. Si es un casoplón flotante, ¿no lo ve? ¿Para qué iría al hotel?

—¿Y qué hacía, todo el día metido en el barco? —preguntó ella.

—Eso dígamelo usted, que ha navegado tanto con él —respondió el guardia.

La señora Grassiela fingió recapacitar. Luego dirigió al guardia su proverbial sonrisa y le guiñó el ojo izquierdo.

—¿Dónde podría encontrar a la tripulación? —preguntó—. Quizá si hablo con ellos puedo averiguar dónde para nuestro volátil comodoro.

El guardia escupió en un charco para dar a entender que se estaba cansando de prestar aquel servicio gratis.

—Ca —dijo luego—. Si ellos supieran algo, ya lo habrían dicho. Pero si quiere encontrarlos, se pasan el día bebiendo y jugando a las cartas y a las tabas en aquella cafetería. No se quieren alejar del barco, como es lógico. Si zarpa y rebasa las aguas territoriales, adiós jurisdicción. Pero yo que usted evitaría el contacto con esa gente. No sé de dónde son. De Mauritania, diría yo, por la pinta. Gente obtusa, sin modales. Ahora, encima, sin dinero. Y sin ver una mujer en no sé cuánto tiempo. Usted traba conversación con ellos y no le arriendo la ganancia. Advertida está. Porque si le hacen algo, conmigo no cuente. Hoy en día, en este país, si matas a un cristiano, sales absuelto, pero si le das un capón a un Mustafá, se te ha caído el pelo.

La señora Grassiela le dio las gracias y le tranquilizó acerca de sus intenciones. Les hablaría con cautela, procurando mantener la distancia. Además, añadió, el perro la protegería. Era pequeño, pero muy leal y muy ladrador. Con él iba tranquila a todas partes. Con estas y otras frases corteses se despidieron y la señora Grassiela se dirigió a la cafetería con su inseguro contoneo. El perrito la seguía moviendo la cola. En caso de apuro, no le habría servido de nada: era un perrito enclenque, miedoso y, por añadidura, no sentía ningún cariño por la señora Grassiela. Ella lo llevaba consigo cuando cumplía alguna misión secreta, como parte del camuflaje. A su parecer, llevar una mascota le daba aires de gran dama. El jefe había tratado en vano de disuadirla.

—Grassiela —le había dicho—, ninguna señora de verdad se dejaría ver con semejante inmundicia. Se ve en seguida que no tiene pedigrí, ladra cuando no toca y sus flatulencias saturan el ambiente como un Botafumeiro infernal.

La señora Grassiela no le hacía caso y el jefe no se atrevía a insistir, y menos a darle órdenes: unos años antes, recién enviudado él, había habido entre ellos un conato de idilio y desde entonces él había perdido todo ascendiente sobre ella.

—Además —añadió el jefe—, te acabarás encariñando con el perro y en nuestra profesión todo está permitido, menos los sentimientos.

—Por este lado —dijo ella—, no tengas miedo. Yo no me encariño con quienes no lo merecen.

La señora Grassiela ató al perrito a una farola a la puerta de la cafetería antes de entrar a enfrentarse a los temibles marineros.

—Con un poco de suerte, pasa alguien y se te lleva, miserable —dijo al perrito.

Luego entró en la cafetería, procurando no mostrar timidez ni arrogancia. Al fondo distinguió una mesa a la que se sentaba media docena de hombres en conciliábulo. Antes de dirigirse a ellos paseó la mirada por la cafetería. En la barra tomaban café dos clientes varones, uno en cada extremo. Salvo la de los marineros, las mesas estaban desocupadas, pero con la cubertería puesta para servir almuerzos. Esto la tranquilizó. Aun antes de ingresar en el servicio secreto, la señora Grassiela comprendió que debía aprender a defenderse de posibles atacantes. Como no era cuestión de adquirir un arma y menos aún de llevarla siempre encima, la señora Grassiela se matriculó en una escuela de artes marciales. El instructor era un tipo hercúleo, introspectivo y ponderado. Antes de empezar el primer ejercicio la miró de arriba abajo y le explicó la teoría.

—Para que la técnica que te voy a enseñar surta efecto hay que tener una gran fuerza muscular. Y si tienes una gran fuerza muscular, no necesitas para nada la técnica. Pegas con ganas y a otra cosa. Las artes marciales no son un método de lucha, sino una disposición de la mente. Una mística, como la de santa Teresa de Jesús. Si en tiempos de santa Teresa de Jesús se hubieran conocido en Ávila las artes marciales, a santa Teresa no le habría ganado ni Dios.

Al primer sopapo que le arrearon, la señora Grassiela dejó las clases.

Un día, mientras se bronceaba en la playa de la Barceloneta, vio a dos muchachos jugar al *frisbee* y se le ocurrió que aquel instrumento en apariencia inofensivo podía ser lo que andaba buscando. Compró uno y practicó hasta adquirir destreza y puntería. Sus esfuerzos dieron fruto: una tarde, ya en el servicio secreto y en el curso de una persecución, se encontró frente a un peligroso delincuente en una granja de la calle Petritxol. El peligroso delincuente la amenazó con un cuchillo y la señora Grassiela le arrojó un plato al cuello con tanta puntería que hubo que trasladar al delincuente al hospital y practicarle una traqueotomía. Si te llega a dar en la carótida no lo cuentas, le dijo el cirujano.

La señora Grassiela miraba las piezas de la vajilla en la cafetería y calculaba que con aquel arsenal y el factor sorpresa, podía salir bien parada en caso de apuro. A continuación, arrastró una silla hasta la mesa de los marineros, se sentó y preguntó si alguno hablaba español, francés o italiano.

—Yo hablo español —dijo un marinero menudo, flaco, moreno, con una cicatriz en la mejilla.

—¿Dónde lo has aprendido? —preguntó la señora Grassiela para romper el hielo.

—En ninguna parte —dijo el marinero—. Es que soy de Pontevedra.

Este dato hizo que la señora Grassiela depusiera su actitud belicosa.

—Me llamo Marisa —dijo, asumiendo un nombre ficticio— y pertenezco a una ONG dedicada a proteger a los náufragos del mar, una definición que, estirando un poco el concepto, se podría aplicar a ustedes.

—Ay, sí, señora —plañó el marinero—, nos hemos quedado en tierra, sin oficio ni beneficio, y no sabemos a dónde ir.

Sus compañeros no entendían nada, pero asentían con ojos llorosos.

—Cuéntenmelo todo —dijo ella— y estoy segura de que podremos encontrar remedio a sus cuitas.

Al cabo de una hora, la señora Grassiela abandonó la cafetería, recogió al perrito, regresó al muelle y se quedó mirando el barco abandonado y requisado. El viejo guardia no tardó en hacer su arisca aparición.

—¿Ha visto a la tripulación? —le preguntó—. ¿No eran como yo los había descrito?

La señora Grassiela abrió los brazos en un ademán compasivo.

—No han disfrutado de una buena educación y ejercen un trabajo duro, expuesto a mil peligros —dijo.

—Y son de razas humanas distintas —puntualizó el guardia.

—Eso también es cierto —convino la señora Grassiela—. Pero déjeme decirle una cosa: si por casualidad se persona la Guardia Civil o tiene usted ocasión de hablar con alguno de sus agentes, dígales que se lleven este barco de aquí. Cuanto antes.

6

Por decisión propia, su nombre, Grassiela, se escribe con dos eses; ella las pronuncia con un sonido sibilante, como de *tz*, y aprovecha esta excusa para hablar, de una manera algo impostada, con un deje entre parisino y rioplatense. Pero sólo cuando está en misión secreta. Su verdadero nombre es Serafina Esparraguera y su lengua materna es el catalán.

Cuando llega a casa, después de la visita al muelle y la conversación con los marineros, ya ha caído la noche. Por suerte, ha dejado preparado un potaje y sólo falta recalentarlo para tener la cena lista. Al perrito le da comida sintética y lo deja en el balcón sin atender a sus ladridos lastimeros. Una vez liberada del perro, se cambia, se pone el delantal y entra en la cocina. Su madre, a la que ha saludado desde el umbral, la llama desde la sala de estar en tono perentorio.

—¿Has visto la hora que es? ¿Dónde te habías metido? ¡Ya verás cuando venga tu padre del trabajo y se encuentre la cena sin hacer!

—La cena estará en cinco minutos —responde ella—. Y papá se murió hace quince años.

—¿Se murió? —exclama su madre—. ¿En serio? No lo sabía. ¡Pobre hombre! ¿Y de qué murió?

—Del tiro que le pegaste, mamá —dice ella.

—Ah.

Trata de recordar, suspira, renuncia. Otro asunto la preocupa más.

—Si está muerto, ¿quién nos mantiene? —pregunta la madre.

—Yo —contesta ella.

—¿Y de dónde sacas el dinero? —pregunta su madre.

—Trabajo, mamá —dice ella.

—¿Tú? —sisea la madre—. ¡Pero si no sirves para nada! ¿En qué trabajas? Algo honrado, supongo. Con lo pánfila que eres, sólo te vale ser honrada.

—Trabajo en una empresa, mamá —explica con paciencia la señora Grassiela—. Una empresa de servicios.

—De secretaria, claro —dice su madre—. ¿Te pagan bien? No creo. Los empleados subalternos no ganan mucho. Dos mil pesetas al mes y un par de pagas extras. Tendrías que haber buscado algo mejor. Cantante. Hoy las cantantes se forran. Podrías presentarte a *Operación Triunfo*. O a Eurovisión. Claro que para eso ya no tienes edad. Estás hecha un pingo. Y tampoco sabes cantar. La verdad es que podrías ser un hombre y ganar más. Eso sería lo mejor. Yo siempre quise tener un hijo. Un hijo varón, mariquita y cantante. Pero saliste tú. No he tenido suerte en la vida: una hija inútil y un marido muerto.

Mientras su madre divaga, ella va pensando en sus cosas. Se mira las manos y se le ocurre que se podría pintar las uñas de otro color. Desde que era joven las ha llevado de un rojo brillante, el rojo de las cerezas confitadas y las manzanas de feria. Ahora esto ya no está de moda. Ahora las chicas van a unos sitios dedicados sólo al cuidado de las uñas y salen con las uñas azules, amarillas, blancas, incluso negras. O a topitos. Se gastan una pasta en estas tonterías. Por hacer caso a las influencers. Si ella tuviera veinte años menos, haría lo mismo.

El potaje ya está caliente. Hace una ensalada de tomate, lechuga, pepino y cebolla y le añade un huevo duro: medio para cada una. Pone la mesa. Sienta a su madre. Comen y beben agua. Luego lleva a su madre a la butaca, pone la televisión, recoge la mesa, se reúne con ella y van alternando una serie de policías corruptos y un reportaje sobre Lady Di. A las doce ya están durmiendo. A las cuatro y media suena el despertador. Sin abrir los ojos, la señora Grassiela pulsa el botón y, con el mismo gesto, enciende la radio que tiene en la mesilla de noche, justo cuando empieza el programa *Moscones en la noche*. Escucha un rato el programa y luego apaga la radio, vuelve a poner en hora el despertador y sigue durmiendo.

Como los miembros de la Organización tienen prohibido el uso de teléfonos móviles, fácilmente detectables, las noticias y las instrucciones les llegan en clave a través del programa *Moscones en la noche*, que escribe y presenta un agente insomne, y al que los demás agentes están obligados a conectarse. El locutor se llama Pánfilo Peras, o, al menos, con ese nombre salta a las ondas. Nadie le ha visto. Sólo el jefe sabe quién es y cómo hacerle llegar los mensajes. El sistema lleva funcionando muchos años sin un solo fallo, porque sólo los que están en el secreto y conocen las claves pueden desentrañar los mensajes que figuran en las distintas secciones del programa: «Primicias falsas», «Chistes procaces», «Consultorio para imbéciles» y, si la ocasión lo requiere, «Nuestro invitado especial», que no es tal, sino el propio locutor que falsea la voz y simula ser el canciller de la Alemania Federal, Isabel Pantoja o un astronauta perdido en el espacio, según convenga al mensaje que debe transmitir mediante un código de letras y números que todos los miembros de la Organización han de haber memorizado y no deben revelar a nadie, ni siquiera bajo tortura.

Esta noche la convocatoria es clara: sesión plenaria y urgente a las nueve en punto en la sede. El yate ha explosionado a las dos y treinta y cinco de la madrugada. Todos los permisos, incluso por enfermedad o fuerza mayor, quedan cancelados.

7

La reunión empezó a la hora señalada, con la solemnidad propia de la gravedad del caso. El jefe tenía varias hojas de un papel satinado y grisáceo. Eran noticias e informes que le habían llegado por fax. A diferencia de los móviles y de internet, el fax era un medio seguro, porque los hackers eran jóvenes y ni siquiera sabían de su existencia. En medio de un silencio tenso y soñoliento, el jefe se expresó en los siguientes términos:

—Señoras y señores, he convocado esta reunión a hora temprana porque se han producido sucesos de gravedad, que nos afectan directamente.

Hizo una pausa para asegurarse de que todos los presentes estaban despiertos y luego prosiguió:

—Sin embargo, antes de abordar dichos sucesos, y siguiendo lo dispuesto en el orden del día, evacuaremos la instancia presentada por un miembro de nuestra Organización, por medio de la cual solicita cambiar su nombre actual, que es Pocorrabo, por el de Manolete. Cumplidos los trámites previos y habiendo el *quorum* reglamentario, sólo falta proceder a la votación. Los que estén a favor, que levanten la mano.

Todos los presentes levantaron la mano, menos el nuevo, que, ignorante del procedimiento, optó prudentemente por abstenerse. El jefe tomó de nuevo la palabra.

—Efectuada la votación y hecho el recuento, consta una abstención. Puesto que un cambio de nombre requiere ser aprobado por unanimidad, se desestima la solicitud. Si el interesado lo desea, podrá presentarla de nuevo en el plazo de un año a contar desde la fecha. Señorita —añadió dirigiéndose a la recepcionista, que actuaba de secretaria—, hágalo constar en acta y, al término de la sesión, queme el acta.

Cuando se acallaron los murmullos, el jefe volvió a hablar.

—Tal como nuestra compañera, la señora Grassiela, predijo ayer, después de haber mantenido una conversación con la tripulación del yate cuyo patrón se da por desaparecido, dicho yate sufrió una explosión, de resultas de la cual se abrió un boquete en el casco, bajo la línea de flotación. Acto seguido, el yate procedió a hundirse. Estaba sujeto por una soga a un noray, pero el peso de la embarcación rompió la soga. En estos momentos, la citada embarcación reposa en el fondo del muelle. Huelga decir que nadie fue visto subiendo a la embarcación o en sus proximidades. De todos modos, como el yate no tenía puesta la pasarela, si se trata de un acto de sabotaje, es probable que el saboteador haya sido un hombre rana. Hay otras hipótesis. Formularé alguna, si alguien no tiene ya otra formada y desea exponerla o si puede añadir información pertinente al caso.

Paseó la mirada por la concurrencia y, ante el silencio general, prosiguió.

—Primera hipótesis. El dueño del yate es el causante del accidente. Previamente ha hecho salir a la tripulación para evitar desgracias personales y luego ha desaparecido él mismo sin dejar rastro, no sin antes haber colocado un explosivo de efecto retardado en un lugar estratégico. Posible motivo: cobrar el seguro. Esto si nos movemos dentro de los parámetros habituales. Si se ha cargado su propio barco porque está loco, es otra cuestión. La misma hipótesis pero con otro móvil: ocultar algo que se encontraba en el barco, por ejemplo, drogas, armas o un cadáver, quizá el suyo propio. Esta versión no parece tan probable, dado que el barco fue registrado por la Guardia Civil cuando se tuvo noticia de la desaparición del patrón de aquél. Segunda hipótesis: el atentado fue cometido por un tercero, tal vez el mismo a quien debemos atribuir la desaparición del patrón del yate. Por otra parte, trabajamos sobre la hipótesis, que no tiene nada que ver con las hipótesis relativas al hundimiento del yate, de que la desaparición del patrón de dicho yate y la aparición de un cadáver en el hotel El Indio Bravo guardan estrecha relación entre sí. Mi intuición me dice que el patrón del yate y el muerto del hotel son la misma persona. Según parece, el muerto frecuentaba la pensión para disfrutar de una asidua y variada compañía femenina. Todos piensan que si el patrón del yate hubiera deseado hacer tal cosa, lo habría hecho en el yate y no en un hotel de pulgas. Nosotros actuamos partiendo de la suposición de que existía una razón poderosa para dicho comportamiento. Por su parte, los tripulantes del yate dicen ignorar las actividades de su patrón en tierra.

En aquel momento, el nuevo levantó la mano. El jefe le concedió la palabra y el nuevo se puso de pie.

—Una pregunta, jefe —dijo—. ¿Sabemos si la policía ha identificado el cadáver del hotel?

—No tengo la menor idea —contestó el jefe—. Si saben algo, no lo han hecho público. De todos modos, aun cuando hubieran identificado al muerto del hotel, no habrían pasado el dato a la Guardia Civil para que ésta lo cotejara con el patrón desaparecido. No tienen indicios de que ambas incidencias estén relacionadas y no se pasan este tipo de información de oficio.

—En tal caso —siguió diciendo el nuevo—, se me ocurre que podríamos mostrar a la tripulación una foto del muerto del hotel. Si es el patrón, lo reconocerán inmediatamente.

—Sin duda —admitió el jefe—, pero no tenemos una foto del muerto.

—Puedo tratar de obtenerla —dijo el nuevo—, si me autoriza a volver al hotel El Indio Bravo.

—Hágalo —dijo el jefe después de haber considerado la propuesta—. Pero que le acompañe Chema, como ayer. Todavía está usted muy verde. No digo que lo haga mal. Sólo digo que puede cometer un error por falta de experiencia. Cuando tenga la foto entréguesela de inmediato, pero con la máxima confidencialidad, a la señora Grassiela, a fin de que ella se la muestre a la tripulación.

El nuevo asintió con la cabeza, se volvió a sentar y el jefe prosiguió.

—Hasta que no dispongamos de información complementaria, dejaremos este asunto en suspenso. Entre tanto, escucharemos el informe de nuestro compañero Buscabrega sobre la misteriosa estabilidad de los precios de las Conservas Fernández.

Se levantó el viejo harapiento al que el nuevo conocía de la reunión precedente. Hablaba con voz monótona, como de locutor de radio antigua, y sus ojos saltones iban de un lado al otro, como si siguiera el revolotear de una mosca.

—Cumpliendo instrucciones de la superioridad —dijo—, ayer mismo, desde un locutorio, para evitar toda posibilidad de localizar la llamada, me puse en contacto con la dirección de Conservas Fernández que aparece en la etiqueta de una de las latas. En dicha etiqueta sólo consta la dirección de la empresa, pero en el ya mencionado locutorio obtuve el teléfono por medio del servicio de información de Telefónica. En dicho teléfono me dijeron que allí sólo era la distribuidora. Pregunté por el servicio jurídico de la empresa, me dieron otro número, llamé y, haciéndome pasar primero por procurador de los tribunales y luego por pasante de notaría, pregunté si, como me habían dicho, la empresa había presentado suspensión de pagos. La persona con quien hablé negó tal cosa con vehemencia y, en tono de alarma, quiso saber de dónde procedía aquel rumor. Yo respondí que tenía por cierto que las ventas habían bajado de manera alarmante en el último año fiscal. La persona en cuestión lo volvió a negar rotundamente. Las ventas se habían mantenido estables en el mercado interno, a pesar de la competencia feroz de otras marcas, y, por otro lado, habían aumentado mucho las exportaciones, sobre todo al Sudán. En una boda que se precie en el Sudán no puede faltar una lata de berberechos Fernández, añadió. Lo mismo ocurría en Uttar Pradesh con los sabrosos filetes de anchoa, pese a ser el estado de Uttar Pradesh uno de los más pobres de la India. Personalmente, yo creo que se lo estaba inventando. Para concluir la conversación, la persona a que me estoy refiriendo me sugirió echar un vistazo a la memoria de la empresa, donde podría encontrar datos fidedignos que corroborarían sus afirmaciones sobre la prosperidad de la empresa en la que tenía el honor de prestar sus servicios. Como ya había oído lo que necesitaba oír, le di las gracias y colgué.

Concluido el informe, Buscabrega se quedó en pie, por si el jefe o alguno de los presentes deseaba hacerle una pregunta o una observación. El jefe le felicitó por la forma brillante en que había realizado su cometido, instó a todos a seguir trabajando con el mismo ahínco y declaró finalizada la sesión. Cuando se dirigían a la puerta, el jefe se acercó al nuevo y le pidió que le acompañara a su despacho. Allí le hizo sentar, siguiendo el ritual de la víspera. Luego el jefe señaló una de las paredes del despacho, de la que colgaba un cuadro grande, en un lujoso marco dorado. El lienzo representaba un paisaje umbrío, con un estanque o un pequeño lago, en cuyas aguas cristalinas se reflejaba un ciprés. El jefe preguntó al nuevo si le interesaba el arte, a lo que el nuevo respondió que no: como carecía de formación y, sobre todo, de sensibilidad, por él podían arder el Museo del Prado y el Louvre al mismo tiempo; le traía sin cuidado. Sin tomar en consideración el comentario, el jefe le explicó que el paisaje representado en el cuadro emanaba paz e infundía un pasajero bienestar a quien lo contemplaba a cierta distancia. El cuadro se lo había regalado un jefe de Estado agradecido por los servicios que la Organización había prestado a su país, gracias a los cuales el país había evitado una grave crisis, una revolución e incluso la posibilidad de desaparecer del mapa. El cuadro lo había pintado un artista local, pensando expresamente en las medidas del despacho, y allí mismo había tenido lugar el solemne acto de la entrega, en presencia del donante, mientras en un magnetofón portátil sonaban los respectivos himnos nacionales.

Concluido este relato, cuyo recuerdo emocionó visiblemente al jefe, éste pasó a abordar el motivo de la entrevista.

—Chema me ha dicho que fue usted muy hábil en el hotel, así como un compañero afable y servicial. Esto me complace. Espero que usted, a su vez, se encuentre bien entre nosotros. Integrarse es importante en una organización como la nuestra. Si en algún momento se produce un roce con algún otro agente, sea hombre o mujer, le ruego que me lo comunique en seguida.

—Descuide —dijo el nuevo—, así lo haré. De momento, sólo tengo motivos de satisfacción.

—Me alegro mucho —dijo el jefe—. Usted también les ha caído bien. Es probable que en algún momento le gasten alguna novatada. Le conmino a tomársela con paciencia y con humor.

—Pierda cuidado —dijo el nuevo—. Pero ya que estoy aquí, me gustaría preguntarle una cosa. Con su permiso.

—Adelante —dijo el jefe—. Hable con toda confianza.

—Si al final resulta que los casos que investigamos no guardan ninguna relación entre sí, ¿qué pasa? —preguntó el nuevo.

—Oh, no pasa nada en absoluto —dijo el jefe alegremente—. Cada caso será resuelto por el cuerpo al que le corresponda, con la eficacia que caracteriza a los diversos servicios. Nuestra labor es meramente complementaria, como ya le dije el primer día.

El nuevo se levantó para salir. Mientras iba hacia la puerta, el jefe añadió:

—Antes de salir a cumplir su cometido, vaya a ver a su compañero del despacho número tres y pídale que le muestre el código que utilizamos para las comunicaciones secretas. No sé si sabe cómo funciona nuestro sistema.

—Sí, señor —respondió el nuevo—. Nada de móviles: sólo fax y el programa de radio nocturno.

—Muy bien —asintió el jefe—. Su compañero le explicará el resto.

8

A la puerta del despacho número tres, el nuevo tocó con los nudillos y entró sin esperar respuesta. El despacho tenía las luces apagadas y sólo la lúgubre claridad de los fluorescentes del corredor permitía distinguir la silueta del hombre sentado a la mesa. Sin arredrarse ante aquel insólito recibimiento, el nuevo avanzó hasta el borde de la mesa. Sus ojos se habían acostumbrado a la oscuridad y pudo reconocer en el hombre sentado a uno de los asistentes a la reunión matutina. Ahora estaba inmóvil, con los codos sobre una pila de documentos y la cabeza en las palmas de las manos, en actitud de profundo abatimiento.

—Disculpe si interrumpo sus reflexiones —dijo el nuevo a media voz—, pero me manda el jefe para que usted me explique el sistema de comunicación secreta. Si quiere, puedo volver dentro de cinco minutos, pero no más, porque he de salir a cumplir otras órdenes.

El hombre ensimismado pareció salir de su letargo.

—Está bien —dijo secamente—. Tome asiento y trataré de instruirle sobre el particular. Sin embargo, he de advertirle que estoy en muy baja forma. Anímicamente, quiero decir. Acabo de perder una votación por culpa de su estúpida abstención.

—Oh, no sabía que era usted —dijo el nuevo un tanto desconcertado. Luego, sin embargo, recordó situaciones similares de su etapa carcelaria y reaccionó con prontitud—. Le pido mil perdones y le informo de que si me abstuve en la votación, fue con la mejor de las intenciones. Soy nuevo, como usted sabe, y no quise actuar de un modo precipitado, sin conocimiento de causa. Pero no había nada en mi conducta que reflejara una opinión personal acerca de usted o de su solicitud.

—Lo entiendo —dijo Pocorrabo— y no le guardo rencor, pero me ha fastidiado bien. Llevaba un año rellenando formularios y haciendo las mil y una para convencer a los más reacios, y ahora tendré que empezar de nuevo. Tanto afán y tanto papeleo —añadió señalando la pila de documentos sobre la que seguía apoyando los codos— para nada. De todas formas —dijo modificando el tono de voz, levantando los brazos y dando una palmada al aire—, las cuestiones personales no deben entorpecer el trabajo. Usted venía a recibir instrucción sobre el código secreto.

Encendió la lámpara de la mesa. Los dos parpadearon deslumbrados por el súbito resplandor. El nuevo vio que su interlocutor era el hombre de piel rosada y pelo teñido de color castaño claro; vestía un terno príncipe de Gales, camisa blanca y corbata. Era evidente que se había vestido para celebrar la feliz conclusión de su trabajosa demanda. Ahora, sin embargo, cuando volvió a hablar, no había en su voz tristeza ni resentimiento.

—En el pasado —empezó diciendo— hemos probado metódicamente los sistemas tradicionales de encriptado: letras por números, palabras en un libro, etcétera. Con todos el resultado fue una pérdida de tiempo y siempre acabaron causando más problemas de los que solucionaban. Todo el mundo conoce este tipo de códigos y a los agentes se nos olvidaban las claves con frecuencia. Al final se optó por algo más eficaz y más sencillo: emplear los términos contrarios. En vez de sí, no; en vez de arriba, abajo; en vez de hola, adiós, y así sucesivamente. Es fácil de usar y si el mensaje cae en manos de un tercero, no sólo no lo entiende, o lo entiende al revés, sino que se desanima al ver que todo es negativo. El resultado es tan bueno que a menudo los agentes lo utilizan también cuando hablan de sus cosas. Por eso es conveniente preguntar siempre si el interlocutor está usando el código inverso.

—La respuesta será que no en todos los casos —señaló el nuevo.

—Es verdad —admitió Pocorrabo—. No se me había ocurrido. Bueno, usted practique, y si tiene dudas, no vacile en consultarme. Aquí estamos para ayudarnos los unos a los otros.

Mientras tenía lugar este encuentro, el jefe había enviado a la chica de la recepción a buscar a Monososo. La chica tardó un buen rato en localizarlo, aunque el agente en cuestión había sido visto aquella misma mañana en las dependencias de la Organización. Finalmente dio con él: se había encerrado en el váter para leer un manga sin ser molestado. Monososo, nacido y criado en Barcelona, era de padres japoneses. Había salido agrio de carácter, esquivo en el trato e insumiso. El jefe no lo habría mantenido en la plantilla si no le hubiese resultado de utilidad para ciertas gestiones y porque poseía algunas cualidades poco comunes que compensaban las aristas de su carácter: dibujaba muy bien, podía falsificar firmas y letras, imitaba el canto de varias aves y recitaba de corrido los nombres de todos los presidentes de la democracia, a pesar de haber nacido en la segunda legislatura de José María Aznar.

—Monososo —le dijo el jefe cuando lo tuvo en su presencia—, te vas a matricular otra vez.

—No me joda, jefe —replicó Monososo.

—Eh, eh, en la Organización no se permite

este lenguaje —dijo el jefe en tono terminante—. Y cuando te hablo no me cierres los ojos.

—Yo no cierro los ojos, jefe —dijo Monososo—. Es que soy oriental. Y si se mete con mi etnia le cae un puro.

9

El nuevo y el jorobado encontraron al recepcionista del hotel El Indio Bravo a la puerta del establecimiento. Había salido a fumar y se entretenía viendo discurrir por la Rambla a la variopinta riada de turistas recién desembarcados de un crucero multitudinario. Al ver a los agentes puso mala cara.

—¿Otra vez aquí? —masculló.

—Ya le dijimos que volveríamos por si se había acordado de algo —dijo el nuevo.

—Pues no he recordado nada —respondió el recepcionista—, ya ve usted.

—En tal caso —intervino el jorobado—, le haremos alguna pregunta. Por ejemplo, ésta: cuando entró en la habitación donde estaba el muerto colgado llamó a la policía, ¿no es así?

—Tal cual —dijo el recepcionista.

—¿Desde la habitación? —preguntó el jorobado—. ¿O bajó a la recepción para hacer la llamada?

—No, no —dijo el recepcionista—, la hice *in situ*, como quien dice.

—¿Y luego? —preguntó el nuevo.

—Luego nada —dijo el recepcionista—. Vinieron los maderos y me dieron las gracias por haber sido un buen ciudadano y un buen recepcionista. Después me hicieron salir y se pusieron a sus cosas: buscar huellas dactilares y tal y cual.

Estaba nervioso y su nerviosismo iba en aumento. De súbito arrojó el cigarrillo al suelo, lo pisó con saña y se disponía a dar media vuelta y entrar en el hotel cuando sonó una detonación y el recepcionista cayó al suelo. Instintivamente los otros dos se cobijaron en el hotel mientras se oían dos detonaciones más y percutía el impacto de las balas en la fachada. Con el ruido de la circulación y el aturdimiento propio de su condición, los turistas no se habían percatado de nada, y no les llamaba la atención ver a un hombre tendido en la acera que agitaba los brazos y decía:

—¡Ayuda! ¡Me han dao bien dao!

Con mucha cautela, los dos agentes lo agarraron de los tobillos, lo arrastraron al interior y lo depositaron en el suelo, al pie de la recepción. Por el vestíbulo el cuerpo iba dejando un reguero de sangre. El jorobado descolgó el teléfono que había sobre el mostrador y marcó el 112. Respondieron de inmediato.

—Hay un hombre malherido —dijo— en el hotel El Indio Bravo, en las Ramblas. Manden una ambulancia con urgencia.

Mientras llamaba, el recepcionista se quedó patitieso.

—¿La ha espichado? —preguntó el jorobado.

—No lo sé —respondió el nuevo.

—La ambulancia está en camino —dijo el jorobado—. Dos minutos, han dicho. No deberían encontrarnos aquí. Eso daría al traste con la investigación.

—Es verdad —dijo el nuevo—, pero si salimos por la puerta, nos pegan un tiro, como a este desgraciado. Subiremos por la escalera hasta la azotea y ahí veremos si hay escapatoria.

El nuevo fue hacia la escalera, se detuvo y regresó con viveza.

—Alguien baja —susurró—. Quizá los cómplices del francotirador. Por ahí no podemos ir.

—¿Lo dices en serio o hablas en el código inverso? —preguntó el jorobado.

—¿A ti qué te parece? —respondió el nuevo.

Se oían voces en el hueco de la escalera y, a lo lejos, las sirenas de la ambulancia y del coche patrulla, que trataban de abrirse paso en el perpetuo atasco de la popular urbe. El jorobado movía la cabeza de un lado a otro para expresar su disgusto.

—El jefe debería darnos armas para ocasiones como la presente —comentó—. A mí me dan un kaláshnikov y conquisto Afganistán, pero inerme y contra un enemigo superior en número, ya me dirás...

—Subamos en ascensor —dijo el nuevo.

—No funciona —dijo el jorobado.

—Pronto lo veremos —dijo el nuevo.

A gatas para no ponerse a tiro, el nuevo alcanzó la puerta del ascensor y pulsó el botón de llamada. El jorobado corrió a su lado. Por su hechura no necesitaba agacharse. Entraron en el ascensor y pulsaron el botón del último piso. De inmediato el ascensor se puso en marcha. El interior del ascensor estaba limpio y no mostraba señales de abandono.

—Bueno —dijo el nuevo—, ahora ya sabemos por qué el muerto había elegido este hotel para sus tejemanejes.

El ascensor se detuvo en el último piso, se abrieron las puertas y salieron a un corredor corto y estrecho, al fondo del cual había una puerta baja de madera clara, por cuyos intersticios entraba la luz del día. A un lado del corredor se alineaban otras puertas.

—Los trasteros —dijo el nuevo—. Me gustaría ver qué hay dentro, pero no podemos perder tiempo. Quizá se han dado cuenta de la maniobra y vienen por nosotros.

Probaron la puerta del fondo del corredor, que se abrió girando el pomo, salieron y se encontraron en la azotea del hotel. Desde allí se veían las torres de la catedral y de Santa María del Pino, la aparatosa cúpula del Liceo, las caprichosas chimeneas del Palacio Güell y las azoteas de los edificios colindantes.

—Agáchate y no te acerques al pretil —dijo el nuevo a su compañero—. No sabemos dónde está el francotirador.

—Unos prismáticos nos vendrían de miedo —comentó con disgusto el jorobado.

—Hay que apañarse con lo que hay, Chema —dijo el nuevo—. Y tampoco lo veríamos, en este lío de ventanas, balcones y azoteas. Puede estar en cualquier parte. Ahora lo importante es ponerse a salvo. Vamos a ver si se puede saltar a la casa de al lado.

El nuevo lo hizo con facilidad y luego ayudó al jorobado, que tenía las piernas cortas. De ahí pasaron al edificio contiguo y a un tercero, hasta que encontraron una puerta abierta que les permitió bajar por la escalera y ganar la calle. Habían salido por el portal de un edificio de viviendas medio abandonado, situado en una calle lateral, y asomados a la esquina vieron cómo frente al hotel se habían parado una ambulancia y un coche patrulla y se arremolinaban los curiosos. Anduvieron un rato en dirección opuesta.

—Hemos salido bien librados —dijo el nuevo—, pero no hemos avanzado nada en la investigación. Es una lástima que el recepcionista no nos haya podido dar alguna pista antes de estirar la pata. Seguramente le dispararon para evitar que lo hiciera. El caso se está volviendo peligroso. Hemos de prevenir a los demás.

—Sí —dijo el jorobado—. Pero no hemos perdido el tiempo como tú crees. Mientras tú ibas a la escalera, le he pispado el móvil al recepcionista. A él poco servicio le hará y es probable que contenga información de algún tipo.

Sacó del bolsillo un móvil y limpió unos restos de sangre con un pañuelo de papel. Luego pulsó unas teclas y frunció el ceño.

—Está bloqueado y no sabemos la contraseña —dijo.

—Vamos a ver si encontramos a don Arsenio en el mismo sitio —dijo el nuevo—. A esta hora estará tomando el vermut.

Dando un rodeo por Nou de la Rambla, Rambla del Raval, Hospital y calle de las Cabras, volvieron al mercado de la Boquería. Sentado en un taburete, don Arsenio se disponía a saborear una gilda de piparra, anchoa y aceituna y una cerveza de barril. Al principio fingió no ver a los dos agentes, y éstos se cuidaron de mantener una discreta distancia. Al cabo de un rato, cuando hubo escudriñado en todas direcciones y se hubo cerciorado de que no había motivo para seguir disimulando, los saludó con alegría y los invitó a sentarse. El jorobado dijo que prefería quedarse de pie. Una vez se había encaramado a un taburete alto como aquéllos y, al bajar, se había ido de bruces. No se hizo daño, pero quedó en una situación ridícula cuyo recuerdo todavía le atormentaba. El viejo chapero pidió dos cervezas y dos gildas para sus amigos y luego dijo:

—Tengo malas noticias para vosotros. Nadie sabe nada de la chica que el recepcionista vio salir de la habitación del muerto. O no es una profesional o no es de esta demarcación. Si vino de fuera, no volverá. Aquí no gustan las intrusas. Una vez, quizá pase inadvertida. A la segunda, le tiran huevos, le rajan la ropa y le advierten de que a la próxima la rajarán a ella. Esto es la jungla.

Los dos agentes le agradecieron sus esfuerzos, le refirieron lo ocurrido en el hotel y le preguntaron si conocía a alguien capaz de desbloquear un teléfono móvil. El viejo chapero se echó a reír.

—Ahora mismo vuelvo —dijo.

Saltó del taburete y se perdió entre la masa de compradores y curiosos que abarrotaba el mercado. Regresó al cabo de unos minutos acompañado de un adolescente vestido con un chándal gris, viejo y descosido. Pidió el teléfono a los agentes, se lo dio al adolescente y le dijo:

—Mojamé, lo de siempre.

El adolescente tecleó unos segundos y devolvió el móvil desbloqueado. Luego tendió la mano.

—*Becashish, becashish.*

—No te hagas el morito, sinvergüenza —dijo don Arsenio—, que has nacido en Sant Andreu y estás en segundo de ESO. ¡Si te conoceré yo!

—Liberar un móvil es trabajo —replicó Mojamé—. Si no, haberlo hecho tú.

—Estás tú fresco —dijo don Arsenio—. Siempre andáis tu familia y tú pidiendo favores. Quid pro quo.

Cuando el adolescente se hubo ido enfurruñado, los agentes y el viejo chapero se pusieron a estudiar el contenido del teléfono. Al final don Arsenio se rascó la cabeza con aire preocupado y dijo:

—Este asunto es más feo de lo que pensaba. Conmigo no contéis para nada más. Ni vosotros me habéis visto, ni yo a vosotros.

10

Mientras esto sucedía, la señora Grassiela se había vuelto a reunir con la tripulación del yate hundido. Todos los marineros estaban muy conturbados.

—Primero fuese el patrón, después *hundiose o barquiño*. ¡Pobres de nosotros! ¡Huérfanos y sin hogar! —dijo el portavoz de la tripulación.

La señora Grassiela fingía tomar notas en un cuaderno.

—Hay pensiones baratas —sugirió.

—¡Lo barato sale caro, decía mi pobre madre! —exclamó el marinero—. Nosotros trabajamos para enviar dinero a nuestras pobres familias. Y estamos acostumbrados a dormir todos juntos, en literas. Los marineros pasamos miedo por la noche. El fuego de Santelmo y otras apariciones. Además, nos llevamos todos muy bien. Ni discusiones ni peleas ni nada por el estilo. Quizá porque todos somos de nacionalidades distintas. Uno filipino, otro sueco, otro malayo, y así hasta completar el cupo. Como en la UNESCO. Yo soy el único español. Me llamo Ricardiño, para lo que guste mandar. Anoche quisimos volver al barco, con intención de dormir ahí, y la Guardia Civil no nos dejó subir. Si nos hubieran dejado, ahora estaríamos todos en el fondo del mar. Hubo una explosión y *hundiose o barquiño.*

—¿El patrón también dormía en el yate? —preguntó la señora Grassiela.

—No —respondió el marinero—, él nunca dormía en el yate. En cuanto atracábamos nos decía: *good bye...* es un término náutico, ¿sabe?, y se iba a la ciudad. Nosotros sabíamos que no volvería hasta el día siguiente, o hasta pasados un par de días, de modo y manera que nos instalábamos en los camarotes de los invitados, como señorones. Eso sí, nunca nos comimos la comida ni nos bebimos las bebidas de la nevera. Cuando volvía lo encontraba todo en orden y a la tripulación dispuesta para zarpar. En busca de nuevos rumbos, ¿sabe?

—¿Y a usted le gusta? —preguntó la señora Grassiela—. Esta vida, digo, ¿le gusta?

—¿Navegar? No mucho —dijo el marinero—. Pero es lo único que sé hacer. En mi familia todos trabajan la mar. De padres a hijos. A mí no me gustaba, ¿sabe?

—¿Mariscar? —dijo ella.

—No —dijo el marinero—. Somos contrabandistas. Yo a eso no le veo futuro. El futuro está en la navegación deportiva. Poco trabajo, buena paga, en tierra un día sí y otro también. Si hay mala mar, corriendo a puerto, hasta que amaine. Pero a usted todo esto no le interesa.

—Oh, sí —dijo la señora Grassiela con una sonrisa—. Como soy de familia acomodada me divierte un montón la vida de los pobres. ¿Cuánto tiempo llevaba en el yate?

—Un par de años —dijo el marinero—. Esporádicamente. No sé si eso me vale para la jubilación. Yo de papeles no entiendo nada, y menos si están en inglés. A mí me dicen: firma aquí, y yo firmo.

Mientras tanto, con desgana, pero resignado a cumplir del mejor modo posible las órdenes recibidas, Monososo acudió una vez más a matricularse en el centro de acogida Duque de Ahumada, sito en la calle de la Gleva, a un tiro de piedra de la Plaza Molina.

A diferencia de otros cuerpos de seguridad del Estado, cuyos miembros masculinos tienden a buscar pareja entre las chicas de su pueblo, en la Guardia Civil, quizá por el desarraigo inherente al Cuerpo, quizá por la suspicacia que a veces concitan sus miembros entre la población local, abundan los matrimonios mixtos, especialmente con japonesas, a quienes los miembros del Cuerpo valoran por su armoniosa belleza y la dulzura de su talante, y entre quienes los guardias civiles gozan de gran predicamento, por sus cualidades personales, pero también por su integridad, su lealtad inquebrantable y un estricto sentido del honor que tal vez evoca en ellas, de un modo instintivo, la legendaria figura del samurái. Por todo lo cual, como el mero hecho de unir su vida a la de un guardia civil convierte a su pareja en parte integrante de la Benemérita, con toda la responsabilidad que eso lleva aparejada, el Ministerio del Interior y el Ministerio de Defensa, de los que depende el Cuerpo, crearon una red de centros de acogida y formación para consortes y familiares en general en los que se imparten clases de idiomas y se dan cursillos de cultura general, historia y costumbres, y, aunque resulte paradójico, de defensa personal. Los cursillos son monotemáticos, de corta duración, con un horario que no interfiera en la vida privada de sus asistentes; son gratuitos y voluntarios, y están pensados para fomentar, sobre todo, la rápida adaptación al nuevo ambiente, el buen humor y el compañerismo. Monososo se ha apuntado por lo menos cuatro veces a diferentes cursos bajo distintos nombres, alegando falsos parentescos, fingiendo desconocer la lengua y todo lo concerniente al país. Como las normas de admisión no son rigurosas, porque nadie espera infiltrados, y a los encargados de la administración no les es fácil distinguir a un japonés de otro por su fisonomía, nunca ha tenido problemas. Una vez admitido, tampoco le cuesta trabar amistad con el resto del alumnado, mayormente femenino, dentro y fuera del centro. Pronto se establece la costumbre de ir a merendar al salir de clase, o ir de compras en grupo, o visitar algún museo, porque la vida de la esposa de un guardia civil está supeditada a las exigencias del servicio y, por lo general, les sobra el tiempo libre. De este modo Monososo se entera de muchas cosas. Por ejemplo, de que aquella misma mañana habían salido de Zaragoza efectivos especiales de la Guardia Civil, provistos de equipo de buceo, con objeto de determinar si la explosión que hizo zozobrar el yate se debió a causas naturales, es decir, técnicas, o a un acto deliberado. Y también para cerciorarse de si en el momento del siniestro había alguna persona a bordo.

—¡Hombres rana, desde Zaragoza! —exclamó Monososo—. ¿Cómo vienen?, ¿nadando por el Ebro?

Las esposas de los guardias civiles pensaban que contar cosas en japonés a un adolescente idiota no era revelar secretos. A él, en cambio, la situación le resultaba insoportable, no porque le incomodaran la traición y el abuso de confianza, que le traían sin cuidado, sino porque no sentía ninguna afinidad con la gente de su etnia y le aburría escuchar el recuento de las hazañas y de las virtudes de unos cónyuges a los que no conocía, y participar en largas conversaciones sobre hijos, ropa, recetas y un surtido de cuitas del hogar.

11

Buscabrega, el agente que ha estado investigando las finanzas de la conservera, no se llama así, pero se ha ganado el apodo a pulso. Aquella misma noche entra en un bar de la calle Rocafort provisto de una bolsa de tela, toma asiento en la barra y pide un vaso de vino tinto. Se lo sirven, se lo bebe y luego, sin previo aviso, saca de la bolsa una corneta y toca diana. Cuando ve que el resto de los parroquianos le mira con una mezcla de sorpresa e irritación, se pone de pie encima de una silla y declama:

—Je n'ai plus qu'un mot à dire sur la cavalerie. Le Roi n'en aura point, quelques efforts que l'on fasse, tant qu'il n'aura pas des Capitaines, et il ne peut en avoir si Sa Majesté ne change pas la méthode actuelle de nommer aux Compagnies.

Hace un par de años el médico del seguro le había recomendado, para combatir el deterioro gradual de algunas facultades mentales propio de la edad, el saludable ejercicio de memorizar textos. En una librería de viejo encontró un libro pequeño, encuadernado en tela, con las páginas amarillentas, escrito en un francés algo arcaico, muy bien de precio. Regateando consiguió una rebaja adicional. Al llegar a casa se lo mostró a su mujer; en vez de felicitarle, ella le preguntó la razón de aquella compra. Él le respondió que en el colegio había aprendido francés, pero luego no lo había practicado nunca y, al ver el libro, se le ocurrió que memorizar éste sería una buena manera de refrescar aquél. Pues podrías haber comprado un libro más bonito, le dijo ella, de Verlaine o incluso de Baudelaire, pero un manual de táctica militar... Mujer, un libro de versos no me parece viril; éste, en cambio, es más acorde con mi oficio. Mientras aprendía de memoria el libro, se compró en los Encantes el cornetín de órdenes que ahora toca con tanto ardor que la nariz se le pone roja, los ojos parecen a punto de salir de sus órbitas y las orejas remedan el frenético aleteo de un murciélago.

Mientras tanto, el encargado ha llamado a la Guardia Urbana. Para cuando comparecen dos agentes, el local se ha vaciado y Buscabrega sigue tocando la corneta, ahora subido a la barra, bajo la mirada atenta del encargado, que teme la rotura de las botellas, en cuya compra ha invertido sus ahorros. A requerimiento de los urbanos, guarda la corneta, baja de la barra y se deja conducir al coche. En la comisaría del distrito no saben qué hacer con él: las dependencias están a rebosar y el detenido no parece violento. Le echan una reprimenda y lo dejan ir. En la calle trata de tocar la corneta, pero está cansado y le falta fuelle. Mete la corneta en la bolsa, toma un autobús nocturno y se va a su casa, en Las Corts. Cuando se mete en la cama, su mujer entreabre los ojos y le pregunta:

—¿De dónde vienes, José Mari?, ¿de tocar la corneta?

—Sí —responde Buscabrega.

—¿Has tenido éxito? —murmura su mujer.

—Regular —confiesa él—. Hoy en día, a nadie le interesa la estrategia militar. Vivimos en una época de *frivolité*, Montse.

Exhala un gemido, se da media vuelta, dirige los ojos hacia la ventana entreabierta y pregunta:

—Montse, aquello que brilla a lo lejos, ¿es *peut-être l'Arc de Triomphe*?

—No, José Mari, es el Camp Nou —dice ella, tratando de recuperar el sueño—. Anda, duerme, que mañana has de volver a investigar.

12

Cada uno en concordancia con la pigmentación de su cutis, el nuevo y el jorobado se habían ruborizado al escuchar los elogios de su jefe, por más que éste, concentrado en el examen de las fotografías, no se percatara del efecto de sus comentarios.

—Me gustaría conocer la condición presente de nuestro involuntario informante —comentó sin levantar los ojos—. Sólo por curiosidad y movido de una razonable compasión por la suerte del prójimo, claro está; del infortunado recepcionista, poco o nada podemos esperar ya. Si sigue vivo, la policía lo habrá puesto a buen recaudo; y si ha fallecido de resultas del atentado, menos posibilidades ofrece. Su aportación, no obstante, es valiosísima. Y muy rara. Lo de fotografiar a las chicas es natural, pero me pregunto qué le impulsó a fotografiar al muerto.

El jorobado movió los brazos para indicar que se encogía de hombros.

—Para colgar las fotos en Instagram, jefe —dijo con aires de entendido—. Es la moda entre los jóvenes; y los no tan jóvenes.

—Ah, la vanidad... —sentenció el jefe—. Una inclinación reprobable, pero muy fructífera para nuestros fines.

Volvió a clavar una mirada de asco en la foto.

—Rostro abotargado —dijo describiendo lo obvio—, párpados entrecerrados, lengua protuberante. Y mal afeitado, como para hacer más patente su fealdad. Uno nunca sabe cuándo se irá al otro mundo y casi nunca se puede arreglar como desearía ser recordado —dijo levantando los ojos de la macabra imagen y mirando a sus subordinados, para ver si apreciaban la hondura de su pensamiento. Luego apagó el teléfono móvil, movió la cabeza y añadió—: Si dispusiéramos del material técnico adecuado, podríamos hacer copias y distribuirlas. Pero como no tenemos nada de nada, le prestaremos el teléfono a la señora Grassiela para que muestre el retrato del fiambre a los marineros. Por lo visto se han hecho muy amigos. Antes, sin embargo, mostraremos las chicas a nuestro especialista. Después de la votación lo veo un poco decaído. Quizá este trabajo le devuelva la moral.

Se levantó, cogió el teléfono y se dirigió al despacho del agente decaído. Éste se puso en pie al ver entrar al jefe y su rostro se iluminó con una sonrisa, que se borró de inmediato al ver entrar en pos de aquel a quien había causado su depresión negándole el voto. El jefe pasó por alto este cambio de actitud, le pidió que se sentara, le puso delante el teléfono del recepcionista y le contó cómo había llegado a sus manos.

—No mires la primera foto, Pocorrabo —le aconsejó—. Te quitará el escaso ánimo que aún te queda. Las otras son diferentes. El muerto recibía visitas femeninas en la habitación del hotel y el recepcionista, a hurtadillas, les hacía fotos con el móvil, al entrar o salir del establecimiento, bien con algún fin ulterior, bien por el mero gusto de coleccionar un plantel de chicas guapas. Estúdialas y dinos lo que piensas.

El interpelado fue pasando con el dedo la galería de fotos. Cuando hubo acabado, repitió la operación. Luego se dirigió al jefe.

—¿En lenguaje codificado? —preguntó.

—No hace falta —dijo el jefe—. Aquí no nos oye nadie.

—Algunas fotos no están bien —dijo Pocorrabo—. Falta luz, el encuadre es defectuoso, en general se advierte precipitación.

—Ya —dijo el jefe—. ¿Y las chicas?

—Putas —dijo Pocorrabo con un deje de menosprecio.

—Trata de ser más preciso —dijo el jefe con paciencia—. Todas nos interesan, la última en especial.

El agente se sumió en una profunda reflexión. El jefe aprovechó la pausa para informar al nuevo, cuchicheando en su oído.

—Es un gran especialista. Pero no se llame a engaño. De mujeres no sabe nada. Sólo de tipología, clasificaciones, generalidades. Yo diría que no ha estado con una chavala en su vida. Quizá por eso tiene las ideas tan claras. Aquí le llamamos el urbanista de tías. Escuchémosle.

Pocorrabo reflexionaba. Finalmente suspiró y dijo:

—De cada una, poco puedo decir.

Hizo una pausa. Si se regocijaba al ver la contrariedad pintada en el rostro de sus oyentes, no lo demostró. Luego empezó a hablar en el tono monótono de quien lee por trámite el acta de una reunión previa que no interesa a nadie.

—La suma, sin embargo, es significativa. Jóvenes, guapas, altas, garbosas. Por sus rasgos fisionómicos se diría que foráneas, tal vez de la Europa del Este, una región vasta y sombría en materia de libertinaje y también en otros aspectos. Atuendo discreto: ni ceñido ni provocativo. Corte vulgar, ropa barata, siempre del mismo estilo; o las prendas fueron adquiridas por una misma persona o fueron elegidas por varias personas en una zona donde la oferta es escasa. El calzado sigue el mismo patrón, pero el modelo, denominado *espadrille*, apunta a supermercado francés o tienda española cercana a la frontera. De estos indicios y del hecho de no ser ninguna conocida en el ámbito local, yo las ubicaría en un puticlub limítrofe con Francia. Allí han proliferado este tipo de establecimientos, pensados para descanso de transportistas provenientes de toda Europa y solaz de extranjeros que visitan el país y a los que ofrecen un buen servicio a precios competitivos. No son legales, pero nadie los molesta: las autoridades no se atreven a clausurarlos por temor a que pasen a la clandestinidad y porque de este modo son más fáciles de controlar en el terreno de la higiene y el orden público, si bien en los últimos tiempos ha habido episodios de violencia entre grupos rivales. Amenazas, pequeños incendios provocados y bombas que los artificieros han podido desactivar sin mayor problema. Por otra parte, si las autoridades cerrasen los locales, no sabrían qué hacer con las chicas: inmigrantes, sin papeles de ninguna clase, pues incluso el pasaporte les ha sido retenido por los proxenetas que las explotan. No las pueden devolver a sus países de origen ni integrarlas en el mercado laboral español. Son muchas, carecen de oficio y la sociedad las rechaza, con razón o sin ella. Así que el mundo prefiere dejar las cosas como están. Las chicas trabajan mucho y cobran poco. Como no conocen a nadie, carecen de poder adquisitivo y no hablan la lengua local ni un idioma vehicular, su capacidad de iniciativa es nula. Carecen de opinión con respecto a todo. Son dadas a prácticas religiosas más próximas a la superstición que al dogma y se inclinan por sectas, donde son bien recibidas, antes que por la Iglesia católica, que las reprueba y las condena. Demasiado simples e inexpertas para adoptar una actitud cínica ante la vida y el mundo, no aborrecen su trabajo ni desprecian a sus clientes, salvo a los más desconsiderados. Son de un fatalismo práctico y una insensibilidad emocional que las pone a salvo de las penas de amor que afligen a sus congéneres. Desconfían de los desconocidos tanto como temen a los conocidos y son sumamente reacias a cooperar con la policía, pero se las puede convencer o coaccionar.

Calló Pocorrabo y el nuevo y el jorobado expresaron con murmullos y ademanes su admiración por aquella ordenada y precisa exposición de vaguedades. El jefe no perdía el tiempo en cumplidos.

—No nos dispersemos —dijo—. Ahora lo importante es saber por qué el muerto se hacía traer chicas de un lugar relativamente lejano cuando podría haber conseguido lo mismo en Barcelona. Por qué cada vez era una chica distinta. Si procedían todas de un mismo establecimiento o si también variaba de proveedor. Qué medio de transporte utilizaba: público o privado. Y, por último, por qué celebraba estos encuentros, sin duda dispendiosos, en un hotel de ínfima categoría, siempre el mismo, y no en su lujoso yate.

—Esto en el supuesto de que el muerto y el

patrón del yate sean la misma persona —apuntó el nuevo antes de que el jorobado pudiera disuadirle de contrariar al jefe.

Aquél, sin embargo, estaba demasiado perdido en sus cábalas y pasó por alto la metedura de pata de su subordinado. Al cabo de un rato, en voz apenas perceptible, como si hablara para sí, añadió:

—Alguien tendrá que desplazarse a esa zona fronteriza que tan bien nos ha sido descrita.

Pocorrabo levantó los brazos. El jefe le interrumpió antes de que pudiera expresar su queja.

—No me refería a ti —dijo—. Conozco tus méritos y también tus limitaciones. Estaba pensando en la nena. Hace mucho que no la enviamos de misión y agradecerá un poco de acción.

Antes de levantar la reunión, el jorobado pidió la palabra.

—Le recuerdo, jefe, que tenemos una cuenta pendiente —dijo con firmeza—. La de los gastos incurridos en el curso de nuestra misión: las consumiciones y otras necesidades del servicio.

—Está bien —dijo el jefe con irritación—. Hagan una factura en la debida forma y me la traen. Ahora tengo cosas más importantes en que ocuparme.

13

El jefe andaba por un pasillo con el móvil en la mano. Al pasar frente al despacho de Buscabrega vio a su subordinado de bruces sobre la mesa. Entró, cerró la puerta a sus espaldas y sacudió el hombro del durmiente. Éste se despertó con sobresalto. Al reconocer al jefe ahogó un grito. Luego se levantó lentamente.

—No le había oído entrar, jefe —balbuceó—. Perdone.

—Si vienes a la oficina a echar la siesta —dijo el jefe—, al menos no dejes la puerta abierta de par en par, por la dignidad de la Organización y por la tuya propia.

—He pasado mala noche —se excusó Buscabrega.

La luz del flexo se reflejaba en una hoja de papel en blanco y proyectaba una luz tétrica sobre las facciones emaciadas, las ojeras violáceas, las pupilas irritadas y los labios secos y torcidos del turuta insomne. El jefe le indicó que volviera a sentarse, arrimó una silla y se sentó a su vez al otro lado de la mesa. Sacó el móvil del bolsillo, pulsó unas teclas, echó el cuerpo hacia delante y mostró la pantalla a su subordinado.

—Los móviles están prohibidos —dijo—, eso no hace falta decirlo. Sin embargo, éste es un caso excepcional. Contiene información valiosa. Una vez la hayamos utilizado, destruiremos el aparato y nadie podrá rastrearlo. Pero como ya lo tengo, quisiera mostrarte algo.

Buscabrega se restregó los ojos y fijó la mirada en el móvil. Cuando hubo acabado, el jefe volvió a guardar el móvil en el bolsillo y sonrió.

—Es un vídeo de mi nieta tocando el tambor —explicó—. Tiene tres años. ¿No es una monada?

Buscabrega asintió con vehemencia.

—No se lo cuentes a nadie —dijo el jefe en un susurro—. Te lo he mostrado porque te considero una persona sensible, a pesar de tus devaneos nocturnos, de los que me han llegado noticias frecuentes.

El aludido bajó la cabeza y el jefe añadió:

—Los nietos nos indican del modo más alegre que todos vamos camino de la senectud. Sólo por esto ya son una bendición. El tiempo pasa con increíble celeridad, y si uno ha sabido enriquecer su entendimiento con lecturas sustanciosas, viajes instructivos y serenas reflexiones, al final recibe la recompensa del sabio, que consiste en comprobar que todo lo aprendido es inútil, toda experiencia es tardía y toda vida es de una vulgaridad sin paliativos.

Se guardó el móvil en el bolsillo, se levantó y se dirigió a la puerta.

—No te entretengo más —dijo desde allí—. Los dos tenemos mucho trabajo por delante.

En el pasillo le esperaba el jorobado. Sin decir nada le entregó un escandallo y se fue. El jefe se lo llevó a su despacho y allí lo examinó detenidamente.

2 cervezas	4,50 €
2 gildas	6,00 €
1 kaláshnikov	1.500,00 $

Por su parte, Buscabrega, tan pronto el jefe le hubo dejado solo, salió de la oficina y acudió a un locutorio frecuentado por inmigrantes. Desde allí marcó un número. Al segundo timbrazo respondió una voz femenina.

—Conservas Fernández, ¿en qué le puedo ayudar?

Al oír aquella copia servil de una fórmula inglesa igualmente vacua, solicitó hablar con la asesoría jurídica, aduciendo ser procurador de los tribunales. Una vez establecida la comunicación, preguntó si, como le habían dicho, la empresa había presentado suspensión de pagos.

—Oiga —dijo una voz al otro lado de la línea tras una breve pausa—, ¿no llamó usted ayer para preguntar lo mismo?

—Soy pasante de notaría —dijo Buscabrega.

—Eso también lo dijo ayer —dijo la voz al otro lado de la línea.

—Oh... —dijo Buscabrega con un titubeo—, quizá se me ha traspapelado la documentación pertinente.

—Suele ocurrir —dijo la voz al otro lado de la línea—. Pero celebro que haya llamado, porque a raíz de su pregunta de ayer, idéntica a la de hoy, he evacuado las consultas oportunas y, de conformidad con la directiva, me gustaría enseñarle unos documentos. Y no sólo enseñárselos. Haré fotocopias y se los podrá llevar, por si mañana o cualquier otro día precisa aclaraciones sobre la situación financiera de la empresa. ¿Qué le parece?

—Me parece de perlas —dijo Buscabrega—. ¿A dónde debo ir?

—Nuestra contabilidad se hace en un polígono industrial cerca de Badalona —dijo la voz al otro lado de la línea—. El camino es un poco complicado, no llegaría aunque le diera indicaciones precisas. Haremos una cosa más sencilla: dígame dónde se encuentra y le enviaremos un taxi. Con cargo a la empresa, naturalmente.

—No sé... —respondió Buscabrega, reacio a revelar la dirección de la oficina—, ahora estoy en mi despacho, en la notaría, donde trabajo como pasante, pero he de salir a hacer unos recados.

—En tal caso —dijo la voz al otro lado de la línea—, cuando haya acabado sus gestiones, dentro de media hora, por decir algo, espere en la esquina del Paseo de Gracia con Mallorca, acera mar. Un taxi le estará esperando. Para que el taxista le pueda reconocer, lleve en la mano una lata de Conservas Fernández. La puede adquirir en cualquier supermercado. Luego le abonaremos el gasto. Tenga la lata en alto, para facilitar la labor del taxista. A esa hora la zona está muy concurrida.

—¿No llamaré la atención? —preguntó Buscabrega—. Con la lata.

—No, en absoluto —le tranquilizó la voz al otro lado de la línea—, es una zona comercial y la gente va a lo suyo. Ah, y no hable con nadie de la entrevista. Hay mucho espionaje industrial. Esto ha de quedar entre el departamento de contabilidad, usted y yo.

*

El jefe tocó con los nudillos, esperó a ser invitado y entró de puntillas en el despacho de la señora Grassiela. Una vez dentro, tomó asiento y colocó el teléfono móvil sobre la mesa.

—Llévaselo a tus amigos marineros —dijo—. A ver si reconocen en el muerto a su antiguo patrón. Realmente, este aparato es una maravilla. Si lo supiéramos utilizar, seguro que nos proporcionaría una información maravillosa. No me extraña que todo el mundo tenga uno. Aquí, sin embargo, nadie tiene ni idea y no podemos llamar a un informático. Mira esto.

La señora Grassiela miró de reojo el vídeo de la nieta del jefe.

—A que está para comérsela —sugirió él.

Ella se encogió de hombros.

—Tú nunca quisiste tener hijos conmigo —dijo entre dientes.

—Por el amor de Dios —exclamó el jefe—, no volvamos al tema. Sólo te invité a merendar y luego te di un achuchón en el taxi.

—Estas cosas deben quedar claras desde el principio —dijo ella.

—Tienes razón —admitió el jefe—. Me comporté como un sátiro. Estaba obnubilado por tu belleza. Y pensé que a nuestra edad ciertas cosas se daban por entendidas. En fin, no hagamos una montaña de lo sucedido: la vida sigue y hemos de concentrarnos en el trabajo. Ve a ver a los marineros. Y de paso, entra en el hotel, hazte la despistada, mira quién está ahora en la recepción. Y procura indagar algo sin despertar sospechas, con tu habitual sagacidad, ya me entiendes. Ah, y ten mucho cuidado con el móvil. Esa zona está plagada de carteristas.

14

El taxi en que viajaba Buscabrega se detuvo en las estribaciones de un arrabal donde en un tiempo hubo pequeños talleres, almacenes y zonas destinadas a desguace de maquinaria inservible y donde en la actualidad, barrida toda actividad fabril por la competencia de otros polos industriales más modernos, las sucesivas crisis, la desidia institucional y otros enemigos del progreso, sólo había solares rodeados de tapias cubiertas de grafitis y pequeños almacenes en ruinas, entre los que crecían yerbajos polvorientos.

—¿Seguro que es aquí? —preguntó Buscabrega.

—Seguro —dijo el taxista—. Me dijeron que lo recogiera en el punto de recogida y lo trajera a estas coordenadas. Yo puse el GPS y aquí estamos.

—Debe tratarse de un error —dijo Buscabrega—. No de usted, por supuesto. Usted ha cumplido con su deber. Pero en este páramo no hay nada. Volvamos al punto de partida.

—Eso si me paga la carrera de vuelta —dijo el taxista—. A mí me han pagado para hacer este servicio. Si usted quiere otro servicio, yo bajo bandera.

—Pero igual ha de volver al centro —dijo Buscabrega—. De vacío.

—Eso según su lógica —replicó el taxista—. Pero en el taxi tenemos otra filosofía. Un cliente sube: bajada de bandera.

—¿Y no puede ponerse en contacto con la persona que le llamó para que me trajera y explicarle la situación? —dijo Buscabrega.

—No conozco a esa persona —repuso el taxista—. Lo que sí puedo hacer es largarme ahora mismo. Estoy perdiendo un tiempo valioso y he de dar de comer a mucha gente. ¿Sube o no sube?

—No dispongo de dinero en efectivo —dijo Buscabrega—. Ni de tarjetas. Le pagaré al llegar.

—Eso dicen todos —dijo el taxista—. Que pase usted un buen día.

Buscabrega vio alejarse el taxi con desmayo. Luego estuvo un rato pensando en la forma de regresar. No sabía dónde estaba ni parecía haber transporte público en las inmediaciones de aquel desolado lugar. Estaba sumido en un mar de confusiones cuando una furgoneta apareció por detrás de una tapia, avanzó hasta donde él estaba y se detuvo. El conductor sacó la cabeza por la ventanilla.

—¿Qué hace usted aquí? —preguntó en tono servicial.

—Nada —respondió Buscabrega—. He venido en taxi y no sé cómo volver al lugar de donde vine.

—¿Y a qué vino? —preguntó el conductor de la furgoneta.

—No lo sé —confesó Buscabrega—. Yo sólo quería saber el estado de cuentas de una empresa. Llamé y me dijeron que viniera. Más no le sabría decir. A veces me pasa, ¿sabe? Es como si se me vaciara el cerebro. Como si hubieran entrado ladrones y hubieran desvalijado la casa. Nada está en orden: una cosa por aquí, otra por allá, una silla rota, el contenido de un cajón esparcido por el suelo. Así, pero mentalmente. ¿Se hace cargo?

—Más o menos —dijo el conductor de la furgoneta—. ¿Y no se vuelve a llenar? El cerebro, me refiero.

—Oh, sí —dijo Buscabrega—. Se llena solo, en unas horas. Pero lo nuevo me resulta desconocido.

—Debe de ser una sensación bien rara —dijo el conductor de la furgoneta.

—Sí —reconoció Buscabrega—, rara. Ésa es la palabra justa.

El acompañante del conductor terció en la conversación.

—Me parece que este señor necesita ayuda —dijo a su compañero—. A corto y a largo plazo. De momento, podemos llevarle al centro en la furgo. Para lo otro será mejor que le vea un facultativo.

El conductor de la furgoneta asintió y, dirigiéndose a Buscabrega y señalando la parte posterior del vehículo, le dijo:

—Venga, suba. Vamos cargados, pero si aparta las cajas, hay sitio, aunque no vaya muy cómodo.

Buscabrega se deshizo en muestras de gratitud y se disponía a subir a la furgoneta cuando algo llamó su atención.

—Oigan —dijo—, no quiero ser indiscreto, pero ¿por qué uno de ustedes lleva una careta de Goofy y el otro una de Pluto?

El conductor de la furgoneta y el acompañante del conductor dejaron escapar una risita al unísono.

—Verá —dijo el acompañante—, somos trabajadores ilegales. Si vendiéramos bolsos de imitación o manteles, nadie nos diría nada. Pero conducir una furgo de reparto ya son palabras mayores. Así que nos pusimos estas caretas para pasar desapercibidos.

Buscabrega dio por buena la explicación, abrió la puerta trasera de la furgoneta y se encaramó a la cabina, cuyo espacio, como había anunciado el conductor, estaba ocupado casi enteramente por cajas de cartón. Empujando consiguió dejar un rincón libre, donde se sentó con las rodillas contra el mentón. El acompañante del conductor se había apeado y estaba frente a la puerta.

—¿Va cómodo? ¿Puedo cerrar?

Buscabrega iba a contestar cuando advirtió que todos los embalajes llevaban un rótulo que decía: CONSERVAS FERNÁNDEZ. Comprendió que algo extraño sucedía y quiso bajar, pero la puerta de la furgoneta se cerró de golpe y el conductor, dejando oír su voz a través de una mirilla, exclamó:

—¡Has caído en la trampa, mameluco!

La camioneta arrancó haciendo chirriar los neumáticos contra el asfalto y Buscabrega perdió el equilibrio y se fue de morros contra las cajas.

15

La señora Grassiela se detuvo a la puerta del bar, distinguió a dos personas sentadas en la mesa de los marineros y se dirigió hacia allí. El marinero que decía llamarse Ricardiño la invitó a sentarse.

—¿Y los demás? —preguntó la señora Grassiela.

—Fuéronse —respondió el marinero—. No querían estar aquí, mano sobre mano. El patrón no lleva trazas de volver y el barco sigue en el fondo. Uno por aquí, otro por allá, todos se han conseguido un trabajo. Mal pagado, claro, pero mejor que nada. Yo decidí esperar a que usted volviera. Tengo mucha confianza en su intercesión.

—La habrá —prometió la señora Grassiela—, si tiene paciencia.

—Eso me sobra —dijo Ricardiño—. Dinero no.

—¿Y su compañero? —dijo la señora Grassiela señalando al otro marinero, un hombre de aspecto demacrado, rostro cetrino, barba cana y ojos nublados, que miraba un vértice del techo despatarrado en su silla.

—Éste se quedó porque está malito —dijo Ricardiño—. Tuvo fiebres tercianas, fiebre amarilla y fiebre palúdica y de resultas sufre ataques de hemoptisis. Por lo visto hace años era un hombre robusto. De mozo embarcó en un ballenero y estuvo varios años arponeando cetáceos. Al menos, eso me contó. Yo tiendo a pensar que fue pirata. Tanto si es así como si no, ya ve cómo se ha quedado. Lo contratan un poco por lástima y un poco porque con tantos años de marear no hay corriente ni escollo ni nada que no conozca.

La señora Grassiela sacó del bolsillo el móvil y mostró a Ricardiño la foto del muerto sin apartar los ojos de su rostro para percibir cualquier manifestación de reconocimiento. El marinero, sin embargo, se limitó a examinar un rato la imagen y luego fijó una mirada neutra en la señora Grassiela.

—¿Su marido, señora? —preguntó.

—No, por el amor de Dios —exclamó ella.

—Menos mal —dijo Ricardiño—, porque éste no parece de los que llevan dinero a casa.

—¿Ha visto alguna vez esta cara? —preguntó ella—. Cuando gozaba de su anterior condición, quiero decir.

El marinero volvió a examinar la foto con detenimiento y movió la cabeza de lado a lado. Luego hizo señas a su compañero. El antiguo arponero, siguiendo las indicaciones de su colega, echó un vistazo a la pantalla del móvil y murmuró algo que la señora Grassiela no alcanzó a entender.

—¿Qué ha dicho? —preguntó ella.

—Que hay otros que están peor que uno —respondió Ricardiño—. Y que mal de muchos, consuelo de tontos.

La señora Grassiela volvió a guardar el móvil.

—En el yate, ¿viajaba alguien más, aparte del patrón y la tripulación? —preguntó.

—Bueno, verá —dijo Ricardiño—, a menudo el patrón recibía visitas. En los sitios de moda, cuando atracábamos. Menorca, Córcega, Capri, ya sabe. Embarcaban, se bañaban, comían y bebían y hablaban de tontadas. Íbamos de fiesta en fiesta. El patrón iba. Nosotros, lo de siempre, tanto en un sitio como en otro. Llevar el barco, cocinar, lavar, servir, a veces baldear las vomitonas. Lo normal.

—Pero cuando vinieron a Barcelona, ¿venía alguien? —insistió ella.

—Si venía, yo no lo vi —respondió Ricardiño.

—Vaya —dijo ella—. Y en la última escala, ¿cargaron algo? Aparte del aprovisionamiento habitual.

—No —dijo Ricardiño—. Mucha comida, como si fuéramos a hacer una travesía larga. Pero luego vinimos derechos a Barcelona.

—¿Desde dónde? —preguntó ella.

—Desde Palamós —respondió Ricardiño—. Allí tenía el yate fondeado nuestro patrón.

La señora Grassiela se levantó.

—¿Se va sin tomar nada? —dijo el marinero—. A nosotros nos gustaría invitarla, aunque fuera a un agua, pero la situación no está para invitaciones.

—Gracias, Ricardiño —dijo ella—. No se preocupe por la invitación. ¿La Guardia Civil no les ha dicho nada? Sobre el barco o sobre el patrón.

—Nada. Ni caso —respondió Ricardiño. Luego, antes de que la señora Grassiela se apartara de la mesa, añadió—: Oiga, señora. La primera vez que vino, dijo que vigiláramos el barco. Esa misma noche se fue a pique. ¿Usted cómo lo sabía?

—Yo no sabía nada —dijo la señora Grassiela—. Sólo les di un consejo elemental. Pero ustedes no podían hacer nada, claro. Y la Guardia Civil no escucha consejos de nadie.

—¿Volverá? —preguntó Ricardiño.

—Descuide —dijo la señora Grassiela.

Subió caminando por las Ramblas y entró en el hotel El Indio Bravo. En la recepción no parecía haber nadie. Se acercó al mostrador y al llegar junto al tablero se llevó un buen susto al ver aparecer a un policía uniformado que estaba agazapado detrás del mostrador. Gritó ella, gritó también el policía y se orinó el perrito.

Por su adiestramiento, el policía fue el primero en reaccionar ante el imprevisto.

—¿Quién es usted? —dijo en tono amenazador.

—Una ciudadana —repuso la señora Grassiela—. Acabo de entrar en el hotel. Los hoteles son establecimientos abiertos al público. No infrinjo ninguna ley. Y ahora dígame usted qué estaba haciendo escondido detrás del mostrador.

—Señora —respondió el agente—, yo no estaba escondido. Estaba agachado de conformidad con las órdenes recibidas.

Por la escalera que conducía a las habitaciones bajaba apresuradamente una señorita muy joven, rubia, vestida con una blusa blanca y un pantalón ajustado.

—Oh, oh, permítame aclarar el malentendido —dijo al llegar junto al mostrador de la recepción—. Me he ausentado por un instante para no entorpecer la labor del señor agente y por considerar que con su presencia quedaba garantizada la seguridad del hotel.

El agente salió de detrás del mostrador, se alisó el uniforme y se puso la gorra.

—He concluido —dijo sin más—. Me voy. Naturalmente, me reservo el derecho a volver y proseguir las pesquisas.

Cuando se hubo ido, la chica se colocó detrás del mostrador.

—Lamento la incidencia —dijo—. Seguramente no tendría que haberme ido. Pero a mí también me impone un poco la presencia de la poli. Una nunca sabe si lo que hace está bien o está mal.

—Es verdad —dijo la señora Grassiela—. A mí me pasa lo mismo. ¿Y tú quién eres?

—La recepcionista del hotel —respondió la chica—. ¿En qué puedo servirle?

—Quería saber si en este hotel admiten animales —dijo la señora Grassiela—. Vengo del Palace y pretendían que me desprendiera de mi perrito.

La recepcionista reflexionó.

—Por mí, encantada —dijo—. Soy animalista. Pero las normas del hotel a este respecto, francamente, no las conozco. Hoy es mi primer día de trabajo.

—¿Y antes? —preguntó la señora Grassiela.

—Barría el McDonald's de la Diagonal —dijo la recepcionista.

—Me refiero al hotel —dijo la señora Grassiela—. ¿Qué pasó con el recepcionista o la recepcionista que había antes?

—Está de baja —dijo la chica—. Ayer me llamaron de la agencia de colocaciones por si me interesaba hacer una sustitución por un periodo indeterminado. Como es lógico, lo cogí al vuelo. Más no sé.

—¿Y el poli? —preguntó la señora Grassiela.

—Nada —dijo la recepcionista—. Se presentó hace un rato con una orden de registro y anduvo metiendo la napia por todos los rincones del hall. Le pregunté si podía ayudarle y me dijo que buscaba un móvil. Que si lo había visto. Le dije que no, claro.

—Bueno —dijo la señora Grassiela—, esto no es asunto mío. Tú averigua lo del perrito y yo volveré más tarde a ver qué te han dicho.

En la oficina, informó al jefe del resultado de su gestión. El jefe dio un puñetazo en la mesa.

—¡Todas mis suposiciones a paseo! —bramó—. Si el muerto no es el patrón del yate, ¿quién es? Y si el patrón del yate no es el muerto, ¿dónde se ha metido?

—Yo creo que la clave está en la carga —dijo la señora Grassiela—. El yate traía algo. Cuando sepamos qué, habremos dado un gran paso. De momento, me parece más preocupante lo del hotel.

—Tienes razón —dijo el jefe—. La policía busca el móvil del anterior recepcionista. Por suerte, no podía sospechar que lo llevabas tú en el bolso. Cuando pasa algo, lo primero que hace la policía es buscar el móvil: les parece que ahí está todo. Por ahora la búsqueda es manual, pero si no dan con él, recurrirán a Telefónica o a quien haga estas cosas y lo rastrearán como ellos saben. Hemos de deshacernos de este móvil sin demora. Ya nos hemos arriesgado bastante.

—¿Y las fotos? —dijo la señora Grassiela—. Las necesitamos para las identificaciones.

En aquel momento, sin tocar a la puerta ni pedir permiso, entró en el despacho Monososo, arrojó sobre una silla su mochila, dejó caer al suelo la chupa de cuero y se despatarró en el sofá.

—Hola, jefe y la compañía —dijo.

—¿Éstos son modos? —le recriminó el jefe.

—Y qué —dijo Monososo—. Vengo del curro. Me merezco un respeto. Según veo, aquí nadie averigua ni dónde tiene la pija. Yo, en cambio, traigo noticias. Aparte de eso, he aprendido a hacer gazpacho.

—Pues venga —dijo el jefe—. En este momento, cualquier pista es bienvenida.

Monososo miró con altivez a la señora Grassiela. Ésta le sacó la lengua, a sabiendas de que aquel gesto le resultaba altamente ofensivo, casi degradante.

—No es gran cosa —dijo Monososo cuando hubo recobrado la serenidad—. Los hombres rana de la Guardia Civil han entrado en el yate hundido y lo han registrado por todas partes. Al parecer no había ningún cadáver dentro. Ni fuera tampoco. En un puerto como el de Barcelona, nunca se sabe.

—¿Y la carga? —preguntó el jefe.

—Tampoco, nada —dijo Monososo—. De todos modos, han pedido permiso a quien corresponda para reflotar el barco. No saben si se lo concederán, porque cuesta una pasta.

—Es curioso —dijo la señora Grassiela—. A mí me acaban de asegurar que el barco traía carga. Probablemente el patrón despachó a la tripulación, entregó la carga y desapareció.

—¿Desapareció? —dijo Monososo—. Yo había entendido que del barco se fue directamente al hotel y allí se colgó o lo colgaron. Con una titi de por medio.

La señora Grassiela se mantuvo en silencio. El jefe habló entre dientes:

—El fiambre del hotel y el patrón del yate no son la misma persona. Los marineros no lo han reconocido. A veces uno ha de aceptar que se ha equivocado. Al menos en parte.

A Monososo le dio tanta risa que por poco se ahoga.

—Este pequeño contratiempo no nos desviará de nuestro propósito —dijo el jefe secamente—. Ahora más que nunca es preciso intensificar la búsqueda e identificar al muerto.

—¿Cómo lo haremos si no podemos seguir usando el móvil? —preguntó la señora Grassiela.

El jefe sonrió con malicia.

—Eso no tiene complicación —dijo—. Monososo puede hacer una copia. Como todos los japoneses, con un pincel y unas acuarelas es un fenómeno.

—Joder, tronco —refunfuñó Monososo—, siempre me toca bailar con la más fea.

—Cumple como se espera de ti, no digas palabrotas y te daré una piruleta —dijo el jefe. Con aquella chanza sutil contrarrestaba el humillante reconocimiento de su error y reprendía sin malevolencia la altanería del japonés.

Monososo encajó, pero, incapaz de irse sin decir la última palabra, se detuvo en la puerta y dijo:

—De todos modos, este móvil se está quedando sin batería y aquí no tenemos cargador.

—Si el yate y el patrón provenían de Palamós, como dicen tus amigos —dijo el jefe una vez se hubo quedado a solas con la señora Grassiela—, quizá convendría investigar también por ahí. ¿Qué habrá en Palamós?

—Gambas —dijo ella—. Tuve un noviete que de vez en cuando me invitaba. No como otros.

Salió la señora Grassiela y el jefe se quedó un rato tratando de poner en orden la información recibida. Luego se levantó y se dirigió a la mesa de la entrada.

—¿No ha vuelto Buscabrega? —preguntó a la recepcionista.

La chica movió negativamente la cabeza.

—Es raro —comentó el jefe—. No sé a dónde fue, pero hace rato que tendría que estar en su despacho. Pronto será la hora de cerrar y ha de darme su informe.

—Le avisaré en cuanto entre por esa puerta, jefe —dijo la recepcionista.

—Sin tardanza —dijo el jefe—. Y antes de irte, ven a verme. Te voy a encargar una misión importante. Fuera de Barcelona. Ya sé que te gusta viajar. La misión puede entrañar peligro. Le diré al nuevo que te acompañe. No sé si es muy listo, pero ha estado en la cárcel y sabrá repartir leña si se presenta la ocasión.

16

Al ingresar en la Organización le pusieron por nombre Cecilia de Montagut, quizá por sus orígenes geográficos, quizá sin motivo alguno; el jefe, con buena o mala intención (eso no se sabe y a ella le da lo mismo) suele llamarla nena; otros la llaman la Revoltosa. Ahora, ni ella misma sabe cuál es su nombre; ni sus funciones. Suele desempeñar las de recepcionista, cuando la ocasión lo reclama, y de secretaria en las reuniones, aunque no se toma muchas molestias cuando se trata de levantar unas actas que serán inmediatamente destruidas. De vez en cuando se le encomiendan trabajos de campo. Es hábil, inteligente, cauta y puede cambiar de apariencia de un modo asombroso. Tiene buen tipo y unos rasgos regulares. Si se lavara los falsos tatuajes, se maquillara, se pusiera un vestido adecuado y calzara unos zapatos de tacón, podría desfilar por cualquier alfombra roja.

Por su trabajo y también por razones que no vienen a cuento, en el día a día prefiere pasar inadvertida. Nada le complace tanto como comprobar que por la calle o en un transporte público ningún hombre la mira.

Como además de guapa es inteligente, laboriosa, responsable, sensata y sabe idiomas, habría podido encontrar un trabajo bien remunerado en una empresa nacional o extranjera, pero prefiere ocupar un puesto subalterno en una organización donde todo el mundo, empezando por el jefe, la infravalora. También podría haber encontrado una pareja estable a la altura de sus merecimientos, pero hasta ahora sólo ha tenido algunos episodios discretos, efímeros, a los que ella misma ha puesto fin sin peleas ni recriminaciones, con una cortesía inapelable, casi quirúrgica. Si le preguntan la causa, alega no haber encontrado aún al hombre que le haga perder el buen sentido. Por eso vive sola y por eso, para complementar el magro sueldo que percibe, y también como tapadera ante sus escasos conocidos, al concluir la jornada laboral, se ha buscado un segundo empleo que le ocupa pocas horas y le exige poco esfuerzo.

En el Paseo de Gracia toma el autobús V15 hasta la Plaza Molina y camina unos minutos hasta la Plaza de Mañé i Flaquer, donde tiene alquilado un diminuto apartamento. Allí se ducha, cambia de aspecto y de vestuario, recalienta un plato de algún guiso, se lo come deprisa, se lava los dientes y se dirige a pie hasta una casa de la calle Balmes, cerca de la Travessera de Gracia, donde vive la señora Mendieta. Viuda desde hace varias décadas del señor Mendieta, abogado, rentista, erudito, autor de dos libros de poesía, unas memorias inacabadas y el libreto apenas esbozado de una ópera, y con tres hijos desperdigados por otras tantas ciudades de Europa, rica y achacosa, la señora Mendieta vive en un piso de casi cuatrocientos metros cuadrados recargado de muebles, cuadros y adornos, sin más compañía que la de una sirvienta dominicana que le mantiene la casa en un orden relativo, va a la compra, cocina para las dos y duerme en una pieza situada al otro extremo de la vivienda, porque en sus horas libres no quiere que nadie fiscalice sus actividades, que se limitan a conversar por Skype con sus amigas, escuchar música y ver un extraño canal de televisión en el que a todas horas unos predicadores reiteran con vehemencia que Jesús nos ama y nosotros hemos de corresponder a su amor enviando donativos a una cuenta corriente cuyos dígitos aparecen sobreimpresos en la pantalla. Para compensar la ausencia de su sirvienta, a la que ha estado incordiando todo el día, la señora Mendieta ha contratado una señorita de compañía, en parte porque el apelativo remite a otra época ya extinta y en parte porque le cuesta dormir por las noches y su entretenimiento predilecto es dar la tabarra a quien esté dispuesto a soportarla, aunque sea cobrando.

Mari Tere, como se hace llamar en esta faceta de su vida que nadie conoce, ni siquiera su jefe, a las nueve en punto hace sonar el timbre de la casa de la señora Mendieta, le abre la sirvienta, con quien no ha establecido ninguna forma de complicidad, ésta se retira a sus aposentos y ella va a la sala de estar donde la aguarda la señora Mendieta, unas veces con impaciencia y otras descabezando un sueñecito, en cuyo caso, espera a que se despierte ojeando la prensa gráfica apilada en una mesita auxiliar. Ante la señora Mendieta no se muestra ni alegre ni sombría ni manifiesta un estado de ánimo que pudiera crear entre ambas mujeres una relación paritaria. La señora Mendieta abre el diálogo con las preguntas habituales: Cómo está, qué ha hecho durante el día, qué noticias trae del mundo exterior. Mari Tere calla, porque eso se espera de ella, y la señora Mendieta, saldado el trámite, empieza a hablar de sus cosas. Como apenas sale de casa y si sale no se fija en nada, su conversación discurre por dos cauces: sus opiniones y sus recuerdos. Mari Tere ha aprendido a escuchar a medias, con la atención dividida entre sus cosas y el palique incesante y vacuo de la señora Mendieta, por si surge alguna pregunta, casual o capciosa, a la que ha de responder con brevedad y exactitud.

Como la señora Mendieta es vieja, su cháchara está cargada de quejas, censuras y lamentaciones. Como un motor antiguo, que necesita calentarse, el punto de partida es inmediato. Luego se aleja hasta desaparecer en un horizonte de niebla.

—Ay, Mari Tere, esta mañana he salido a unos recados con esta tonta, inútil y perezosa que no sirve para nada y encima me sisa en la compra y francamente no se puede dar un paso: gente y coches y motos y más gente. Y el autobús. El ruido y el mal olor por todas partes. Por todas partes estos turistas que nos manda Dios como una prueba, Mari Tere, maleducados, sudados, zarrapastrosos. Se creen en su casa, comen por la calle, de cualquier manera. Francamente, yo no entiendo esta manera de viajar. ¿Sabes cómo llamo yo a esta forma de viajar? Como borregos. Igual. Es una expresión rotunda, ya lo sé, pero se me ocurrió un día, al ver tanto turista, y cuando vuelvo a verlos ya no puedo sustraerme de hacer el parangón. Antes todo era distinto. Los tiempos cambian, y no para mejor. Es una idea que me da vueltas por la cabeza últimamente. Quizá es un síntoma de vejez. Me paso el día cavilando y se me ocurren estas ideas. A veces me digo si no debería escribirlas. Y enseguida me digo: no, ni hablar. Una mujer decente no escribe sus pensamientos. Ni nada. Lo necesario para la comunicación, y desde que se inventó el teléfono, ni eso. Hoy en día muchas mujeres escriben, ya lo sé. Cuentan su vida; hasta sus secretos. Secretos de alcoba. Eso me han dicho. No me escandaliza la falta de pudor. Me escandaliza la falta de compostura, Mari Tere, no sé si me entiendes.

Tú eres muy joven. A mí contar lo que he visto, lo que he vivido, no se me pasaría por las mientes. No sabría por dónde empezar. Los recuerdos van y vienen, si les pones orden, ya no son recuerdos y entonces ¿de qué sirven?

Cuando lleva un rato hablando sin pausa se atraganta, tose, expectora, deja escapar minúsculas ventosidades. Bebe agua antes de proseguir.

—Mi marido y yo viajábamos todos los años. No como ahora: nosotros dos o con amigos, a veces con un guía. Y sólo a los lugares más bonitos. Entonces aún estaban intactos. No se habían convertido en una atracción turística. Yo los llamo parques temáticos. Se me ha ocurrido definirlos así: parques temáticos. Venecia, Florencia, parques temáticos. Nuestro destino preferido era Capri. ¿Tú has estado en Capri, Mari Tere? No hay nada como Capri. El de entonces. No el de ahora, seguramente convertido en un parque temático. Entonces se respiraba quietud, belleza y armonía; los hombres de bien labraban sus campos, ordeñaban sus vacas, mi marido les hizo muchas fotos con su réflex, aún las debo de tener, en el fondo de algún armario. Al atardecer nos acercábamos a la Grotta Azzurra y esperábamos, viendo ponerse el sol. Al cabo de un rato iban llegando los hipopótamos a abrevar, según su costumbre. Mi marido no quería que los viera, porque los hipopótamos, a pesar de ser tan gordos y torpes, en apariencia inofensivos, son animales promiscuos. Yo al principio no entendía a qué se refería. Me eduqué en un colegio de monjas y allí estas expresiones que hoy están en boca de todos, hasta en el Telediario las oyes, estaban proscritas, como estaba proscrito todo lo relativo al ludibrio. A ti todo esto te sonará a cuento de hadas, Mari Tere, tú eres una chica moderna, prefiero no saber los enlaces que habrás tenido.

Hace rato que Mari Tere está perdida en sus propios pensamientos y no oye esta última insinuación. Tampoco respondería, pero en su fuero interno sabe que no es cierta, porque hasta ahora ha conseguido resistirse a los constantes requerimientos de que ha sido objeto por parte de hombres y mujeres. Si se pregunta a sí misma la causa de este obstinado desistimiento, lo atribuye a un trauma de su infancia. Como lo ha bloqueado, es inútil seguir indagando. Y con esta explicación vive tranquila.

17

Buscabrega se despertó sin saber cómo ni cuándo se había dormido. La quietud reinante le trajo a la memoria los traqueteos de la furgoneta; no era capaz de calcular el tiempo transcurrido; seguía envuelto en la penumbra, pero una lámina de luz se filtraba por el intersticio de un postigo mal cerrado y pudo distinguir un espacio cuadrado, alto de techo, con tres paredes desnudas y una cuarta cubierta de estanterías metálicas vacías; por el suelo, dispuestas sin orden, había cajas grandes de cartón. Un almacén abandonado, pensó. Su cuerpo, ileso, reposaba sobre una plataforma rectangular, grande, de madera basta. Se incorporó con cuidado, puso los pies en el suelo, caminó hasta la ventana. Los postigos estaban firmemente sujetos. Siguiendo a tientas la pared encontró una puerta; hizo girar el pomo, empujó, la puerta no cedía. Fuera oyó el ruido decreciente de un motor. Cuando el ruido se perdió en la lejanía hizo pis en un rincón, volvió a la plataforma de madera, se estiró y se puso a pensar en la forma de salir de su encierro. De inmediato recordó la primera regla del Manual del Astronauta, que había leído en su juventud, con gran aprovechamiento: El astronauta, por la naturaleza misma de su trabajo, debe acostumbrarse a resolver los problemas por sí mismo. A esta máxima le seguían trescientas páginas de fórmulas ininteligibles. Tranquilizado con esta idea, volvió a quedarse dormido.

*

A la mañana siguiente, sobre las diez, la chica de la recepción y el nuevo se disponían a salir hacia Figueras. Para la ocasión, ella se había puesto un vestido ceñido y escotado y una peluca de un color rubio platino. El calzado era cómodo, por si había que andar un trecho, pero en una bolsa de lona llevaba unos zapatos de tacón alto.

Como para entonces Buscabrega aún no había dado señales de vida, en la oficina reinaba el desconcierto.

—¿Estáis seguros de que en el programa de radio no había ningún mensaje? —preguntó el jefe por enésima vez—. En clave o explícito. A veces las cosas dichas de un modo directo pasan inadvertidas.

Salvo Monososo, que confesó haberse dormido durante toda la retransmisión de *Moscones en la noche*, los demás lo habían escuchado entero sin detectar nada concerniente a la incomparecencia de Buscabrega.

—A lo mejor la cogorza de anoche fue de campeonato y no atinó —apuntó el jorobado.

—Si es así —dijo el jefe con seriedad—, se le abrirá expediente disciplinario. Hasta entonces, vale la presunción de inocencia y es primordial localizarle cuanto antes.

—Podemos ir a su casa —propuso la chica de la recepción—. Yo sé dónde vive. Su mujer nos informará.

—¡Ni hablar! —atajó el jefe—. Sólo faltaría poner de moda el visiteo. Bajo ningún concepto nos está permitido ir a casa de un compañero. Además, su mujer no sabe que él es agente secreto. Está terminantemente prohibido revelarlo incluso a los allegados. Ni siquiera en estado de embriaguez. Esperaremos unas horas y luego decidiré el curso de acción. De momento, cada uno a su trabajo. Sobre todo, vosotros dos: no vayáis a perder el autocar de línea. Monososo, tú a tus clases.

—No hay prisa, jefe —replicó el aludido—: hoy toca hacer fideuá y eso dura la tira.

18

En la Ronda de Sant Pere el nuevo y la chica de la recepción subieron a un autocar de la empresa Sagalés con destino a Figueras. Los asientos eran muy cómodos, la ventana era amplia y el aire acondicionado funcionaba muy bien. Después de superar el tráfico urbano, el autocar empezó a circular suavemente por la autopista. Con la velocidad y el paisaje la chica no pudo resistir la tentación de sonsacar a su taciturno compañero de asiento.

—Tú debes de haber viajado mucho —dijo—. Seguro.

El nuevo tardó un rato en contestar.

—No —dijo finalmente—. No mucho.

—¿Al extranjero? —preguntó ella.

—Un poco —dijo él.

—¿Te gustó? —preguntó la chica.

—Psé —respondió él sin dejar de mirar el paisaje.

No volvieron a hablar hasta pasado Gerona.

—¿Te puedo hacer una pregunta? —dijo la chica.

—Depende —dijo él.

—¿Por qué fuiste a la cárcel? —preguntó ella.

—Por delitos —respondió él—. Como todos.

—¿Violación? —insinuó ella.

—No —replicó él.

—¿Robo con violación? —insistió la chica.

—Déjalo estar —dijo él—. No soy un depredador.

—Boni —dijo ella.

—¿Perdón? —dijo él.

—Es mi nombre —aclaró la chica—. Mi nombre verdadero. Boni.

—¿Como Bonnie and Clyde? —dijo el nuevo.

—Bonifacia —dijo la chica—. Por mi abuelo. Se llamaba Bonifacio. Murió en un accidente de aviación. El motor del avión en el que viajaba se incendió, cayó y se estrelló contra una montaña.

—Lo siento —dijo el nuevo—. Es una tragedia.

—No tanto —dijo ella—. Yo no había nacido cuando pasó.

—Me refería al nombre —dijo él.

—Ah, una se acostumbra —dijo ella—. Y Boni no está mal. No debería habértelo revelado. Va contra las reglas de la Organización. Pero como vamos a una misión, me pareció oportuno, por si alguno de los dos no regresa.

—Volveremos los dos sanos y salvos, Boni —dijo el nuevo—. No tengas miedo.

La Boni entendió que su compañero no deseaba seguir conversando y guardó silencio hasta llegar a Figueras.

*

Mientras la Boni callaba, la señora Grassiela se avino a ocupar su puesto en la recepción de la oficina, porque no tenía prejuicios de clase ni de género y porque, de los presentes, era la más capacitada para desempeñar el cargo.

Poco antes de las doce, cuando todos estaban aburridos de holgazanear, entró sin llamar en el despacho del jefe.

—Despierta —dijo la señora Grassiela—. Una mujer quiere verte.

El jefe pasó de la inercia a la conmoción.

—¿A mí? —masculló—. ¿Verme a mí? Grassiela, ya sabes que no estoy para nadie del mundo exterior. No existo. Esto no es una oficina normal. Si alguien viene, sea por error, sea engañado por los rótulos de las puertas, tu obligación es deshacerte de quien sea con prontitud. El carácter secreto de este recinto es nuestra máxima prioridad.

La señora Grassiela esperó el final de la reprimenda y luego dijo:

—Es la mujer de Buscabrega. Pregunta por su marido.

—¡Cielo santo! —exclamó el jefe—. Hazla pasar.

La mujer de Buscabrega aparentaba una edad similar a la de su marido; era delgada, de facciones diminutas y ojos grandes, pelo cano y boca fina. Su actitud era dubitativa: no sabía si presentarse como viuda desamparada o belicosa demandante. La señora Grassiela advirtió un cierto esmero en su atuendo, como si la recién llegada se hubiera vestido para la ocasión. Aquello la tranquilizó e intentó tranquilizar con una mirada a su atribulado jefe, que no fue capaz de captar el mensaje.

Por indicación del jefe, la recién llegada tomó asiento y colocó el bolso en el suelo, junto a la silla. El jefe carraspeó.

—Ante todo, señora, debo decirle... —empezó a decir, hasta que ella le atajó con un ademán.

—Ante todo, señor, debe decirme dónde está mi José Mari. Anoche no vino a dormir a casa y esto es impropio de él. Nunca lo había hecho. Otros defectos no niego que los tenga, pero desconsiderado hasta este punto, no. Mi marido es un buen hombre; y aún sería mejor si el vino, ustedes y las militaradas de ese franchute no le hubieran hecho perder el entendimiento.

El jefe, visiblemente desconcertado, tardó un rato en responder. Cuando lo hizo, su voz había recobrado la firmeza habitual.

—Le doy mi palabra —dijo— de que no conocemos el paradero actual de su marido, y de que compartimos su desasosiego. Sin embargo, antes de continuar, le ruego que me diga cómo ha sabido la ubicación de nuestras dependencias.

—¿Quiere decir esta dirección? —respondió la mujer del agente desaparecido—. Vaya pregunta. Si cada mañana se la tengo que recordar a José Mari. Venga, José Mari, ve a la calle Valencia, a hacer de agente secreto.

—¿Tan mal está? —preguntó la señora Grassiela.

—Eso depende de lo que entienda por mal —respondió ella—. Para según qué cosas tiene una memoria prodigiosa y razona con cordura. Pero cuando menos lo esperas, descarrila.

—Es verdad —convino el jefe—, últimamente le he visto un poco descentrado. Ayer, sin ir más lejos, le dejé ver el vídeo de mi nieta tocando el tambor y no mostró el menor entusiasmo.

En el despacho reinó un silencio embarazoso, que rompió la mujer de Buscabrega.

—¿Y qué piensan hacer? —preguntó.

—Seguir el protocolo previsto para estas eventualidades —respondió el jefe.

—¿Y eso en qué consiste? —preguntó ella.

—Ante todo —dijo el jefe—, en no perder la calma. Lo mejor sería dar tiempo a su marido para que reaparezca y nos dé una explicación de su conducta: por ejemplo, una semana o dos. Si para entonces no ha dado señales de vida, proceder a reunir toda la información atinente al caso.

—Para eso he venido —dijo ella.

Se inclinó, recogió el bolso, se lo colocó sobre las rodillas, lo abrió y sacó una cartulina, que dejó sobre la mesa, tras lo cual cerró el bolso y lo volvió a dejar en el suelo. El jefe examinó la cartulina dándole la vuelta una y otra vez.

—¿Cómo y cuándo ha llegado a sus manos? —preguntó.

—Hace una hora escasa. La ha traído el cartero.

La señora Grassiela había rodeado la mesa y miraba la postal por encima del hombro del jefe. En el anverso se veía la Pedrera; el reverso decía así:

Querida mamá

Ya estoy en el taxi camino de la estación.

Seguro que lo pasaré muy bien con mis amiguitos.

No les digas nada a papá ni a los niños de la clase.

Un beso

Xurri

—¿Está segura de que es la letra de su marido?

—De mi marido, sí: la letra y la simpleza. Me ha parecido algo tan raro que se la he traído, por si para ustedes tiene algún significado.

El jefe releyó atentamente el texto.

—Ha hecho usted muy bien —dijo—. Estoy convencido de que esta postal encierra un mensaje de la máxima trascendencia. Dejaremos de lado el procedimiento habitual y pasaremos directamente a la acción. ¡Grassiela, zafarrancho de combate!

—Sí, cariño —dijo la señora Grassiela.

Lentamente y en silencio, como correspondía a la solemnidad del momento, fueron entrando sucesivamente en el despacho del jefe el jorobado, el deprimido Pocorrabo y Monososo. Cuando estuvieron todos, el jefe se dirigió a la mujer de Buscabrega y le dijo en tono afectuoso pero firme:

—Señora, ésta es una organización donde prima el secreto por encima de cualquier otra consideración. Usted conoce nuestra existencia y nuestra sede y ahora, por añadidura, nos ha visto las caras. Más lejos no podemos ir. Vamos a proceder a la exhaustiva investigación de un caso complejo, y lo haremos de conformidad con nuestra metodología. Por todo lo cual, debo rogarle que abandone el edificio, regrese a su casa y no cuente a nadie lo que ha visto. Ni siquiera bajo tortura.

La aludida puso los brazos en jarras.

—¡Que se cree usted eso! —exclamó—. Hasta que no encuentren a mi José Mari, yo de aquí no me muevo.

19

La Boni y el nuevo se apearon en la moderna estación de autobuses de Figueras y echaron a andar por la calle de Pompeu Fabra, como dos turistas, simulando admirar la arquitectura circundante. Cuando se hubo disuelto el flujo de viajeros, él dijo:

—Voy a preguntar. Tú espérame por aquí, pero no te quedes plantada en la acera: con la pinta que tienes te pueden detener por practicar la prostitución en un espacio público. Entra en aquella cafetería y no hables con nadie.

Una vez solo, anduvo calle abajo y a escasos metros se metió en una farmacia. Como la farmacéutica era una señora entrada en años, de rostro apacible, compró unas grageas para la tos y se fue. En la tienda de al lado no tuvo mejor suerte y salió con cien gramos de jamón de York. Finalmente, en un taller de reparación de automóviles vio a un hombre tripón, cubierto de grasa, y se dirigió a él.

—¿Me permite una pregunta?

—Usted dirá —dijo el mecánico restregándose las manos sucias con un trapo aún más sucio.

—Soy de fuera —dijo el nuevo— y busco un buen prostíbulo. ¿Podría darme alguna orientación?

El mecánico se pasó la mano por el mentón antes de contestar.

—No estoy muy impuesto en el tema, la verdad —dijo en tono de disculpa—, pero a veces, cuando no hay fútbol el fin de semana, los de la peña vamos al Xoxo de Luxe. Cae cerca, el personal es atento y nos hacen un precio, pero tanto como para recomendarlo...

—No, no —dijo el nuevo—, yo quiero algo de gama alta.

—No sé si podrá pagarlo —le advirtió el mecánico—. Dicen que vale una pasta.

—No importa —repuso el nuevo—. Voy pocas veces, pero cuando voy, echo la casa por la ventana.

—Pues, mire —dijo el mecánico—, he oído hablar de unos sitios que son el no va más. Están en las afueras, no lejos de la autopista, pasado Els Hostalets. A un cuarto de hora de aquí en coche. Uno se llama El Asombro de Damasco. Un poco más allá hay otro que se llama La Gran Vía y otro, Les Remparts de Séville. Por lo visto hay para todos los gustos, si se pueden pagar. Luego hay otros más económicos, para todos los apremios, si el dinero va justo. Usted ya me entiende.

La Boni estaba devorando una flauta con tomate y bull blanco.

—Acábate esto, paga y vámonos —le dijo.

—Podrías invitar —dijo la Boni.

—Cuando se está de servicio, cada uno paga lo suyo —respondió el nuevo.

—¿Sabes a dónde hemos de ir? —preguntó ella cuando ya estaban en la calle.

—Tengo un par de direcciones —dijo él—. A un cuarto de hora de coche.

—¿Cómo iremos? —preguntó la Boni—. No nos han dado dietas para un taxi y con lo rumboso que estás...

Él caminaba muy decidido, sin decir nada. En un estacionamiento de motos sacó del bolsillo una navaja Victorinox de varios usos y estuvo mangoneando con ella la cerradura de un asiento en el que había dos cascos guardados. Se puso uno, le dio el otro a la Boni, subió a la moto y a fuerza de porrazos la puso en marcha.

—Ponte el casco y sube detrás —le dijo a la Boni.

—¿Dónde aprendiste a robar motos? —preguntó ella con admiración—. ¿En la cárcel?

—En la cárcel no hay motos —dijo él—. A robar aprendí antes y por eso acabé en la cárcel. Agárrate bien.

20

El jefe dio lectura a la postal de Buscabrega. Luego el documento pasó de mano en mano para ser examinado de cerca por cada uno de los presentes. Cuando volvió a la mesa, el jefe esperó un rato y luego preguntó si alguien tenía algún comentario que hacer. Pocorrabo levantó la mano y el jefe le dio la palabra.

—El pseudónimo es de pena —dijo.

—Estoy de acuerdo —asintió el jefe—, pero hemos de tener en cuenta las circunstancias atenuantes. El estrés y la necesidad imperiosa de improvisar. ¿Alguna otra observación?

—Parece que iba en taxi —dijo Pocorrabo, alentado por la buena acogida de su primera intervención.

—En efecto —admitió el jefe—. Podría ser una maniobra disuasoria, pero si la postal iba dirigida a nosotros, como es evidente, yo creo que hemos de tomar lo del taxi al pie de la letra. En cuyo caso, la pregunta es: ¿por qué tomó un taxi? Para el desempeño de su misión no era necesario. En realidad, no le hacía falta salir de la oficina. Si se echó a la calle y subió a un taxi, lo hizo por algún motivo poderoso.

—De cajón —dijo Monososo—, alguien le citó y envió un taxi a recogerle.

—Y el punto de recogida era la Pedrera o sus inmediaciones —añadió el jorobado—. Antes de subir debió de sospechar algo y, para avisarnos, allí mismo compró una postal y escribió el mensaje codificado.

—¿Y por qué me la mandó a mí, que no conozco el código? —preguntó la mujer de Buscabrega.

—Pensó que usted nos la traería —apuntó la señora Grassiela—. Quizá no recordaba la dirección exacta de la oficina. O no quería comprometer a la Organización enviándole postales.

—O porque es tonto del culo —dijo Monososo.

El jefe se puso en pie.

—No es momento idóneo para juicios ni especulaciones —sentenció—. De lo visto se deduce que uno de los nuestros ha sido retenido en contra de su voluntad y probablemente está en grave peligro. Hemos de encontrarle antes de que suceda algo irreparable. Chema —dijo dirigiéndose al jorobado—, ve a la Pedrera y pregunta a los taxistas que frecuentan ese punto si recuerdan haber recogido a Buscabrega. Cuando encuentres al taxista, pregúntale a dónde le llevó y quién le envió a recogerle.

—¿No es buscar una aguja en un pajar? —preguntó Pocorrabo—. En esta ciudad hay miles de taxis y todos son amarillos y negros.

—No digo que sea pan comido —admitió el jefe—, pero los taxistas tienen sus preferencias. Unos gustan de ir al aeropuerto, otros a la estación de Sants, otros al monumento a Colón, etcétera, etcétera. Allí se encuentran con otros taxistas que frecuentan el mismo caladero y charlando entretienen los ratos de espera. Es lo único que se me ocurre. Salvo que alguien tenga una idea mejor.

21

El nuevo detuvo la moto en un recodo de la carretera secundaria por donde habían recorrido los últimos kilómetros. Más adelante había una construcción solitaria, de dos plantas de altura, muros encalados y pocas ventanas. En la fachada delantera unos tubos de neón de color púrpura formaban el nombre del local: EL ASOMBRO DE DAMASCO. Dos palmeras verdes, también luminosas, enmarcaban el reclamo. La puerta era estrecha, de madera pintada de un verde eléctrico, para no desentonar con las palmeras. En la parte trasera del edificio había un espacio rodeado de una tapia alta que hacía las veces de aparcamiento.

Después de examinar el terreno cuidadosamente, la Boni se apeó, se cambió el calzado y dio unos pasos titubeantes por el macadam. El nuevo la observó con la cabeza ladeada.

—¿Vas bien? —le preguntó.

—Estoy como un flan —dijo ella—. Es la primera vez que un chico me lleva en moto. No te preocupes: ya se me pasará. Para las cosas normales soy muy boba, pero en el trabajo me desenvuelvo estupendamente. Espérame aquí.

Se recompuso el peinado, se alisó el vestido, agarró un bolsito rectangular de plástico negro con ribetes dorados y se fue caminando con más firmeza conforme avanzaba, hasta llegar a la puerta del local. Una vez allí pulsó un timbre, la puerta se entornó con un leve chasquido, la Boni la empujó y entró decididamente en un vestíbulo en penumbra, al fondo del cual había un pequeño mostrador vacío. Las paredes estaban pintadas de color rosa pastel, flotaba un aroma empalagoso de jazmín y sonaba una melodía dulce, apenas perceptible. La Boni se acercó al mostrador y esperó un rato hasta oír una voz que le decía:

—¿Se te ofrece algo, nena?

Como la voz salía de detrás del mostrador, se asomó y vio a una mujer diminuta sentada en un taburete.

—Perdone —acertó a decir la Boni—, no la había visto.

—¿Cómo me ibas a ver —replicó la otra— si soy liliputiense?

Se levantó y se subió al taburete. Aun así, la cabeza apenas le sobresalía del mostrador. Su edad era difícil de calcular, su rostro era redondo, su tez, tersa y amarillenta, y su voz era nasal y aguda, como de niña testaruda.

—¿Lo encuentras raro? —preguntó.

—¿El qué? —dijo la Boni.

—Que una liliputiense sea la mandamás de un burdel —dijo la liliputiense.

El abrupto recibimiento no amilanó a la Boni.

—Usted y el cargo que ocupa me la soplan —respondió—. Una está de vuelta de todo.

La mandamás hizo una pausa. Luego, satisfecha con la actitud de su interlocutora, prosiguió en un tono menos hostil.

—Si vienes a pedir trabajo, aquí no te lo van a dar.

—¡A mí plin! —dijo la Boni—. Yo ya tengo trabajo, en La Gran Vía, un sitio como éste, cerca de aquí.

—Lo conozco —dijo la mandamás—. Si trabajas allí, ¿a qué has venido?

—A un asunto de interés común —dijo la Boni.

La mandamás la miró con desconfianza. En aquel momento se abrió una puerta lateral y asomó la cabeza una mujer mayor, desgreñada y bizca.

—¡Señá Francisca! —gritó sin necesidad—, ¡hay un escape de agua en el baño de la veintitrés, la suite azul! ¡La que tié periquitos pintaos en el techo!

—Pues llama al fontanero del pueblo, zoqueta —respondió la mandamás.

—¡No me sé el número! —replicó la mujer desgreñada.

La mandamás se volvió hacia la Boni.

—Ya ves —dijo—. Ha surgido una emergencia. Ven en otro momento. O, mejor, vete y no vuelvas.

Se bajó del taburete y se disponía a salir de detrás del mostrador, pero la Boni se interpuso. El rostro de la mandamás se puso rojo de ira. Iba a decir algo, pero la Boni se le adelantó.

—No cometa un error del que luego se arrepentirá, señá Francisca —dijo en tono incisivo.

La mandamás se quedó momentáneamente perpleja. Señaló hacia la puerta por donde había hecho su aparición la mujer desgreñada, como si el percance anunciado justificara su marcha. La Boni no cedió un palmo.

—Eso puede esperar —dijo—. En La Gran Vía hay escapes un día sí y otro también y no se acaba el mundo. Hágame caso.

Luego se volvió hacia la atribulada mujer de la puerta y le gritó:

—¡Tapa el escape con una toalla sucia!

La mujer desgreñada se fue y la Boni abrió el bolsito de plástico negro, sacó una hoja de papel cuidadosamente doblada, la desdobló y la puso delante de los ojos de la mandamás. Ésta buscó debajo del mostrador hasta dar con unas gafas.

Como su nariz no era más grande que un guisante, tenía que sujetar las gafas con la mano. Así examinó la acuarela de Monososo y luego miró a la Boni por encima de las gafas.

—¿Ha visto a este hombre? —preguntó la Boni.

—Jesús —dijo la mandamás—. Por aquí pasa gente de todo tipo, pero muertos todavía no.

—Quizá vino antes, cuando estaba en activo —dijo la Boni.

—Si así fue, ¿a ti qué más te da? —dijo la mandamás—. Aquí se respeta la confidencialidad.

—Éste es un caso aparte —dijo la Boni—. Me contrató hace un tiempo para que fuera a verle a Barcelona, a un hotel de las Ramblas llamado El Indio Bravo. Solía llevar chicas, siempre a ese mismo hotel, siempre distintas. Hace unos días apareció muerto. Antes había estado con él una como yo, pero no era yo. No sé cómo la poli dio conmigo y me ha estado haciendo preguntas. Por suerte tengo una coartada. Ahora buscan a otra y les oí decir que trabaja aquí. No dijeron el nombre. Por compañerismo me he adelantado para ponerla sobre aviso.

La mandamás volvió a calarse las gafas y a mirar la acuarela. Luego guardó silencio.

—Señá Francisca —susurró Boni—, no se haga la tonta. Si una de nosotras se mete en líos, nos mete a todas.

—Está bien. Baja la voz —dijo la mandamás.

Se volvió a sentar en el taburete e indicó a la Boni que se agachara para poder seguir hablando sin riesgo de ser escuchada. La Boni habría preferido ponerse en cuclillas, pero no lo hizo para no herir la susceptibilidad de la mandamás.

—Perdona —empezó diciendo ésta— si antes te he tratado con descortesía. Mi trabajo consiste en mantener el orden y es mejor empezar atacando y luego hacer las paces que al revés. La mayoría de nuestros clientes son dóciles y bien educados, pero de vez en cuando aparece un fanfarrón, un borrachito, un amargado o un gracioso, y le tengo que parar los pies. Para eso mi estatura es idónea. Una mujer normal, como tú, se metería en líos; y un hombre acabaría a tortazo limpio. Conmigo nadie se atreve. Y la mala leche de los enanos se presupone. Otra ventaja no tenemos. Todo se nos hace una montaña, en el sentido literal de la palabra.

Hizo una pausa. La Boni se crecía ante las dificultades, pero cuando su oponente mostraba talante favorable, temía estar siendo manipulada y no sabía cómo actuar.

—Hay una chica —siguió diciendo la liliputiense— que quizá sepa algo. Aquí atendemos muchas necesidades, además de las propias, como bien sabes. La mayoría de los clientes vienen buscando compañía, un oído atento, alguien que no les eche una bronca a las primeras de cambio. Los humanos adolecemos de muchas carencias y no todas se arreglan sobre un colchón. En un sitio de gama alta como éste, las chicas han de ser psicólogas, economistas, mecánicas y nutricionistas. Hay un señor de Barcelona que a veces pide una chica de tales y tales características. ¿Por qué no la buscaba *in situ*? Nadie se lo preguntó: aquí no se pregunta, y menos si el cliente paga por adelantado y sin regatear. ¿Cómo pagó? No lo sé; no me ocupo del dinero. Por transferencia, por Bizum, por PayPal...

—¿Esto pasó sólo una vez o era algo habitual? —preguntó la Boni.

—No lo sé —respondió la diminuta mandamás—. Con mucha regularidad no debía de ocurrir, o me habría llamado la atención. Si el cliente actuó así más veces, quizá recurrió a otros establecimientos. Si a ti te contrató en La Gran Vía, es de suponer que no le gustaba repetir.

—¿Qué medio de transporte le facilitó? —preguntó la Boni.

—El mismo que a ti, supongo —respondió la mandamás—. De esto deberías saber tú más.

—Oh, sí, claro —titubeó la Boni—. Sólo trataba de confirmar... En realidad, si pudiera hablar con la compañera que le vio por última vez...

La liliputiense torció el gesto y la Boni comprendió que no podía ir mucho más lejos. Aun así, decidió agotar las posibilidades de la conversación.

—No hace falta —dijo la mandamás—. Yo misma le pasaré el aviso cuando la vea.

—No se trata de avisar —dijo la Boni—. Yo pensaba intercambiar información. Así estaríamos mejor preparadas para cualquier eventualidad. Si la policía da con ella, y eso sucederá tarde o temprano...

—¿Y no serás tú de la policía? —atajó la liliputiense—. Preguntas mucho.

—¿Tengo pinta de policía? —dijo la Boni.

—¿Y yo de madama? —replicó la liliputiense—. Pero aquí nos tienes. Podrías ser confidente. A lo mejor llevas un micro en las bragas.

—Quia —dijo la Boni—. A mí sólo me mueve el espíritu de cuerpo, si así se puede llamar. Si usted no quiere decir más, me voy y me quedo tan ancha. A mí la poli ya me ha interrogado y me ha dejado ir. Quizá a la otra le interese saber qué me han preguntado y por dónde vienen los tiros.

—Está bien —concedió la mandamás—. Te digo dónde la puedes encontrar. Hablas con ella y ella decidirá lo que más le convenga. No le cuentes nuestra conversación. Finge un encuentro casual. Invéntate algo. No quiero líos.

—Yo pensé que estaría aquí —dijo la Boni, algo desilusionada.

—Ha salido —dijo la mandamás—. Con un señor. Éste sí es habitual. Frecuenta el casino de Peralada. Es ludópata y quiere tener a su lado a alguien que le controle. Podría pedir ayuda profesional, pero una chica guapa es más persuasiva. Los hombres son incapaces de negarles nada. Juega a estas horas, cuando no hay tanta gente y no es probable dar con un conocido. La hora de regreso depende de la suerte. Si vas ahora los encontrarás delante de la ruleta.

—¿Cómo los reconoceré? —preguntó la Boni.

—La reconocerás a ella: no habrá muchas así —dijo la mandamás—. Es rubia, alta y en el antebrazo lleva tatuada una obra de Baldessari. Si quieres te pido un taxi.

—No, gracias —dijo la Boni—: tengo un novio motero.

22

A diferencia de la Boni y el nuevo, que parecían haber acertado al primer intento, la suerte se mostraba esquiva con el jorobado: durante casi tres horas Chema anduvo por las inmediaciones de la Pedrera interpelando a docenas de taxistas y ninguno respondió de un modo significativo a sus preguntas. Algunos ni siquiera le entendían, porque en el gremio los había de todas las etnias, inclusive un guanche. Por lo general, los conductores eran amables con el jorobado, pero no faltaron los malhumorados y los que juzgaron divertido tomárselo a chirigota. Unos cuantos creían recordar haber llevado a un pasajero cuyos rasgos correspondían con la descripción del agente desaparecido, pero luego un examen más minucioso disipaba la certeza. Los taxistas, le dijeron, sólo veían a sus clientes por el espejo retrovisor y por lo general no prestaban demasiada atención a sus fisonomías.

Uno le dijo que le parecía estar llevando cabezas cortadas, como en la Revolución francesa (el jorobado dio un respingo) y otro le espetó que bastante tenía con conducir, hablar del tiempo y criticar al alcalde de Barcelona en sus sucesivas encarnaciones.

Hacia las tres de la tarde, decidió tomarse un descanso: en una tienda de alimentación compró un bocadillo de queso y un plátano y regresó con paso cansino a la oficina, a comer con tranquilidad y echar una breve siesta, en el transcurso de la cual lo sorprendió el jefe.

—No te des por vencido tan pronto, hombre —le instó el jefe—. Aún quedan muchas horas por delante. Luego te vas a casa y duermes como un bebé.

—Ya no doy para más, jefe —dijo el jorobado—. Las piernas no me sostienen.

—Ahí es donde uno ha de demostrar su valía y su entereza —replicó el jefe—. La abnegación no me pasa inadvertida y eso influye a la hora de los ascensos y los aguinaldos.

—Estoy derrengado —se lamentó el jorobado—, no he conseguido nada y encima los turistas me han hecho muchas fotos.

—Ay, Chema —dijo el jefe—, si estuviera en mi mano enviaría a alguien a reemplazarte, pero tengo a todo el personal ocupado. La nena y el nuevo están en una casa de putas; Monososo, en sus cursillos; la señora Grassiela ha ido otra vez al puerto para averiguar qué había dentro del yate; y a Pocorrabo, aunque ha pedido la baja por depresión, lo voy a mandar a Palamós. Sólo quedo yo, y no puedo abandonar el puente de mando. Esa loca sigue atrincherada en el despacho de su marido y amenaza con llamar a la policía si no conseguimos resultados de inmediato. ¡Y tiene un móvil! Si la policía obtiene nuestras coordenadas, es el fin, Chema. Échate otra vez a la calle. Y no vuelvas sin algo concreto.

*

La Boni salió de El Asombro de Damasco bastante contenta con el resultado obtenido y se dirigió sin tardanza al punto donde había quedado con su compañero, pero allí no había nadie. Alarmada, miró en todas direcciones y vio una moto que se acercaba a gran velocidad por la carretera. Al llegar junto a ella, la moto se detuvo y el conductor se quitó el casco. La Boni suspiró con alivio y algo de enojo.

—Creía que te habías ido —dijo.

—Es verdad —dijo el nuevo—. Pero ya he vuelto.

—¿Y a dónde has ido? —preguntó ella.

—A devolver la moto —contestó él—. No conviene conservar mucho tiempo los artículos robados.

—¿Y cómo has vuelto? —preguntó la Boni.

—He robado otra moto —contestó el nuevo—. Si fueras observadora habrías notado el cambio. ¿Cómo te ha ido ahí dentro?

—De fábula —dijo ella.

—Bueno —dijo él sin mostrar entusiasmo—. Sube, vamos a dejar esta moto en su sitio, luego tomamos un bocado y mientras comemos me lo cuentas.

Regresaron a Figueras, dejaron la moto junto a la anterior, buscaron un restaurante discreto; se sentaron a una mesa retirada y pidieron una pizza napolitana y una botella de agua sin gas.

Durante la comida, la Boni contó lo ocurrido. Esperaba oír un elogio o recibir una muestra de beneplácito por parte de su acompañante, pero éste se limitó a escuchar el relato sin hacer ningún comentario y al finalizar dijo:

—Pues nos hemos de apresurar si queremos pillar a esa chica en el casino. Peralada está un poco lejos. Necesitaremos una moto más grande.

Dicho esto, pidió por señas la cuenta. Antes de que se la trajeran, la Boni dijo:

—No me has dicho tu nombre. Yo te he revelado el mío, y tú el tuyo, no.

—¿Para qué quieres saberlo? —dijo el nuevo.

—Para ser equitativos —dijo la Boni—. Y por si en el transcurso de esta misión tan peligrosa nos enamoramos.

—Oye, Boni —dijo el nuevo—, eso no va a pasar. La misión no es peligrosa. Es pura rutina.

La cumpliremos tranquilamente, de la mejor manera posible, y acabaremos tan amigos, si no te pones pesada.

—No te hagas el cínico —dijo la Boni—. Estamos metidos en una misión, y en las novelas, en las películas y en las series, el chico y la chica se enamoran al final de la misión; y si la misión es larga, como la nuestra, se enamoran a media misión.

—Las novelas, las películas y las series sólo cuentan tonterías para entretener a un público de subnormales —dijo el nuevo.

—¡No es verdad! —replicó ella—. Si fuera así, no tendrían éxito. La mayoría de la gente es normal. Los subnormales no saben usar el mando a distancia. Y eso que tú llamas tonterías es lo que gusta a la gente normal porque lo que cuentan coincide con los sentimientos de todo el mundo. Una cosa es lo que uno es, otra cosa es lo que a uno le pasa y otra cosa muy distinta es cómo cada uno lo vive. Los flojos se creen fuertes, los feos se creen guapos, los tontos se creen listos. Y eso no les pasa a ellos, sino a nosotros, las personas normales, como tú y como yo. Te pondré un ejemplo: si alguien hubiera preguntado a Platón, a Fedro, a Aristodemo o a Erixímaco: ¿tú con quién te identificas, con Sócrates o con James Bond? ¿Qué crees que habrían contestado? ¿Eh?

*

No les hizo falta robar ningún vehículo: de la misma estación de autobuses de Figueras salía uno al cabo de cinco minutos en dirección a Rosas. Los dejó en un cruce de la N-260 y la GIP-6042 e hicieron a pie el resto del camino. Eran las cuatro y pico cuando entraron en el casino, en cuyas mesas había más crupieres que jugadores, y de inmediato localizaron a la persona que buscaban: una mujer joven, esbelta, de un rubio pajizo, ojos grandes, labios rojos, dientes blancos y un vestido corto de punto muy ceñido. A su lado un hombre de mediana edad, vestido con traje oscuro y corbata, seguía inmóvil y jadeante los giros de la ruleta.

—Yo me encargo —dijo el nuevo—. Tú quédate donde no te vean. Cerca de la puerta, por si ella intenta escapar. Cuando te haga una señal, te acercas.

Se dirigió a la ruleta con paso decidido, amplia sonrisa y la mano tendida.

—*Collons!* —exclamó en voz alta cuando estuvo junto al hombre—. ¡Usted por aquí!

El aludido se volvió sobresaltado. Arrancado bruscamente del objeto de su atención, tardó unos segundos en reaccionar, mientras el nuevo le estrechaba la mano y seguía hablando atropelladamente.

—¡Cuando le he visto es que no me lo podía creer! Me he dicho: *hosti*, tú, ¿será o no será? Y sí, mire, era usted en persona. ¡Sorpresas te da la vida! ¿Qué hace usted aquí, en este antro de perdición? ¡Y muy bien acompañado!

—Sí —logró decir el otro interrumpiendo la avalancha de efusividad y bajando la voz—, realmente se trata de una asombrosa casualidad. Yo vengo con frecuencia a este magnífico lugar, pero sólo en temporada estival: a los conciertos, las óperas y los recitales. Calidad insuperable y ambiente refinado. Y jamás se me ocurrió entrar en el casino. Así que hoy, aprovechando que estaba de paso por mor de una gestión y tenía un rato libre, se me ha ocurrido asomarme... Yo de juegos de envite y azar no sé nada. Por suerte, esta señorita tan amable, a la que no había visto en mi vida, ha tenido la bondad de mostrarme las reglas básicas de estos entretenimientos. Muy interesantes, sin duda, pero no para mí. Además, se ha hecho tarde y, una vez satisfecha mi curiosidad, debo acudir a mi próxima cita. Adiós, señor, he tenido sumo gusto en saludarle. Adiós, señorita. Gracias por sus atenciones y, por favor, quédese con estas fichas. Desconozco su valor, pero no será muy alto.

Se fue corriendo y la chica se quedó contando las fichas. Luego miró impávida al nuevo.

—No le conoces de nada, ¿verdad? —preguntó. Y al responderle el nuevo con un movimiento de cabeza, dijo—: Es el notario de una población de esta zona. No sé cuál. Le pirra el juego, pero teme que si se corriera la voz se resentiría su reputación y perdería una buena clientela. Por eso venimos siempre a esta hora, cuando no hay nadie.

—¿Y te trae a ti por algún motivo especial? —preguntó el nuevo.

—Por no venir solo —dijo la rubia— y porque soy licenciada en Ciencias Exactas. Él apostaría todo su capital a un solo número y perdería hasta las pestañas en medio minuto. Yo le digo cómo diversificar las apuestas y así se arruina igual, pero tarda un rato.

—¿Nunca gana? —preguntó él.

—Sí —dijo ella—, lo suficiente para seguir perdiendo. ¿No has leído a Dostoievski? No hace falta que contestes. ¿Policía? ¿Detective? ¿Mafioso? Sean cuales sean tus intenciones, éste es mal sitio: el casino está muy vigilado y hay cámaras por todas partes.

La Boni se había acercado, al verlos enzarzados en un diálogo fluido, y pugnaba por llamar su atención.

—Nada de eso —dijo el nuevo—. Sólo queremos hablar contigo. Ésta es la Boni.

La Boni le tendió la mano.

—Encantada —dijo—. Mi pareja y yo investigamos juntos.

La rubia miró a la Boni de arriba abajo.

—¿Por qué te has disfrazado de puta? —preguntó.

—¿No doy el pego? —preguntó la Boni.

—Quizá en un programa infantil de TV3 —dijo la rubia—. ¿Qué queréis?

—Ya te lo he dicho —dijo el nuevo—. Hablar contigo. Sólo perderás un poco de tiempo, tu cliente se ha ido y has cobrado bastante por no hacer nada. Si no quieres hablar, nos vamos y te dejamos en paz.

—Si habéis venido hasta aquí no me vais a dejar en paz —dijo la rubia después de reflexionar un rato—. Prefiero colaborar. Así me debéis un favor. Además, no tengo mucho que ocultar: soy una mujer pública. Voy a cambiar las fichas y a recoger mis cosas del guardarropa y me reuniré con vosotros en el jardín. Prefiero hablar fuera: los casinos están mal ventilados; siempre huelen a sudor y a comida.

—Antes dijiste que aquí estabas segura, por las cámaras —dijo él.

—No lo dije por mí —respondió la rubia—. Hablaba en general. No parecéis peligrosos. Al menos en persona. Lo que os traéis entre manos ya es otro cantar. Pero eso no depende del sitio; ni de mí. Y no tengáis miedo. No me voy a escapar por una puerta trasera.

Al trasladarse al jardín desde la atmósfera claustrofóbica y un poco descorazonadora del casino, el nuevo y la Boni sintieron un gran alivio. El cielo tenía el color azul mate de la tarde, en el estanque nadaban dos cisnes y en los árboles cantaban los pájaros. Se sentaron en un banco a la sombra de un cedro, respiraron hondo y la Boni aprovechó la pausa para decir:

—¡Qué bien se está aquí! Podríamos venir los dos solos. Más adelante, cuando hayamos resuelto el caso.

El nuevo no contestó; tenía los ojos fijos en la puerta del casino. La Boni lo advirtió y suspiró con la resignación de quien sabe que no se puede esperar nada de los hombres.

—No me digas que te ha gustado esa gata maula —comentó.

—Me preocupa que nos dé esquinazo —dijo el nuevo en tono evasivo.

Como si hubiera oído sus palabras, en aquel momento vieron salir del casino a la mujer rubia y dirigirse al banco con paso lento y acentuado vaivén de caderas. A la luz del día desentonaban las pestañas postizas, las uñas largas, la espesa capa de maquillaje y el conjunto de artificios pensados para resaltar en la penumbra. En la mano llevaba un bolso de tela. Cuando estuvo frente al banco, el nuevo se levantó y con gran deferencia le rogó que se sentara. Apenas lo hubo hecho, la Boni le mostró bruscamente la acuarela de Monososo. Ella le echó una rápida ojeada y negó haber visto anteriormente al difunto.

—¿No es el hombre al que fuiste a ver a Barcelona? —le preguntó la Boni.

—Para nada —respondió la rubia.

—Alguien te vio salir del hotel El Indio Bravo

la noche en que este individuo fue colgado de una viga —insistió la Boni.

—No niego haber ido a ese hotel —admitió la rubia—, pero nunca había visto antes a este pobre hombre. Sin duda hay una confusión de fechas. El que me contrató fue otro.

—¿Cómo te contrató? —prosiguió la Boni su interrogatorio—. ¿Directamente?

—No —dijo la rubia—. Llamando al local donde trabajo. El Asombro de Damasco. Me pasaron el encargo y fui.

—¿En autobús? —preguntó la Boni.

—No, mujer —respondió la rubia—. Eso es muy cutre. Fui en mi coche. Tengo un Honda de segunda mano. Vivo en Figueras y lo necesito para ir y venir del trabajo.

—¿No es insólito que estando en Barcelona alguien contrate un servicio tan lejos? —intervino el nuevo en tono conciliador.

—No lo sé —dijo la rubia—. Se me ocurren varias razones.

—Dime una —dijo la Boni.

—Es gay pero le atraen las mujeres y no se atreve a salir del armario, de modo que organiza citas clandestinas —dijo la rubia después de pensar un rato.

—Dejémoslo estar —dijo el nuevo—. ¿Qué hacíais en el hotel?

—Lo normal en estos casos —dijo la rubia—. Preferiría no entrar en detalles.

—¿No te pidió nada inusual? —insistió el nuevo sin prestar atención a las muecas de disgusto de la Boni—. Me refiero a un servicio adicional.

La chica reflexionó antes de contestar. Finalmente se encogió de hombros e hizo un ademán con la mano como si espantara un insecto.

—Una cosa sin importancia —dijo a media voz—. Me pidió que, al salir, entregara dos cartas.

—¿A quién? —preguntó el nuevo.

—No conozco a los destinatarios —dijo la rubia—. En el camino de vuelta a mi casa, debía dejar las cartas en las direcciones escritas en el sobre. Hacerlo me suponían pequeñas desviaciones, pero él me lo pidió como un favor. Ni siquiera me ofreció una gratificación. Tampoco me pidió ninguna garantía. Nada me impedía acceder a la petición y luego tirar las cartas a una papelera. O quedármelas. Naturalmente, no pensaba hacer ninguna de las dos cosas. Yo respeto a mis clientes y exijo que ellos me respeten a mí.

—Entonces, llevaste las cartas a sus respectivos destinos —dijo la Boni.

—Esa misma noche —afirmó la rubia.

—¿Recuerdas al menos los destinos? —preguntó el nuevo.

—Por favor —dijo la rubia—, eso sucedió la semana pasada y no tengo tan mala memoria. Una carta la entregué en Barcelona; la otra, en un pueblo de la costa, cuando iba camino de mi casa. Supongo que querréis las direcciones exactas: las he olvidado, pero os puedo dar indicaciones precisas. La carta de Barcelona la entregué en la parroquia de San Hipólito. La segunda...

—Perdona —interrumpió el nuevo—. ¿Has dicho una parroquia?

—Una iglesia católica, sí —dijo la rubia—. Cuando llegué, la iglesia estaba cerrada al público. Pero en la puerta había un hombre. Al verme bajar del coche me dijo que estaba esperando la carta. Se la entregué, me dio las gracias y emprendí el regreso.

—¿Y la segunda carta? —dijo el nuevo, algo desconcertado.

La chica miró fijamente al uno y a la otra. Seguía sonriendo, como había hecho a lo largo de toda la conversación, pero ahora asomaba una duda en sus ojos.

—En Palamós —dijo—. En un bar, cerca de la marina, llamado Lindo Coconut. Cuando llegué era tarde y el bar también estaba cerrado. Cuando buscaba la forma de depositar la carta, se me acercó un hombre y me la pidió. Dijo que le habían avisado, como al de la parroquia. Le di la carta y me fui. No sé nada más. ¿Cómo habéis venido?

—A pie —respondió la Boni.

—Os acerco en coche a Figueras —dijo la rubia—. Vine en el mío y lo tengo en el parking. Este servicio también lo hago gratis.

Al llegar a la estación de autobuses de Figueras, los dos se despidieron de la chica con muestras de agradecimiento por la información y por la amabilidad demostrada en todo momento. La chica sacó del bolso una tarjeta y se la entregó al nuevo. En la tarjeta sólo figuraba un número de teléfono.

—Es mi móvil —dijo—, por si se os ofrece algo más o por si conocéis a alguien con ganas de pasar un buen rato y dinero para pagarlo. Los dos últimos números están al revés. De este modo, si la tarjeta cae en manos de quien no debe, no me puede localizar. Mi nombre es Irina.

23

Poco antes de ponerse el sol, cuando ya estaba a punto de rendirse y renunciar a la búsqueda, el jorobado abordó a un taxista más, casi por inercia. El taxi estaba estacionado en la zona semipeatonal del Paseo de Gracia, donde acababa de dejar a unos turistas ávidos de compras. Repitió unas preguntas que, por haberlas hecho cientos de veces, apenas eran inteligibles. El taxista, sin embargo, después de escuchar la descripción del agente desaparecido y de reflexionar un rato con el dedo índice metido en la boca, preguntó:

—¿Es un tipo raro? Ese que busca, digo, ¿es un tipo raro?

—Hombre, tiene sus rarezas —admitió el jorobado—. ¿Quién no tiene alguna cosa?

—Se lo digo por esto —dijo el taxista—: ayer, a media tarde, llevé a un fulano a no sé dónde, y durante el trayecto me estuvo recitando una farfolla en francés antiguo. Yo no entiendo ni el moderno, pero cuando le pregunté si estaba hablando en ruso, me contestó eso: en francés antiguo. ¿Quiere oírlo?

—¿Lo recuerda de memoria? —preguntó con asombro el jorobado.

—Lo tengo grabado —dijo el taxista—. Cuando doy con un cliente o una clienta un poco rarillo, como éste, enchufo la grabadora del móvil sin que se dé cuenta. Ya tengo una buena colección. Casi todos majaras: uno ha visto extraterrestres, otro es aficionado a la numismática... Se quedaría usted de piedra. El plan es un día, cuando tenga tiempo y ganas, seleccionar las mejores y hacer un podcast. Como esta grabación es de ayer, aún la tengo a mano. Escuche.

Manipuló el teléfono y se oyó la voz de Buscabrega.

—*L'éducation devroit toujours être propotionnée à l'état que l'homme doit avoir dans la société; il ne s'agissoit donc que de leur former un cœur honnête, un esprit docile & un corps robuste & vigoureux; et de leur apprendre à lire & à écrire.*

—Es él, sin duda —exclamó Chema alborozado—. ¿Me puede decir a dónde lo llevó?

—Lo tengo anotado en alguna parte —dijo el taxista—. Cada día anotamos las carreras. No con detalle, claro. Sólo el importe, para rendir cuentas. Y no sé si le puedo hacer la revelación. Cada cual va a donde le sale del nabo, y si él no le ha dicho a dónde iba, yo tampoco se lo voy a decir.

—Se trata de un caso especial —dijo el jorobado—. Una persona con problemas. Desde ayer anda extraviado.

—Para eso está la Guardia Urbana —dijo el taxista—. Y la Cruz Roja.

—Sí, claro —admitió el jorobado—, pero la familia preferiría tratar el asunto con delicadeza. Gustosamente gratificarían la ayuda.

En aquel momento se acercó al taxi una pareja joven. Él arrastraba una maleta y ella cargaba una mochila abultada. Preguntaron si el taxi estaba libre y el jorobado hizo molinetes con los brazos.

—No, no —dijo—. Este taxista está hablando conmigo, ¿no lo ven?

—Oiga —dijo el taxista—, este taxista se gana la vida haciendo de taxista, no dando palique a los peatones. O se sube usted al taxi y bajo bandera o me voy con estos clientes, que además pagarán suplemento de maleta.

Por miedo a perder la pista de Buscabrega, el jorobado accedió, el taxista accionó el taxímetro y se quedó a la espera de instrucciones mientras los jóvenes se iban a buscar otro taxi. El jorobado calculó cuánto dinero llevaba en el bolsillo.

—Mire —dijo—, como no dispongo de mucho efectivo, le hago un trato. Usted me espera aquí, con el taxímetro en marcha, yo voy a la oficina, a buscar más dinero, vuelvo y hacemos una carrera.

—Ni hablar —dijo el taxista—. Usted se va, no vuelve, y yo me quedo viendo correr el taxímetro hasta el día del juicio. Vamos a hacerlo al revés: usted me da el dinero que tenga, yo le espero hasta llegar a esa cantidad y luego, si no ha vuelto, me largo con el primer cliente que se ponga a tiro.

—¿Y cómo sé que no se irá con el dinero en cuanto yo dé media vuelta? —preguntó Chema.

—Los taxistas somos gente honrada —respondió el taxista.

—Los peatones también —protestó el jorobado.

—Si quiere —dijo el taxista—, lo discutimos mientras corre el taxímetro.

—Está bien —dijo el jorobado—, me fiaré de usted. Tenga mi dinero y no se vaya. Es cuestión de vida o muerte.

Con piernas cortas, aliento entrecortado y escasas fuerzas, el jorobado zigzagueaba entre viandantes y vehículos. Ya en la oficina entró sin llamar en el despacho del jefe, a la sazón ocupado en el informe que en aquel preciso instante le rendían el nuevo y la Boni. Lo que éstos le contaban acerca de su fructífero viaje al prostíbulo y el casino le parecía tan enigmático como sugerente. Con aire absorto se acariciaba el mentón e interrumpía de tanto en tanto el recuento de sus subordinados para intercalar un comentario oportuno.

—¿Una iglesia parroquial? —murmuraba el jefe—. Es curioso. Y luego Palamós, ¿eh? De ahí provenía precisamente el yate hundido.

El jorobado pugnaba por llamar su atención con gestos frenéticos y atropelladas explicaciones. Finalmente, el jefe levantó los brazos en un dramático ademán de exasperación.

—¿A qué viene este histrionismo, Chema, si se puede saber? —exclamó.

Con palabras confusas, el jorobado contó lo ocurrido. El jefe dejó escapar un gruñido.

—¡Todo me cae encima al mismo tiempo! —dijo—. Y, por si eso fuera poco, he de sacar dinero de donde no lo hay. En fin, si un agente necesita ayuda, el resto pasa a segundo término. Vayamos al rescate. Luego seguiremos con el informe. De momento, pónganse todos de cara a la pared.

Cuando estuvo seguro de no ser visto, sacó una llave del bolsillo, abrió un cajón de su mesa, sacó de una caja varios billetes de veinte y de cincuenta euros, volvió a cerrar y se guardó la llave en el bolsillo.

—Ya se pueden dar la vuelta —dijo mientras se ponía en pie con la presteza propia de un hombre de acción—. No perdamos más tiempo. Cada segundo puede ser decisivo y el taxímetro va corriendo. Chema y tú —dijo dirigiéndose al nuevo— vendréis conmigo. Boni, tú te quedas a esperar a Monososo y a la señora Grassiela.

—Ah, no —dijo la Boni con firmeza—, si va ése, voy yo: somos pareja en el trabajo y en la vida real.

—Entre todos me volveréis loco —exclamó el jefe—. Está bien. Que se quede Pocorrabo, que de tanto penar no sirve para un cuerno.

Le llamaron. Estaba en su despacho, sumido en la atonía.

—Venga, hombre, anímate —le dijo el jefe—, que mañana te mando de misión. Ahora nos vamos todos y tú te quedas a cargo del chiringuito. Si yo no volviera, dile a la señora Grassiela que asuma el mando. Ella conoce el protocolo a seguir en estos casos. Pero sólo ha de asumir el mando si se certifica oficialmente mi defunción. No quiero que ande revolviendo mis papeles con cualquier excusa. Si se hace tarde, cerráis y os vais a casa, pero mañana temprano quiero acabar de oír el informe sobre el yate y sobre el prostíbulo.

Se dirigía a la puerta cuando ésta se abrió y apareció la mujer de Buscabrega con el bolso en la mano.

—He estado escuchando —dijo—, y si van a buscar a mi marido, yo voy con ustedes.

—Es peligroso —argumentó el jefe— y no sé si cabremos en el taxi.

—Pues nos apretaremos —dijo con firmeza la mujer del agente desaparecido—, pero a mí no me dejan en tierra.

Los cinco corrieron hasta el punto donde los esperaba el taxi. El monto que aparecía en el taxímetro superaba el depósito, pero el taxista les había concedido un margen, como muestra de buena voluntad y para no perderse el final de la historia. No obstante, se negó a llevar a tanta gente. Finalmente le convencieron: el jefe iba en el asiento contiguo al del conductor, el jorobado, el nuevo y la mujer de Buscabrega en el asiento trasero, y la Boni iba acurrucada a sus pies, conminada por el taxista a no asomar la cabeza bajo ningún concepto, porque si le pillaban con exceso de pasaje le podían retirar la licencia.

Una vez estuvieron todos acomodados, partieron hacia el lugar donde el taxista había dejado al agente desaparecido, al cual llegaron cuando ya era de noche.

Durante el trayecto, a instancias del jefe, el taxista contó que había recogido a Buscabrega cerca de la Pedrera en respuesta a una solicitud telefónica procedente de la centralita. Localizar el origen de la llamada, aun cuando la empresa aceptara hacer tal cosa, por lo demás contraria a las normas de la empresa y de todas las empresas de servicios similares, tampoco serviría de nada, les explicó. Cada día se cursaban varios millares de llamadas, la mayoría, de empresas abonadas, y de éstas no quedaba registro. Sólo a fin de mes se hacía un cobro global. Por su parte, los taxistas recibían la solicitud y respondían en función de la proximidad con el cliente. En aquella ocasión, a él le había tocado la china: una carrera sin retorno, la tabarra de la táctica militar en francés antiguo y, ahora, sospechas de complicidad en un delito.

—Nadie le culpa de nada —dijo el jefe—. Se ha portado usted muy bien y su grabación nos ha sido de gran utilidad.

—Pues se la regalo —respondió el taxista con un deje de amargura en la voz—. Y todas las demás, lo mismo. Cuando empecé a hacer el taxi, yo pensaba que la vida de un taxista era como la de un explorador o un astronauta. Y que, si recogía historias de aquí y de allá, al final podría hacer una buena colección de relatos, como las mil y una noches. Ya saben: dragones que se comen a la gente, sirenas con todas sus cosas muy bien puestas... Pero ya me he desengañado. Todo lo que me cuentan los clientes no es más que un saco de frustraciones, indignación y resentimiento.

24

Sin más luz que un solitario fanal de mercurio, el lugar presentaba un aspecto más desolado que la víspera, según admitió el taxista, cuando dejó allí al pasajero desconocido. A él le había sorprendido un poco la elección de aquel baldío, pero pensó que podía tratarse de un agente inmobiliario en busca de solares desocupados con fines de especulación, o un inspector de Sanidad, o un cretino. En definitiva, los planes de su cliente no le incumbían, ni podía perder tiempo en aquel paraje desierto si el cliente no estaba dispuesto a costearlo. El jefe entendió la alusión y le ordenó esperar con el motor en marcha, por si se veían obligados a salir de allí precipitadamente.

Luego se apearon los cinco y se pusieron a explorar el terreno. A poco se les unió el taxista.

—Buen lugar para cometer un asesinato —dijo alegremente.

—¡No sea pájaro de mal agüero! —le recriminó el jefe. Y, señalando a la mujer de Buscabrega, añadió—: Está presente la esposa del sujeto, tal vez su viuda.

El jorobado se asomó al solar.

—Por lo visto la gente usa este sitio como vertedero —comentó—. Miren, allí hay una lavadora del año de la catapún.

El nuevo se había agachado y examinaba fijamente la acera, el bordillo y la calzada. La Boni se puso a su lado.

—¿Buscas huellas, cariño? —le preguntó.

—¿En el asfalto? —dijo el nuevo—. No. Pero seguramente por aquí no ha pasado mucha gente desde que vino Buscabrega. Cualquier cosa puede ser indicio.

—Déjame a mí —terció el jorobado—. Con sólo agacharme un poco tengo la cara a ras de suelo.

—Aunque el sitio es solitario y de un yermo que da pena —dijo el jefe como si hablara para sí—, no creo que hicieran nada malo en campo abierto. Seguramente lo atrajeron aquí para tomarlo como rehén y llevarlo a...

El jorobado le interrumpió para mostrar su hallazgo.

—¡Mire, jefe! Acabo de encontrar un bolígrafo BIC roto. No lleva aquí mucho tiempo: la tinta aún no se ha secado.

—Déjemelo ver —dijo el jefe.

Sacó la postal del bolsillo y a la pálida claridad del fanal estudió el texto.

—Es casi seguro que la postal fue escrita con este bolígrafo o uno idéntico. Al igual que antes, cuando escribió la postal, Buscabrega quiso dejarnos una pista, por si las cosas se torcían.

—¡Éste es mi José Mari! —exclamó con orgullo la mujer del agente desaparecido.

El nuevo se había sumado al grupo. Miró el bolígrafo y dijo:

—Hay que tener mucha fuerza para romper el plástico con la mano. Para mí que lo arrojó bajo las ruedas de un vehículo.

—Todo concuerda —dijo el jefe—. Cuando se quedó solo, un vehículo vino a buscarle. Con violencia o sin ella subió a bordo, no sin antes poner el bolígrafo donde quedara roto y visible. Ahora la cuestión es saber a dónde lo llevaron.

—No muy lejos —sugirió la Boni—. De los objetos robados conviene deshacerse cuanto antes, como dice mi maestro en cuestiones delictivas.

Los presentes asintieron y se pusieron a mirar a su alrededor. En la calle donde se encontraban y en las calles adyacentes se alineaban almacenes y antiguos talleres abandonados.

—Tardaremos horas en registrar tantos escondites posibles —dijo el jorobado con desmayo—, cae la noche y este barrio me da mala espina. ¿No sería mejor aplazar la búsqueda hasta mañana por la mañana?

—¡Ni hablar! —dijo la mujer del agente desaparecido—. Igual lo tienen sin comer ni beber, esos desalmados. Y mi José Mari ya no tiene edad. De aquí no nos vamos sin haberlo encontrado. Si está cerca, como dice esta nena, tengo un método infalible para dar con él.

Abrió el abultado bolso que llevaba colgado del hombro y sacó la corneta de Buscabrega. La había encontrado en casa y la llevaba encima por si se presentaba la ocasión de llamar a su marido. Lamentablemente no sabía cómo hacerla sonar. Uno tras otro fueron probando todos sin éxito, hasta que el taxista consiguió arrancar del instrumento un siniestro maullido. Después de practicar cinco minutos, la corneta sonaba desafinada pero potente. De este modo emprendieron la busca del desaparecido: cada tanto el taxista hacía sonar la corneta; si no había respuesta, caminaban cincuenta metros hacia el norte, de acuerdo con la pequeña brújula que el jefe había tenido la precaución de echarse al bolsillo, y soplaba de nuevo el taxista. Así fueron tanteando los cuatro puntos cardinales. Al cabo de media hora, cuando el taxista ya manifestaba síntomas de sofocación, la Boni creyó oír a escasa distancia una voz quejumbrosa. Impuso silencio y convocó a sus compañeros. De un lugar cercano salía un monótono recitativo.

—*Les troupes ne devroient habiter les Casernes que pendant l'hiver; elles devroient camper l'été et être employées à des travaux publiques ou particuliers, après avoir donné chaque année un temps convenable aux exercices.*

—¡Allí! —gritó alborozada señalando un edificio ruinoso de una sola planta y cubierta plana, paredes de ladrillo ennegrecido y ventanas condenadas.

La Boni y la mujer del agente desaparecido querían acudir de inmediato al punto de donde partía el recitativo, pero el jefe las contuvo con ademán imperioso.

—No sabemos qué nos aguarda en ese antro —dijo—. Puede tratarse de una añagaza. Procedamos con cautela si no queremos poner en peligro nuestras vidas y, sobre todo, la de nuestro compañero. Primero exploraremos el terreno y luego, si procede, pasaremos a la acción.

—Ustedes exploren, que mi menda se vuelve al taxi —dijo el taxista devolviendo la corneta a la mujer de Buscabrega y caminando con celeridad hacia su vehículo.

—¿Lo ve, jefe? —aprovechó para decir el jorobado—. Si tuviéramos un kaláshnikov nos ahorraríamos tiempo y molestias.

Sin hacer caso a esta consideración, los cinco avanzaban hacia el viejo almacén en línea de combate: el jefe por el centro, el nuevo a su derecha y el jorobado, sin dejar de refunfuñar, a su izquierda; las dos mujeres formaban la retaguardia. A escasos metros del objetivo, el nuevo corrió agachado hasta pegar la espalda al muro. Luego se fue deslizando hasta alcanzar una de las ventanas tapiadas. La rendija dejada por la rotura de una bisagra le permitió atisbar el interior: reinaba la penumbra y no se advertía movimiento. Se incorporó e indicó a los otros que podían acercarse. Frente a la puerta se detuvieron para deliberar sobre el siguiente movimiento. La mujer de Buscabrega perdió la paciencia, se abrió paso a codazos, empujó la puerta, asomó la cabeza al interior y dijo:

—José Mari, ¿estás ahí?

Buscabrega respondió con voz débil:

—¡Montse! ¿Qué haces tú aquí? Yo esperaba a mis compañeros.

—Se han quedado fuera, discutiendo la estrategia —dijo la mujer del agente desaparecido—. ¿Te encuentras bien? ¿Te han hecho algo?

—No me han hecho ni caso —se quejó el agente desaparecido—. Tengo sed y hambre. ¿Por dónde has entrado?

—¿Por dónde va a ser? —respondió ella—. Por la puerta.

—Yo llevo dos días empujando y no ha habido manera —dijo Buscabrega.

—Es que se abre hacia dentro —dijo su mujer.

Los otros iban entrando y la Boni montaba guardia en el exterior para no ser sorprendidos. Al cabo de un rato se les unió el taxista, que había seguido de lejos el desarrollo de los acontecimientos y no quería perderse la parte más emocionante.

Buscabrega, abotargado por el largo periodo de inactividad y aturdido por la repentina irrupción de tanta gente, miraba a unos y a otros con sonrisa bobalicona. Los demás se mostraban ansiosos por hacer preguntas a su compañero, pero su sentido de la jerarquía los obligaba a guardar un deferente mutismo al ver que el jefe iniciaba una alocución.

—Ante todo —empezó diciendo—, celebro que este lamentable episodio haya concluido sin derramamiento de sangre. Mucho se podría añadir en esta ocasión, pero todavía nos encontramos en territorio enemigo y, por otra parte, no quiero ni pensar en la suma que debe de arrojar el taxímetro. De modo que dejo las palabras para mejor ocasión y dispongo que salgamos de aquí sin perder un instante.

—¿Y cómo tiene pensado volver? —dijo el taxista—. Ahora son uno más y yo por ahí no paso.

Al ver una perplejidad rayana en la angustia en los ojos del jefe, el probo taxista aventuró una propuesta:

—Si quiere y tiene posibles, yo pido otra unidad por el radiotaxi y nos repartimos la carga.

Al jefe se le abrían las carnes calculando el costo final de la operación, pero no le cupo más remedio que aceptar el ofrecimiento.

—Pida usted, pida —dijo con aire apesadumbrado. Luego, señalando al nuevo y al jorobado, añadió—: Vosotros dos os quedáis a la espera del otro taxi. Mientras llega, no perdáis el tiempo: registrad este cuchitril, por si los secuestradores han dejado alguna pista conducente a su identificación. Si hay peligro, salid corriendo: no quiero más sustos. Yo me voy con Buscabrega y las dos mujeres. Como se ha hecho muy tarde, al llegar, cada mochuelo a su olivo. Mañana a primera hora, reunión extraordinaria.

—Yo no puedo, jefe —dijo el jorobado—. Mañana tengo terapia a primera hora. Se lo dije hace una semana y usted me dio la autorización.

—Está bien —accedió el jefe—, pero en cuanto acabes, ven y que alguien te ponga al día. Tenemos varios informes pendientes y muchos datos nuevos que sopesar.

—¡Ah, no! —dijo con voz alta y firme la mujer del agente desaparecido—. José Mari no vuelve a poner los pies en su oficina. Con lo de hoy basta y sobra. José Mari, ahora mismo presentas tu dimisión y el lunes yo paso a cobrar el finiquito.

Pillado por sorpresa, el jefe no sabía cómo responder. Después de un tenso silencio, dijo Buscabrega:

—¿Y de qué vamos a vivir, Montse?

—De mi pensión —respondió la mujer del agente desaparecido—. Para algo he trabajado y cotizado toda mi vida. No es mucho, pero si dejas de empinar el codo, no nos moriremos de hambre.

—¿Y qué haré yo, todo el día metido en casa? —dijo con desconsuelo Buscabrega.

—Lo que hacen los hombres de tu edad —dijo su mujer—: ayudarme en las faenas del hogar, ver la tele, pasear y apuntarte a un curso de algo. Para la tercera edad hay ofertas interesantísimas.

—Oiga —intervino el taxista, que había seguido la conversación con interés pese a no quitar los ojos de la ruta—, si queda una vacante en su organización, a mí me podría interesar. Del taxi estoy hasta el gorro, por no decir una palabra malsonante.

La intervención del taxista permitió al jefe replantearse el dilema.

—Señora —dijo con calma—, entiendo su actitud: su marido ha sufrido un percance, del cual, por cierto, yo no soy responsable: la misión de su marido consistía en llamar por teléfono, no en concertar citas con desconocidos ni en subir a taxis. Por suerte, eso ya pasó y yo le ruego que reconsidere su postura. Su marido es un buen agente; aún le quedan unos años de rendimiento; su experiencia nos puede aportar mucho. Si se queda, le prometo que a partir de ahora no volverá a hacer trabajos de campo. Incluso puede ayudar a la Boni en la recepción. Para empezar, puede tomar nota de las coordenadas de este amable taxista, por si en un futuro no lejano decido aceptar su solicitud y encuadrarle en nuestro organigrama.

Y así concluyó el secuestro de Buscabrega.

25

Envuelto en una luz rosada y un aroma exquisito, el jorobado se acerca de puntillas al mostrador. Debido a su estatura, la señorita de la recepción aparta la revista que está hojeando, se incorpora de su asiento y echa el cuerpo hacia delante para hablar con él cara a cara.

—¿En qué puedo servirle?

El jorobado carraspea.

—Me llamo Amancio. O, por mejor decir, di este nombre cuando pedí hora. Vengo por lo del tratamiento.

La señorita repasa una agenda primorosamente encuadernada y dice:

—No veo su nombre, caballero. ¿Seguro que era para hoy?, ¿a esta hora?

—Sí, sí. Eso lo tengo claro —responde el jorobado—. Llamé por teléfono la semana pasada. No sé si hablé con usted o con otra persona. Por teléfono las voces se confunden. Pero quienquiera que fuese, anotó mi nombre. Amancio.

—Puede tratarse de un error —dice la señorita—. Recuérdeme, si es tan amable, el tipo de tratamiento.

—Lo de siempre —dice el jorobado—: descargas electromagnéticas para trastornos neuronales de tipo cognitivo.

—Señor —dice la señorita—, aquí hacemos tratamientos con láser para la celulitis, masajes faciales, depilación, manicura..., pero lo que usted dice, no. Esto es un centro de estética para señoras pijas.

El jorobado se echa hacia atrás y se pasa la mano por la barbilla.

—Entonces, ¿no es un centro para psicópatas? —pregunta.

—No, señor. Se ha confundido —dice la señorita.

—Vaya por Dios —exclama el jorobado—. Esto no le pasa nunca al Increíble Hulk.

Atraída por la conversación, se acerca la dueña del establecimiento, que responde al nombre de Adelina, como acredita un bordado en su bata azul.

—Sonia, ¿qué pasa?

—Este caballero, que se ha confundido de centro —dice Sonia.

La dueña del establecimiento examina al jorobado ladeando la cabeza.

—Vaya, lo siento. Pero estoy segura de que aquí podemos atender a sus necesidades.

—No lo creo, señora —dice Sonia.

La dueña del establecimiento le dirige una mirada de atención y reproche. A una persona que ha cruzado el umbral, por la causa que sea, no se la deja salir sin haber agotado todas las posibilidades de brindarle un servicio.

—Ya que está aquí... —insinúa.

Como no sabe a dónde ha de ir y tiene un par de horas libres, el jorobado se deja convencer para que le hagan la manicura y le den un masaje facial, porque la dueña del establecimiento le dice que tiene muy seca la piel del cutis. Por suerte, tanto la manicura, llamada Olga, como la masajista, llamada Tatiana, están libres en este momento, porque, aunque la agenda está a reventar este día, y también los demás días de la semana, muchas clientas del centro son de carácter voluble: por un sí o por un no cancelan sus compromisos y ni siquiera se toman la molestia de avisar. El jorobado se deja hacer. Olga trae un aguamanil y le sumerge la mano derecha en un líquido tibio y jabonoso mientras Tatiana y la dueña del establecimiento le palpan la frente y las mejillas. La dueña del establecimiento le pregunta si lo que tiene es grave.

—No lo sé —responde—, nunca he prestado atención al cutis.

—Oh, no —dice la dueña del establecimiento—, yo me refería a los trastornos neuronales.

—Ah, eso... —dice el jorobado—. He de andar con tiento, sí. Pero ustedes no tienen nada que temer. Aquí estoy muy a gusto. Y mis trastornos no son congénitos. Los adquirí con los años y tal como vinieron se pueden ir, o eso dice el doctor. La que sí es congénita es la deformidad. Nací con ella. Mis padres se llevaron un buen disgusto, como es natural. Cada uno por su cuenta estudiaba el árbol genealógico del otro para ver si encontraba un antepasado a quien achacar aquel percance genético. Ninguno quería asumir la responsabilidad y por el empeño de achacársela al otro arruinaron su relación matrimonial. Por supuesto, acudieron a un montón de especialistas para tratar de solucionar el problema, pero ya saben ustedes lo que pasa: cuando uno consulta a varios médicos buscando el diagnóstico más favorable, acaba ahogado en un torbellino de opiniones contradictorias. Uno proponía píldoras; otro, inyecciones; otro, cirugía; otro, ejercicios. Lo probaron todo, y entre unas cosas y otras adquirí los trastornos que ahora me estoy tratando. De mejorar la pinta, en cambio, nada. Yo, conforme crecía, me iba dando cuenta del embrollo ocasionado bien a mi pesar y buscaba la manera de compensarlo. Cuando empecé a ir al colegio trataba de sacar las mejores notas para que mis padres estuvieran orgullosos de mí al menos en ese terreno. Estaba atento en clase, hacía los deberes a conciencia, aprendía las lecciones de memoria y me aplicaba mucho en todo. Pero fue inútil: los profesores me tenían tirria porque alborotaba la clase. Los niños se burlaban de mí, yo me enfurecía y, como era tan corto de miembros, me caía del banco, los compañeros se reían y me saltaban encima. Donde yo estaba, reinaba la indisciplina. Por culpa de mi mal carácter. No sé si conocen al Increíble Hulk. Yo era igual, pero en vez de volverme verde, me ponía rojo como un tomate.

Adelina, Olga y Tatiana han interrumpido sus actividades, y Sonia ni siquiera descuelga el teléfono que no para de sonar. A pesar de tener la cara embadurnada de crema, el jorobado se da cuenta de que su historia ha impresionado a las cuatro mujeres.

Adelina reclama la caja de pañuelos, se suena e imparte las órdenes oportunas.

—Vamos, chicas, al trabajo. En cualquier momento van a entrar clientas y os encontrarán como unos pasmarotes.

Tatiana se cuadra.

—Yo no hago nada hasta no saber cómo sigue la historia de este caballero.

Y Olga apostilla:

—De este caballero tan majo.

—Está bien, caballero majo —dice Adelina con sorna dirigiéndose al jorobado—, acabe usted su serial radiofónico o tendré que abrir expediente a estas tontainas.

—Está bien, está bien —dice el aludido—,

pero no lloren. Al final todo acaba bien, ya lo verán.

—Ah, no —dice Sonia—. Yo quiero seguir llorando. No había llorado con tantas ganas desde que Dinamarca ganó Eurovisión 2013 con *Only Teardrops*. La de la tamborrada, ¿se acuerdan?

—Ay, hija, hay gustos que merecen palos —dice Tatiana.

La discusión, acompañada de algunos ejemplos tarareados y una escueta coreografía, ocupa una parte de la sufrida jornada laboral. Luego todas instan al jorobado a proseguir el recuento de sus angustias. Éste pide que antes le permitan sacar las manos de la jofaina, las enjuaga con una toalla y continúa con su relato.

—La situación había llegado a un límite. Tanto mis padres como mis profesores estaban de acuerdo en que mi sola presencia bastaba para sembrar la discordia en las aulas y en el hogar. Ya no era sólo mi físico, sino mis trastornos neuronales los que imposibilitaban mi convivencia con el prójimo. Y, como suele ocurrir cuando la ciencia no ofrece solución a un problema material, se recurre a otras formas de sabiduría, no siempre refrendadas por la experiencia. Un día apareció en casa un individuo cuyo aspecto ya infundía respeto o pavor. Vestía de negro de los pies a la cabeza y ostentaba una larga barba entrecana. Su mirada era febril. Me llevaron a su presencia, él me hizo algunas preguntas para calibrar mi capacidad intelectual...

—¿Como cuáles? —pregunta Olga. Y ante la mirada reprobatoria de sus compañeras, agrega—: Lo digo porque a lo mejor nosotras tampoco habríamos pasado el examen.

—Oh, no se preocupe, señorita Olga —dice amablemente el jorobado—. Nadie la va a examinar de nada. Y las preguntas eran las habituales en estos casos: cuál es el principal afluente del Ebro, quién sucedió a Carlos IV en el trono de España, cuántos kilos de hierro hacen una tonelada de paja... Yo contesté bastante bien y el temible individuo guardó silencio. Mi madre me dijo que abandonara la estancia, pero el hombre se negó. Lo que tenía que decir era yo quien debía oírlo. Adoptó un tono más solemne aún y empezó a hablar. Sus palabras aún resuenan en mis oídos. Todo, dijo, está sometido al poder de la mente.

El jorobado guarda un largo silencio, que ninguna de las cuatro mujeres se atreve a romper, hasta que Adelina, como dueña del establecimiento, asume la responsabilidad, a sabiendas del riesgo que corren, tanto ellas como el utillaje y el mobiliario del centro si su cliente se descontrola.

—¿Y... qué más dijo? —pregunta.

—¿Quién? —dice el jorobado.

—El señor de la barba, ¿quién va a ser? —responde Adelina.

—Ah, ¿ése? Nada. Cobró y se fue —dice el jorobado encogiéndose de hombros—. Pero la semilla ya estaba plantada. Al cabo de unas semanas mis padres encontraron una clínica situada en la falda del Montseny, especializada en el tipo de afecciones a que había hecho alusión el hombre de la barba. Por cierto, ahora, mientras evocaba aquellos acontecimientos, me ha venido a la memoria su nombre. No se hacía llamar doctor, seguramente por carecer de un diploma académico. Pero todos se referían a él como Profesor. Él no regentaba la clínica, aunque luego supe que tenía acciones en la empresa. Esto a ustedes les trae sin cuidado, claro.

—No, no —dice Adelina en nombre propio y de las demás—, todo nos interesa. Al fin y al cabo, yo también pienso como el señor de la barba. Todo está en la cabeza: la inteligencia, la memoria, el cuidado de la piel. Si nuestras clientas tuvieran presente este principio básico, otro gallo les cantaría. Y a vosotras también —añade dirigiéndose a las tres chicas.

Las chicas asienten y luego se ríen a espaldas de la dueña del establecimiento.

—La clínica a donde fui a parar —prosigue el jorobado— estaba rodeada de una tapia alta rematada con una maraña de alambre de espinos. La puerta era de hierro, alta, sin abertura, y al otro lado se oía ladrar a un perro fiero con intermitencias regulares, porque no había tal perro, sino una grabación programada para espantar a los curiosos. Ni en la puerta ni en ningún otro lugar había rótulo o distintivo. Parecía un presidio y, en el fondo, eso era, porque allí nadie entraba por propia voluntad ni podía salir sin autorización. Como la clínica estaba destinada a corregir las desviaciones de la voluntad, tanto de índole física como anímica, la mayoría de los internos eran adolescentes de familias acomodadas que habían manifestado inclinaciones homosexuales. Allí, por un precio exorbitante, se comprometían a convertirlos en hombres hechos y derechos. La verdad es que, a pesar de las apariencias, el método empleado no era agresivo ni cruel. En el fondo, la institución era una estafa colosal y su propósito, de haberse llevado a término con rigor, probablemente habría incurrido en la ilegalidad, de modo que los guardianes se limitaban a impartir unas charlas sobre el tema, a prevenir a los internos de los peligros para la salud y los inconvenientes sociales de su condición y a proyectar películas eróticas de ínfima calidad encaminadas a despertar el interés de los espectadores por las mujeres en su mejor aspecto. Por supuesto, todas estas medidas no servían para nada; los guardianes lo sabían, cumplían su cometido con desgana y hacían la vista gorda sobre el resto.

Calla el jorobado y Tatiana, que ha empezado a cortarle las uñas, dice con sorna:

—¿Y qué hizo allí el Increíble Hulk?

Al ver que las chicas se ríen, el jorobado también se echa a reír.

—¿Se refiere a mí, señorita Tatiana?

—Tatiana —interviene Adelina—, haz el favor de no faltar al respeto al señor. Es singular y cuenta cosas insólitas, incluso un punto escabrosas, pero no deja de ser un cliente y, como tal, merecedor de la máxima deferencia. Tal es lema de la casa, y a la que no le guste, que se busque otro empleo. Y usted, señor —agrega a renglón seguido sin mudar el tono severo de la voz—, tenga cuidado con lo que dice. El curso de su perorata toma un sesgo que no me gusta. Asimismo, le informo de que yo no tengo tiempo que perder en estas tonterías, pero por lo que he podido deducir de las conversaciones oídas sin querer en este centro, las chicas son más de Spiderman que de ese fulano verde al que usted se refiere con insistencia.

Sonia, que lleva un rato callada, aprovecha la ocasión para intervenir.

—Los gustos cambian, señora Adelina. A unas les gusta Spiderman, las más pequeñas prefieren a Frozen. Hay mercado para todo.

—Mi madre —corrobora Olga— siempre dice que donde esté Superman, que se quiten los demás. Claro que mi madre es una anciana de casi cincuenta años.

—Pues a mí —dice Sonia—, sólo de ver a Clark Kent ya se me quitan las ganas de todo.

—¿Ve lo que le digo? —murmura Adelina dirigiéndose al jorobado—. Son unas cabecitas locas. A su edad yo tampoco sabía lo que me gustaba y lo que me dejaba de gustar. Y menos aún lo que me convenía. Me casé, me separé y monté este centro. Y tal como se lo digo, lo pienso: a mí no me camela ni el mismísimo Hombre Lobo, con toda su fachenda.

—Cuéntenos cómo le fue en la clínica —dice Tatiana—. Porque arreglarle, ya se ve que no le arreglaron mucho.

—No, claro que no —dice el jorobado—. Ni lo pretendían. Al principio me programaron una tabla de ejercicios delante de un espejo. Un monitor me regañaba continuamente si no ponía empeño en algún ejercicio. Al término de cada sesión, me medían. Al cabo de una semana seguía midiendo lo mismo que el primer día. Me dieron por inútil y me dejaron a mis anchas. Pero lo importante no es eso, sino el trato con mis compañeros. Eran un grupo de chicos muy jóvenes, alegres y con ganas de juerga. El primer día me disfrazaron de conejo y me hicieron dar vueltas por el jardín. Nadie había jugado conmigo antes y me divertí tanto que no pude dormir en toda la noche. Aquellos chicos fueron mis primeros amigos. Y los mejores.

—¿Cuánto tiempo estuvo interno en la clínica? —pregunta Sonia.

—No lo sé —dice el jorobado—. El tiempo pasaba volando. Algún fin de semana mis padres me venían a buscar. Yo contaba los minutos que faltaban para volver a la clínica. Por mi gusto me habría quedado toda la vida. Pero no era posible.

Mis compañeros también iban abandonando la clínica cuando los guardianes y los doctores los consideraban curados, es decir, cuando les daba la gana, porque he mantenido contacto con algunos de ellos y me consta que ninguno cambió de manera de ser. Hoy todos están colocados. Profesionalmente, quiero decir. En lo demás, a cada cual le va como le va. Yo también encontré un buen trabajo. Soy agente secreto. Ustedes dirán que con mis hechuras no me ha de ser fácil pasar inadvertido, pero no sé cómo, siempre me las arreglo. Si una cosa aprendí en la clínica es a disimular.

26

Mientras el jorobado se acicalaba, los demás agentes rendían sus respectivos informes. Como de costumbre, se habían sentado frente al jefe, el cual, en aquel preciso momento, recapitulaba el heterogéneo contenido de aquéllos y procedía al análisis de los hechos, entre los cuales el secuestro de Buscabrega, por su gravedad, ocupaba un lugar preeminente.

—A mi entender —dijo el jefe después de recontar lo que todos los presentes ya sabían—, los secuestradores esperaban a la noche para llevar a término su plan, del cual el secuestro era sólo un prolegómeno o, si lo prefieren, un preparativo necesario.

—Perdone, jefe —interrumpió el propio Buscabrega—, le recuerdo que entre el secuestro y la liberación, por la que les estoy muy agradecido a ustedes, pasó una noche entera, durante la cual los secuestradores no hicieron acto de presencia en el cuchitril, ni para traerme comida ni para torturarme ni para nada.

El jefe se quedó un rato mirando sus manos, absorto en cálculos mentales.

—Una observación acertada —dijo finalmente—. Ahora iba a refutar con la evidencia este punto en apariencia inconsistente. Los secuestradores demoraron la ejecución de su plan para debilitar al secuestrado y de este modo vencer su resistencia. *Voilà*. ¿Alguna sugerencia más? ¿No? En tal caso, demos por bueno el análisis tal como lo acabo de presentar y pasemos al siguiente informe. Grassiela, tienes la palabra.

A pesar de las continuas interrupciones del perrito, que reclamaba la atención de su dueña, ora con ladridos, ora con otros ruidos, y del escaso interés de la audiencia, la señora Grassiela contó cómo había asistido al reflotamiento del yate en compañía de los dos marineros, Ricardiño y el viejo ballenero, a quien no habían querido perder de vista por temor a que se echara a la calle y, con su estado mental inestable, se perdiera en el laberinto inextricable de la gran ciudad. En la dársena había una representación de la autoridad portuaria, varios efectivos de la Guardia Civil y unos cuantos periodistas y fotógrafos y media docena de curiosos: unas veinte personas en total. El reflotamiento se hizo por medio de una grúa firmemente anclada en el muelle, al extremo de la cual los buzos habían amarrado el casco de la embarcación mediante unas jarcias muy gruesas y resistentes. La operación, como suele ocurrir con las obras públicas, había despertado mucha expectación y luego, a la hora de la verdad, había resultado larga y tediosa. Sólo el momento esperado, es decir, la aparición de la arboladura del barco, suscitó murmullos de aprobación, como diciendo: ya sale, ya sale; pero de inmediato el mar se había agitado igual que una olla cuando el agua rompe a hervir y había emergido el casco, como un pez enorme, acompañado de un remolino caudaloso de agua salada y oleosa que rebasó el nivel de la dársena y formó grandes chorros al chocar con las patas de la grúa, con lo cual los espectadores quedaron empapados, incluida la propia señora Grassiela, cuyos zapatos y vestido quedaron muy maltrechos, y el perrito estuvo a punto de morir ahogado. En vista de lo cual, siguiendo el ejemplo de todos los presentes, la señora Grassiela salió de allí a toda velocidad, arrastrando a los marineros, a quienes la visión de su barco en condiciones tan penosas había sumido en una especie de estupor paralizante. A continuación, sin reparar en que ya no quedaba nadie en la dársena, los efectivos de la Guardia Civil destacados en el lugar de los hechos hicieron evacuar la zona con voces y gestos autoritarios y, mientras lo hacían, cedieron las jarcias y el yate se volvió a hundir, con el consiguiente chorro, que en aquella ocasión puso en fuga a los propios efectivos de la Guardia Civil. Y así concluyó la misión de la señora Grassiela, sobre cuyas consecuencias materiales ella misma presentaría la oportuna reclamación.

—Ah, no —atajó el jefe—. Ya sé a dónde quieres ir a parar. La Organización no te va a comprar ni un vestido ni unos zapatos nuevos. Una misión siempre entraña riesgo: eso lo sabemos todos cuando ingresamos en la Organización. Aprende de Buscabrega, que ha sufrido mucho más y no ha presentado ni piensa presentar ninguna reclamación.

—No es comparable —replicó la señora Grassiela—. A él el susto se le pasa, pero a mí las sandalias de Clergerie no me las arregla ni san Crispín, patrón de los zapateros.

Restablecida la calma, habló Monososo para decir que en las conversaciones con sus compañeras de clase sólo habían salido a relucir el remojón y el hecho ya sabido de que el yate estaba vacío.

—¡Antes de levantar la sesión! —gritó el jefe acompañando la palabra de una vigorosa gesticulación para detener al resto de los presentes, que ya se había levantado y se dirigía a la puerta—. Antes de levantar la sesión, digo, haré balance. En estos momentos —añadió cuando los prófugos hubieron vuelto a sus respectivos asientos— disponemos de muchas pistas, todas las cuales, me duele decirlo, nos llevan directamente a una vía muerta. No obstante, hemos de poner sobre el mantel el lugar a donde nos llevan. Primero: no perder de vista el asunto del yate, averiguar si lo vuelven a reflotar o lo dejan en el fondo del mar, si alguien lo reclama, si interviene alguna compañía aseguradora, etcétera. Tampoco debemos descuidar el hotel El Indio Bravo, aunque los últimos incidentes no hacen prever nuevos movimientos en ese punto. Grassiela, tú has estado en el hotel anteriormente; pásate por ahí a ver si averiguas algo, sin perder contacto con los marineros. Ya sé que son dos cosas a la vez, y eso es contrario a lo establecido en el convenio, pero las circunstancias son excepcionales. Al nuevo y a Chema ya los conocen y los demás tienen asignados otros cometidos.

Contra todo pronóstico, la señora Grassiela asintió con la cabeza. Aliviado, el jefe prosiguió:

—El viaje del nuevo y la nena al prostíbulo de Els Hostalets y posteriormente al casino de Peralada ha resultado bastante fructífero, al menos en potencia. Hicimos un contacto valioso y predispuesto a cooperar con nosotros en la investigación. Seguiremos las pistas facilitadas por dicho contacto, a saber, la parroquia de San Hipólito, en Barcelona, y un bar de Palamós. A Palamós irá Pocorrabo. Monososo, tú a la iglesia. Pero no dejes los cursillos: algo podrías averiguar y un poco de disciplina no te vendrá mal. Vosotros dos —concluyó dirigiéndose al nuevo y a la Boni— os podéis tomar un descanso. Pero mañana os quiero ver aquí puntualmente. Ya os podéis ir. Pocorrabo, ven a mi despacho.

Cuando ambos estuvieron en el despacho, Pocorrabo expresó su malestar.

—He ido varios años a veranear a Palamós y no tengo ganas de volver —dijo—. Está petado. Lo odio.

—No digas tonterías, hombre —le contradijo el jefe—. Cada año miles y miles de personas, nacionales y extranjeras, van a Palamós a disfrutar del sol, del mar, de la playa, de la gastronomía y de muchos alicientes lúdicos. A ti lo que te pasa es que estás de no. Pero has de cambiar el chip. Anda, ve con una actitud positiva y verás como lo pasas bien. Además, no vas de vacaciones, sino a trabajar.

27

Como esta noche no tiene a su hijo, al llegar a casa el nuevo ha reemplazado la ropa de calle por un pijama viejo, arrugado y cubierto de manchas, sobre el cual ha tenido la precaución de ponerse el delantal para recalentar las sobras de alguna cena anterior, guardadas en un táper en la nevera. Por si, a pesar de todo, se hubiera agriado el guiso, en cuya composición predomina el tomate frito de lata, mientras lo remueve en la cazuela, le va añadiendo pimienta, orégano y otra hierba de origen y sabor desconocidos. Al cabo de un rato, cuando la cazuela ya borbotea y desprende un aroma punzante y no del todo apetitoso, suena el timbre de la puerta. El nuevo no espera a nadie, de modo que baja el gas, esconde un cuchillo de cocina en la manga del pijama, como vio hacer en la cárcel a los presos más violentos, y acude a la llamada. Al abrir una rendija, la Boni empuja la puerta, se cuela con sigilo en el recibidor y cierra sin hacer ruido. El nuevo sólo consigue articular una pregunta atropellada:

—¿Qué pasa?

—No tengas miedo —responde ella con serenidad—. No me ha seguido nadie.

—Eso es lo de menos —dice él—. ¿Qué haces tú aquí?

La Boni le dirige una sonrisa tranquilizadora y husmea.

—Si es por mí, no te has de preocupar —murmura—: he llamado a la señora Mendieta y le he dicho que tenía tos y unas décimas y que esta noche no iría a su casa para no contagiarle lo que estoy incubando. Me lo descontará de la mensualidad, pero no me importa.

—No sé quién es la señora Mendieta —dice el nuevo.

—Ah, ya la conocerás —dice la Boni—. Te caerá bien; y tú a ella. Es plasta como ella sola, pero buena persona. De todos modos, aún es pronto para contarle lo nuestro. La señora Mendieta es un poco chapada a la antigua. Oye, aquí huele a rayos. ¿Es tu cena?

—A mí me gusta —replica él en tono de orgullo herido.

—Pues cómetela —dice ella—. Yo ya he cenado. Cada día ceno temprano para no llegar tarde a casa de la señora Mendieta, y hoy no he visto razón para cambiar el horario.

Entra en la cocina, observa la cazuela con una mueca, levanta los ojos al techo.

—Dame el delantal —añade—. Mientras tú consumes este manjar, yo iré lavando la cazuela. Así no perderemos tiempo.

Como en la cárcel ha adquirido el hábito de obedecer en todo lo concerniente a comidas y lavados, el nuevo saca con disimulo el cuchillo de la manga y lo guarda en un cajón; luego apaga el fuego, se sirve parte del guisote, lo lleva a la mesa del *living*, cubierta por un periódico abierto a modo de mantel, y empieza comer mientras la Boni trastea en la cocina. En cuanto acaba la cena, ella levanta la mesa.

—Voy a cambiarme —dice él—. Voy hecho un pingo. No esperaba visita.

—Así estás bien —dice ella desde la cocina—, y no soy una visita. Mientras acabo con esto, lávate los dientes y haz lo que sueles hacer antes de acostarte. No podemos perder tiempo: mañana he de madrugar. Tengo clase de kickboxing.

—Oye, Boni —dice el nuevo con aprensión—, ¿no te estás precipitando?

—No, al contrario —responde ella—. El kickboxing hay que practicarlo de muy joven. A partir de una edad se pierde elasticidad y ya no se recupera. Empecé con clases de taekwondo. Es más deportivo, más para exhibición. Por eso me pasé a lo otro: yo quería un método para dejar al contrario fuera de combate.

—Bueno, si lo pones en estos términos... —dice el nuevo.

A medianoche la Boni le despierta sacudiéndole un brazo suavemente.

—¿Qué quieres? —rezonga él sin abrir los ojos.

—Estaba pensando en la fecha —responde ella.

—¿Qué fecha? —pregunta él.

—La fecha de nuestra boda —responde la Boni.

—Boni, yo ya estoy casado —dice el nuevo.

La Boni se incorpora.

—Joder —exclama—, ¿no me lo podías haber dicho antes?

—Antes no venía a cuento —se disculpa el nuevo.

La Boni mira a su alrededor, tratando de distinguir lo que se oculta en la oscuridad.

—¿Dónde está tu mujer? —susurra.

—No tengas miedo —dice el nuevo—: no te va a saltar encima. Está en su casa, con su pareja. Y con nuestro hijo. Ella tiene la custodia y yo lo tengo unos días programados. A veces un fin de semana.

La Boni reflexiona un rato. Luego se levanta y se viste.

—Está bien: me voy a casa —dice—. Pero mañana, sin falta, traes a la oficina una declaración firmada por ti y acompañada de fotocopia del DNI diciendo que lo de esta noche formaba parte de una misión. De este modo, si esto sale a la luz, mi reputación quedará a salvo. ¿Lo has entendido?

—Perfectamente —dice él—. Y no hace falta que te vayas a esta hora.

—Ah, no —replica ella ofendida—. Si me quedara, sería una inmoralidad.

Cuando la Boni se ha ido, él sigue durmiendo de modo intermitente hasta las seis. Entonces salta de la cama, se ducha, se afeita, se viste, sale a la calle y entra en un locutorio que únicamente cierra una hora en la madrugada para hacer una limpieza somera del local. Cuando entra sólo hay un maorí que habla con alguien en Auckland. El maorí se interesa por los All Blacks y su interlocutor en las antípodas, por el Barça de Xavi. Los dos muestran hacia sus respectivos equipos una actitud positiva, con una leve sombra de incertidumbre.

El nuevo marca el número del móvil que le dio Irina en la estación de autobuses de Figueras. Para su sorpresa, la voz de ella responde al primer timbrazo. Como en el fondo abrigaba la esperanza de no obtener respuesta, titubea.

—Soy yo —dice finalmente—, el del casino de Peralada. Perdona que te llame a estas horas, pero luego no sé si...

—Está bien —le interrumpe—, es buena hora: todavía no me he acostado. ¿Qué quieres?

—Me gustaría que nos viéramos —dice él.

—Ya te conté todo lo que sabía —dice ella en tono seco.

—Sí, ya lo sé —se apresura a decir él—. Pero hay algo...

Como no ha preparado una explicación satisfactoria, se queda cortado a media frase.

—Pasado mañana he de bajar a Barcelona —dice ella—. Sólo por el día. Luego vuelvo. Pero a segunda hora de la tarde podemos quedar en la terraza del hotel Mandarín. ¿A las seis y media?

28

En los escasos momentos en que no se lo impedían sus ocupaciones, sus reflexiones o un invencible sopor que lo dejaba traspuesto entre una hora y una hora y media, el jefe tenía por costumbre deambular por los pasillos de la oficina, con andar pausado, las piernas abiertas, la espalda ligeramente inclinada hacia atrás y las manos hundidas en los bolsillos, ora para supervisar la labor de sus subordinados, ora para estimular su celo, ora para recriminar algún hábito incompatible con la dignidad de la Organización, como sentarse en el suelo con las piernas cruzadas o dar de comer al perrito de la señora Grassiela sustancias perjudiciales para su funcionamiento intestinal.

Aquella mañana, en uno de los interludios descritos, le sorprendió el timbre de la puerta cuando estaba en mitad del corredor. Como la Boni, a pesar de lo avanzado de la hora, aún no había llegado, él mismo abrió y se encontró cara a cara con el avispado taxista que dos días atrás había sido instrumento primero del secuestro y luego del rescate de Buscabrega. Por si el propósito de la presencia de aquél era reclamar algún pago adicional, el jefe frunció las cejas y clavó en el visitante una mirada severa, mientras mascullaba:

—Le advierto que venir a esta oficina sin cita previa es altamente irregular.

El taxista levantó las manos como si se dispusiera a parar un hipotético puñetazo.

—Más irregular es dejar el taxi vacío en la parada, como he hecho yo —dijo—, y, sin embargo, aquí estoy, por solidaridad, por amistad y siguiendo los dictados de mi nueva vocación: ya no quiero ser taxista escritor, sino taxista detective.

—Ah —exclamó el jefe deponiendo su actitud—, en tal caso, vayamos a mi despacho y veamos qué le trae por aquí.

Azuzada la curiosidad general por la extemporánea llamada, los agentes se iban asomando al paso de la pareja frente a sus respectivos despachos y, al reconocer al taxista, le dirigían jubilosos saludos, a los cuales él correspondía con entusiasmo torero, sin ocultar su complacencia al verse acogido como un miembro más del selecto grupo. Para mantener el orden y un poco también por celos, el jefe hizo entrar al taxista en su despacho y cerró la puerta con más energía de la necesaria. El taxista examinaba el paisaje lacustre que colgaba de la pared con la cabeza ladeada y los párpados entornados.

—A esto llamo yo una obra de arte —comentó—. Sólo el marco ya debe de valer un potosí.

—Es un regalo regio —dijo el jefe con un deje de orgullo—. En otra ocasión le contaré la historia. Pero ahora no perdamos tiempo. Por favor, siéntese.

—Iré al grano, con su permiso —dijo el taxista cuando se hubo sentado. Y ante el leve gesto de asentimiento del jefe, echó el cuerpo hacia delante, puso sobre la mesa las manazas y dijo—: Ayer tarde, cuando iba conduciendo el taxi por la Avenida de Roma, camino a la estación de Sants, ¿con quién cree usted que me crucé?

El jefe ponderó un instante el acertijo.

—¡Con un gato negro! —dijo finalmente.

—¡No, hombre! —dijo el taxista dejando escapar una risita burlona—. En una calle de Barcelona un gato no dura treinta segundos. Me crucé..., ponga atención..., con una furgoneta de reparto de Conservas Fernández. De inmediato di un golpe de volante y, no sin riesgo, me puse a seguir a la furgo, a pesar de las protestas de los pasajeros, que se negaban a perder el tren, incluso habiéndoles dicho que yo trabajaba para una agencia secreta en un caso de secuestro. En este ten con ten y por culpa de un semáforo, perdí de vista la furgo. ¿Qué le parece?

El jefe abrió la boca y al cabo de unos segundos, como no se le ocurría nada, la volvió a cerrar. El taxista dio una palmada sobre la mesa.

—¿No se percata usted del alcance del suceso? —dijo—. Hasta ahora dábamos por supuesto que su agente fue secuestrado por unos individuos en una furgo de la conservera. Sin embargo, esa furgo no llevaba el nombre de la empresa pintado en los laterales, o su agente lo habría visto y nos lo habría comentado.

—¿Y qué? —preguntó el jefe.

—Que tal vez el secuestro no lo efectuó la empresa conservera —dijo el taxista—, sino un tercero, que se limitó a poner varias cajas de Conservas Fernández en una camioneta para hacer recaer la autoría del secuestro sobre la empresa.

El jefe se rascó la cabeza y lanzó una mirada furtiva al reloj. Al taxista no le pasó inadvertida la indirecta.

—¿Qué? —dijo—, ¿no le parece fetén la inferencia?

—No se sulfure, buen hombre —dijo el jefe con parsimonia—. La inferencia es meritoria, pero errónea. En primer lugar, ninguna empresa cometería un secuestro en plena calle con un vehículo que la identificara. En segundo lugar, al hilo de lo dicho, el no pregonar la autoría de un secuestro no es prueba de inocencia. Alguien secuestró a nuestro hombre, en efecto, pero si no fue la conservera, con una furgo de su flota o no, ¿quién lo hizo? Sólo la empresa sabía el paradero de la víctima. Fue un empleado de la empresa quien propuso la cita y quien proporcionó un taxi que, dicho sea de paso, es el suyo. Ergo: si la conservera no es culpable del secuestro, entonces el culpable es usted.

El taxista se abofeteó los carrillos con las dos manos.

—¡Ay la Virgen! —exclamó—, ¡y yo que me creía tan listo!

—No se altere —dijo el jefe—. En el fondo, es usted un buen aprendiz de detective. Siga así y llegará lejos. De momento, como ya le dije, no puedo ofrecerle trabajo, ni siquiera como becario. Aun así, valoro su interés y se lo agradezco. Ah, cuando salga, si ya ha llegado la señorita de la recepción, dígale que venga a verme sin tardanza.

Entre la salida del taxista y el atropellado ingreso de la Boni apenas transcurrió medio minuto, que el jefe dedicó a limpiar la mesa con una gamuza para borrar las marcas dejadas por las manos del taxista. Enfrascado en esta ocupación lo encontró la Boni.

—¿Quería verme, jefe? —preguntó.

—Sí —dijo el jefe sin levantar la apreciativa mirada de la mesa reluciente—. Pasa y siéntate.

La Boni obedeció con una presteza no exenta de desasosiego.

—Nena —empezó diciendo el jefe tras doblar la gamuza y guardarla en un cajón—, me acabo de enterar de un hecho que te afecta de manera directa. Admito que me ha pillado por sorpresa y todavía albergo dudas razonables al respecto. Por eso, antes de proceder como el deber me indica, quería que hablásemos del tema tú y yo a solas.

La Boni clavó en el jefe una mirada desafiante.

—Antes de que siga, y con su permiso —dijo en tono firme—, quisiera hacer una declaración. Tome nota, por favor.

El jefe se aprestó a escribir en el reverso de la hoja del calendario con la pluma Pelikan regalo de un mangante que se hacía pasar por el emir de Jalalabad. Cuando le vio dispuesto a dejar constancia de sus palabras, la Boni se expresó en estos términos:

—Soy mayor de edad y estoy en uso de mis facultades mentales y, por consiguiente, soy plenamente responsable de mis actos y libre de actuar a mi antojo siempre que no revele mi condición de agente secreto ni comprometa el buen funcionamiento de la Organización. Además, pese a ser él hombre casado y mostrarse poco inclinado a contraer nuevas nupcias, estoy persuadida de que acabará llevándome al altar. Si he llegado un poco tarde, ha sido por la clase de kickboxing y no por lo otro, porque al segundo intento se ha quedado como un tronco y no ha habido manera de reanimarlo. De todos modos, consciente de mis obligaciones y de las circunstancias, presento mi dimisión irrevocable a partir de este mismo momento.

Cuando la Boni hubo concluido, reinó un silencio tenso en el despacho del jefe. Finalmente habló éste.

—No sé de qué me hablas, Boni. Yo me refería al asunto de la furgo.

Arrancó la hoja de la agenda, donde no había escrito nada, hizo una bola con ella y la arrojó a la papelera.

—Pero si quieres dimitir, la cosa cambia —añadió.

—Bueno —dijo la Boni—, ya dimitiré luego. Cuénteme.

El jefe le contó la conversación mantenida un rato antes con el taxista. Cuando hubo acabado, la Boni preguntó si el contenido de aquélla influía en la percepción de los hechos.

—La verdad —admitió el jefe— es que no he entendido muy bien lo que me contaba el taxista. No le he pedido explicaciones para que no se le suban los humos a la cabeza. Con los aficionados hay que andar con pies de plomo: les dices unas palabras de aliento y ya se creen con derecho a mangonearlo todo a su antojo. Pero se refuerzan mis sospechas de que la empresa denominada Conservas Fernández es una tapadera. Eso, en buena lógica, es lo primero que hemos de averiguar.

—¿Y para decir esto me ha convocado a mí y no a los otros? —preguntó la Boni.

—Justamente —asintió el jefe—. Porque ahora mismo vas a ir a las oficinas de Conservas Fernández y vas a pedir trabajo. Cuando te lo den, como ya estarás dentro, no te costará nada descubrir los secretos de la empresa.

—¿Y si no me contratan? —dijo la Boni.

—No empieces a poner pegas antes de hora, Boni —replicó el jefe—. Tú arréglate lo mejor que sepas y ya verás como todo saldrá bien.

29

A media tarde de aquel mismo día, Monososo entraba en la iglesia de San Hipólito, situada en una calle de la izquierda del Ensanche. La iglesia databa de principios del siglo XX y era de estilo ecléctico, con fachada de ladrillo rojo y altos ventanales. El interior estaba formado por una sola nave, ancha y muy alta de techo, en cuyas paredes había media docena de capillas consagradas a santos y santas, una virgen y un ángel de aspecto fiero. El altar, conforme a la moderna corriente espiritual de austeridad, era una superficie sin más adorno que un par de candelabros. La iluminación de la nave, cuando menguaba la escasa luz exterior que dejaban entrar unos vitrales feísimos, dependía de unas lámparas suspendidas de la bóveda.

Monososo deambuló por la nave vacía hasta dar con un clérigo de avanzada edad que en aquel momento abandonaba un confesionario donde, a falta de penitentes, había pasado un par de horas sesteando, el cual, al advertir que un joven oriental se disponía a interpelarle, reprimió un bostezo y esbozó una sonrisa benévola.

—¿Querías algo, hijo? —preguntó. Y al punto, asaltado por un súbito temor, agregó—: *Do you speak Spanish?*

—Sí, padre —respondió Monososo.

—Ah, ¿y qué deseas? —preguntó el clérigo—. *What wish?*

—Convertirme —dijo Monososo.

—¿En qué? —preguntó el clérigo.

—En cristiano —dijo Monososo con decisión—. Me gustaría convertirme al cristianismo, si usted lo ve factible.

El clérigo se quedó un rato pensativo y luego reaccionó con presteza.

—Oh, sí, sí, por supuesto —dijo—. Perdona mi extrañeza. Últimamente la Santa Madre Iglesia tiene muchas deserciones y muy pocas conversiones. Unos se hacen evangelistas, otros testigos de Jehová, otros mormones: una verdadera sangría. En cuanto a las misiones, desde que se acabó el Domund, nada de nada. Todo lo cual no es óbice para lo tuyo. Acompáñame a la sacristía y buscamos día y hora para el bautizo.

Ya iba hacia un ángulo de la nave con andar vacilante cuando Monososo se puso a su lado y le dijo:

—Antes de dar un paso tan importante, yo

querría recibir la debida instrucción. Nociones básicas: el significado de la primera Epístola a los Corintios, la refutación de la herejía monofisita, en fin, lo mínimo. Mi familia es sintoísta, yo fui a una escuela budista... Tengo una empanada, padre.

—Me hago cargo, hijo —respondió el clérigo—. Pero aquí no sé yo... Quizá en otro sitio haya gente más preparada..., quiero decir, más al día: las redes sociales y otras cosas propias de la juventud.

—No, padre —dijo Monososo con firmeza—. Ha de ser aquí. He preguntado en el Ayuntamiento y me han dicho que ésta es la parroquia que me corresponde.

Hubo un largo silencio motivado por el desconcierto mutuo. El viejo clérigo no sabía qué decir y a Monososo se le había acabado la inventiva. Así entraron en la sacristía: era una pieza rectangular, sumida en la penumbra. En una de las paredes había un armario enorme, de madera oscura, donde se guardaban los misales, los ornamentos sacerdotales y los instrumentos propios del culto. La pared opuesta estaba cubierta por un cuadro de siete metros de largo por tres de alto, ennegrecido por el tiempo, que representaba una escena bíblica, cuyo contenido explicaba una placa dorada clavada en la parte inferior del marco: Malaconsejado por sus dioses, el rey Asuero se come un plato de judías antes de entrar en combate.

—Verás, hijo —dijo el clérigo mientras se revestía de sobrepelliz, casulla y estola—, ésta donde nos hallamos es una modesta parroquia, no por el santo a quien está consagrada, claro: san Hipólito fue en vida obispo, mártir y exégeta, si sabes lo que esto significa, discípulo del obispo Ceferino y maestro de Orígenes, uno de los padres de la Iglesia, todo lo cual, en última instancia, no le sirvió de nada, porque, como pasaba siempre en aquellos tiempos, llegó un prefecto romano y le dio por el culo. Desde entonces, su ejemplo nos ilumina y ahora mismo, desde la peana que preside un altar lateral, con su corona de santo, en una mano la palma del martirio y en la otra el puñal ensangrentado que le abrió las puertas del cielo, nos mira, nos escucha y lee nuestros corazones, y, según sean nuestros actos y nuestros pensamientos, intercede ante el Altísimo para que nos mande al purgatorio o al infierno, según proceda. Cuando nos llegue la hora. Por cierto —añadió confuso, tras una breve pausa—, ¿tú a qué habías venido?

—A oír estas memeces y a recibir la catequesis —dijo Monososo.

—Ah, es verdad —convino el viejo clérigo—. Y yo te contaba la historia de nuestro venerado santo para darte a entender que esta parroquia es de muy poca envergadura, un simple asteroide en el vasto cosmos de la Iglesia Universal. Sin embargo, y puesto que has dirigido aquí tus pasos, te diré lo que vamos a hacer. Dentro de poco he de oficiar algo, no sé si he de cantar un Te Deum o administrar los santos óleos: con los años la liturgia en mi cabeza va como el gazpacho en una Thermomix. Antes teníamos un diácono que llevaba las cuestiones prácticas de la parroquia, pero le ofrecieron más en el sector privado y nos plantó de la noche a la mañana. ¿Se le puede reprochar? No. En cuanto a lo tuyo, cuando acabe esta ceremonia, o mañana por la mañana, elevaré consulta al prepósito provincial. Mientras tanto, puedes quedarte por aquí, escuchar las homilías, probarte las casullas, leer algo. De la doctrina ya nos ocuparemos más adelante: lo importante a tu edad son los tocamientos. De eso has de huir como el gato escaldado del agua fría. ¿Lo entiendes?

—Sí, padre —dijo Monososo—. Pero a mí lo que me interesa no es eso, sino otras cosas, como el misterio de la Santísima Trinidad. San Agustín dice que, sin ser tres dioses, sino uno solo, en la práctica las tres personas actúan de modo independiente, como si se repartieran el trabajo. ¿Usted cómo lo ve, padre?

—Ay, hijo mío —suspiró el viejo clérigo—, no quieras saber más de lo imprescindible. El mayor pecado del hombre es la soberbia. Y también de los ángeles: Lucifer se condenó precisamente por la soberbia. Quizá también por los tocamientos: una cosa lleva a la otra.

30

Un reloj de mesa, de pasta blanca, falsamente antiguo, adquirido en el mercadillo de los sábados, señala las once menos cuarto y la señora Anegueta deja sobre la mesilla auxiliar la novela que está leyendo, se levanta y empieza a guardar en un recipiente de cristal con tapa de silicona las piezas de sushi para reintegrarlas a la nevera, de donde han salido poco antes de las nueve para servir de cena a la señora Anegueta y a su hijo Monososo. Después de esta operación, la mesa del comedor, con los platos vacíos y los palillos sin usar, presenta un aspecto algo desolado, porque la lámpara de pie, junto al sofá, da una luz brillante, pero las paredes están pintadas de verde oscuro y la combinación deja la estancia sumergida en una atmósfera turbia. A la señora Anegueta aquel color verde nunca le ha gustado, pero ya estaba cuando alquiló el piso y, a pesar de los años transcurridos, no se decide a repintar ni a hacer ninguna reforma que, además de costosa, la obligaría a tomar decisiones estéticas y a lidiar con pintores y operarios y quién sabe si con los propietarios del inmueble, que siempre la han mirado con desconfianza, porque es oriental, porque no tiene marido y porque con ella vive un hijo con pinta de granuja. Por este motivo, para evitar problemas, la señora Anegueta paga sus recibos puntualmente, acepta sin rechistar los aumentos de la renta, nunca pide nada y trata a los vecinos con una cortesía casi servil.

La señora Anegueta llegó hace varias décadas a Barcelona junto con su pareja, los dos muy jóvenes, después de haber sido expulsados de Hong Kong, Bangkok, Atenas, Nápoles y Marsella. Ella no había hecho nada para merecer este trato, salvo haberse juntado y esperar un hijo de un delincuente habitual, un individuo mentalmente desequilibrado y perseguido por la policía de su país y también por el hampa. Karioko-san había nacido y se había criado en una zona pobre de Tokio, en cuyas calles angostas se apilaban los detritus y la maraña de cables eléctricos era tan densa que no dejaba entrar la luz del sol. En cuanto pudo ingresó en la Yakuza, donde no consiguió hacer carrera, porque si bien no carecía de audacia y recursos, era tan falso, irrespetuoso, desobediente y torpe que si la famosa organización criminal hubiera sido tan estricta como la pinta la imaginación popular, le habrían faltado dedos en las manos y los pies para hacerse perdonar las transgresiones. A poco de iniciar una relación sentimental con una joven aprendiz de geisha (la futura madre de Monososo), tuvo que huir de Japón para no ser eliminado por una banda rival (Inagawa-kai) o por su propia banda (Sumiyoshi-kai). En Barcelona, después del peregrinaje ya descrito, la pareja formada por Karioko-san y Anegueta encontró una acogida humanitaria debido al avanzado estado de gestación de ella. A los tres meses de nacer su hijo (Monososo), harto de vivir de la caridad y después de haber intentado inútilmente estafar a los servicios asistenciales y robar la caja de un colmado, Karioko-san se fue de casa, abandonó el país y nunca más se le volvió a ver. Consciente de que la pérdida era irreversible, la señora Anegueta lo echó de inmediato al olvido y buscó la forma de sobrevivir y sacar adelante a su hijo. La protección institucional le permitió ir trampeando hasta poder colocar al recién nacido en una guardería y encontrar trabajo en una residencia para ancianos. Al principio le encomendaron la limpieza de las habitaciones, los espacios comunes, la cocina y los baños y, con frecuencia, también la de los propios ancianos. Cuando sus conocimientos idiomáticos se lo permitieron, se matriculó en cursos a distancia, estudió el bachillerato y finalmente consiguió el título de logopeda. Ahora, transcurridos muchos años, continúa en la residencia, pero alterna su trabajo habitual con la ayuda a varios internos que han sufrido una isquemia cerebral o manifiestan trastornos en el habla por cualquier otra causa y están en condiciones de pagar un plus por las sesiones de recuperación. En este terreno es muy valorada, aunque su dominio de la lengua deja bastante que desear, porque sus modales son de una exquisita dulzura, como corresponde a las artes de una geisha, poco conocidas en Cataluña, y menos en el ámbito de la Seguridad Social. Por esta razón y por su puntillosa exactitud en el trabajo goza de gran predicamento entre los enfermos y la administración, y sus compañeras, si bien se resienten de su actitud en apariencia displicente, cuando sólo es reservada, la admiran por su abnegación, al presuponer que lo hace todo para proporcionar a su hijo una vida mejor. En esto se equivocan por completo. La señora Anegueta siente por Monososo amor maternal, pero el futuro, como el pasado, no entran ni en sus cálculos ni en su imaginación. Para ella cada acción produce una satisfacción o una decepción tan efímeras como la acción que las motivó. Ahora retira el sushi de la mesa por el injustificado retraso de su hijo, pero no lo hace con enfado. La preocupación por lo que pueda haber causado el retraso no le aflige: no alteraría el curso de los acontecimientos y, por consiguiente, no serviría a ningún propósito.

Como no tiene ganas de reemprender la lectura, la señora Anegueta va a un armario y saca una funda de fieltro que envuelve un *shamisen*. Aunque parezca mentira, este instrumento también lo encontró en el mercadillo, mucho más barato incluso que el reloj de mesa. En sus años de aprendiza de geisha dio clases de *shamisen*; nunca adquirió maestría; un entendido se llevaría las manos a la cabeza si la oyera (o haría *seppuku*); pero a los vecinos del modesto edificio donde viven madre e hijo el *shamisen* les suena a gato rabioso, tanto si se toca bien como si se toca mal, y a la señora Anegueta tocar y susurrar unas canciones tradicionales de su tierra la relaja y no le produce la menor nostalgia, porque para ella la nostalgia es un privilegio fuera de su alcance. Apenas ha empezado a afinar el instrumento de acuerdo con el sistema *sansagari*, se abre la puerta del piso y entra Monososo. La señora Anegueta suspende la afinación, levanta la mirada y percibe la causa del retraso de su hijo. Apoya el *shamisen* en el brazo del sofá, y mientras va a la nevera dice:

—¿Otra vez?

Monososo se mira al espejo y comprueba que, a pesar de los fregoteos, en la frente, el cuello y las sienes quedan rastros de su reciente fechoría: a su madre le ha bastado una mirada para darse cuenta de que ha vuelto a las andadas. Esto le mortifica doblemente, porque su madre no hará ni dirá nada y el sufrimiento callado es el peor de los reproches. Pero no lo puede evitar. En el parvulario y más tarde en el instituto de Sant Andreu, la mezcla de etnias era la norma y no la excepción, y en el encubierto ranking de la xenofobia y el supremacismo, los orientales, y más aún los japoneses, ocupaban un lugar muy alto en la escala descendente por donde subían y bajaban latinoamericanos, pakistaníes, magrebíes, africanos y un par de albanokosovares. Sea como sea, él siempre se sintió segregado. De su padre había heredado el carácter díscolo, era huraño de trato con sus compañeros y mal estudiante, y sus circunstancias familiares no propiciaban la integración. No se sabe cómo, por el instituto había corrido el rumor de que su madre había sido geisha, y sólo le salvó de recibir alusiones salaces, escarnios y quizá agresiones físicas el rumor concurrente de que su padre era yakuza y, si bien había abandonado a la madre y al hijo, cabía la posibilidad de que un buen día, sin previo aviso, se presentara en Sant Andreu con su catana e hiciera una escabechina en el instituto. Por agarrarse a esta leve ventaja, durante años Monososo se quiso tatuar un dragón de colores en toda la espalda o, cuando menos, en un brazo, pero era caro y su madre nunca le quiso dar dinero para lo que consideraba un despilfarro y también tentar a la suerte: no guardaba buen recuerdo del mundo de la Yakuza y procuraba mantenerse lejos incluso de su simbología. Con el tiempo, Monososo renunció al tatuaje y encontró otra manera más barata y más eficaz de ocultar su ascendencia. De vez en cuando se embadurna la cara, se pinta los labios, se alborota el pelo y finge ser un mulato caribeño llamado Moreno Sonoro; se viste en consonancia, acude a ciertos locales nocturnos y hasta se atreve con el reggaetón y la bachata. Antes de volver a casa, en el lavabo del local de turno, se desmaquilla concienzudamente. Pero siempre queda algún residuo y ni siquiera un agente secreto como él, y encima descendiente de yakuza, puede sustraerse al infalible instinto de una madre.

—Vendrás hambriento —le dice ella—. Hay sushi en la nevera.

—¿Ya tú cenaste, mami? —pregunta él todavía inmerso en su reciente personificación.

—No tengo hambre —responde ella—. Me comeré lo que tú no quieras. Y no me hables así: tú pareces tonto y a mí me haces sentir ridícula con este kimono de Uniqlo.

Mientras Monososo devora el sushi, la señora Anegueta ha vuelto a coger el *shamisen* y rasguea distraídamente las cuerdas. Cuando la tirantez inicial ha desaparecido de la atmósfera, se atreve a interrogar a su hijo.

—En el trabajo, ¿cómo te va?

—De puta madre —dice Monososo—. Hoy me he infiltrado en una parroquia. Una secta. Parecen buena gente, pero nunca se sabe.

—Ve con mucho cuidado, hijo —dice su madre—. Todas las religiones del mundo empiezan predicando el amor y acaban matando.

31

Pocorrabo se apeó del autocar de línea en una vasta explanada sin árboles, cuyo perímetro venía marcado por cuatro enormes supermercados, una distribuidora de lanchas a motor y una sucursal de Decathlon. Llevaba años sin volver a Palamós, pero no le sorprendió aquella concentración de emporios, ni que las construcciones se extendieran hasta donde alcanzaba la vista: incluso las laderas de las colinas circundantes estaban saturadas de chalets y bloques de apartamentos, y en los escasos espacios libres se alzaba un bosque de grúas. Cuando de niño lo llevaron a veranear allí, hacía mucho que el lugar había dejado de ser el idílico puerto de la Costa Brava al que hacían referencia los viejos con machacona nostalgia: playas desiertas, casitas blancas de pescadores, barcas acostadas sobre la arena, mujeres enlutadas zurciendo redes, alguna vela en el horizonte. Para cuando finalizaron los veraneos familiares la urbe ya albergaba una población fija numerosa y una cantidad exorbitante de forasteros en temporada alta. El sol de mediodía y la incesante y caótica circulación de vehículos de todo tipo hacían aconsejable salir de allí sin tardanza. Dejó atrás la plaza y se adentró por unas calles empinadas, estrechas, de aceras mínimas. Algunas tiendas estaban cerradas a la espera del verano; la mayoría, sin embargo, daba testimonio de un comercio efervescente. La gente iba de un lado a otro con paso vivo. Un número considerable de mujeres se cubrían la cabeza con un hiyab. El lugar era el mismo; los bares y las tiendas eran otros; donde antes vendían zapatos, artículos de cuero y artesanía local, había tiendas de telefonía móvil y agencias inmobiliarias. La playa, en cambio, seguía igual. En una zona ajardinada del paseo había un pequeño tiovivo de colores chillones, una churrería, unas camas elásticas y varios tenderetes de abalorios. Todo aquello le traía recuerdos que habría preferido dejar de lado. En aquella playa había sentido los primeros anhelos amorosos: un francés de piel clara que llevaba tatuado en el brazo: *Vive la République!*, un africano que zigzagueaba entre las toallas vendiendo manteles estampados, dos hermanas mellizas, una de las cuales le vació un cubo de agua en la cabeza mientras él trataba de iniciar un tímido contacto con la otra.

Pensando estas cosas con más disgusto que

añoranza avistó el bar Lindo Coconut. Formaba parte de una hilera de establecimientos de apariencia similar y oferta variada: comida rápida, comida tailandesa, coctelería, pizzería, arroces y pescado. El bar Lindo Coconut tenía un mostrador recorrido por una nevera de cristal, en cuyo interior se alineaban bandejas de tapas mustias. Un microondas y una cafetera completaban el utillaje. En las paredes había fotos ampliadas de acantilados y radas, algo amarillentas. En el local no había nadie. A Pocorrabo le parecía raro que un lugar tan poco atractivo pudiera ser un centro de operaciones delictivas. De todos modos, estuvo un rato mirándolo todo para fijar en su memoria los menores detalles. Luego deshizo lo andado, se adentró en una calle y se dirigió sin vacilar a una taberna oscura, en cuyo interior dos hombres bebían cerveza acodados en la barra. Detrás de la barra no había nadie. Cuando entró, uno de los parroquianos, sin dirigirle siquiera una mirada, gritó:

—¡Maca, hay clientela nueva!

Al instante salió de lo que parecía ser una cocina una mujer entrada en carnes, con una permanente antigua. Sin dejar de restregarse las manos en el delantal con gesto mecánico interrogó al recién llegado con la mirada.

—Póngame un agua con gas —dijo Pocorrabo.

Esperó a tener delante el vaso y beber un sorbo para decir en voz alta, sin dirigirse a nadie en particular:

—Busco a Morcil·lió.

—Aquí no está —respondió la mujer.

—Ya lo veo —dijo Pocorrabo—. ¿Sabe dónde le puedo encontrar?

Uno de los clientes intervino.

—A veces se deja caer por aquí antes de comer, a tomar el vermut. No siempre. ¿Para qué le quiere, si no es indiscreción?

—No lo es. Somos amigos de la infancia. Estoy de paso y se me ocurrió venir a darle un abrazo. Es hombre de costumbres y siempre le gustó este local. Quizá por la simpatía del personal. Tengo tiempo, le esperaré. Si saben dónde está y quieren darle aviso, por mí no hay inconveniente.

En un rincón oscuro, junto a la puerta, había una mesita de formica y cuatro taburetes. Pocorrabo se sentó en uno de ellos, dejó la bebida sobre la mesa, apoyó la espalda en la pared y paseó la vista por el interior de la taberna. A pesar de los años transcurridos, no había cambiado nada, ni siquiera la foto de los jugadores del Barça levantando la Copa de Campeones de Europa en Wembley, en aquel lejano día de mayo de 1992.

Al cabo de poco los dos parroquianos dejaron unos billetes en la barra y salieron sin saludar. La mujer emergió de su escondrijo, contó el dinero, se lo metió en el bolsillo del delantal y desapareció por donde había venido.

Pocorrabo consultó el reloj. Eran las doce y media. Se preparó para una larga espera, que formaba parte del ceremonial. Pasadas las dos entró en el establecimiento un hombre alto, vestido con un pantalón de franela ancho y arrugado, una chaqueta de cuero y una camisa azul marino y calzado con botas de montaña. Su actitud y sus movimientos eran los de un luchador de gran fortaleza. Sin embargo, era estrecho de hombros, tripón y cargado de espaldas. Sin decir nada se sentó a la mesa de Pocorrabo. Éste dejó vagar la mirada para que el recién llegado pudiera examinarlo a su antojo. Al cabo de un rato el recién llegado rompió el silencio.

—Perdona el plantón. Tenía asuntos pendientes. Me dijeron que estabas aquí.

Pocorrabo asintió con la cabeza sin especificar a qué estaba dando su asentimiento. El otro hizo una pausa. Luego dijo:

—¿Cómo estás, Javierín?

—Bien —respondió el aludido.

—¿Todavía tan maricón? —preguntó con sorna el recién llegado.

—Mucho menos —respondió Pocorrabo con seriedad.

—Pero, hombre, si estáis en la cresta de la ola —rio el recién llegado.

—Yo me ahogué antes —dijo Pocorrabo.

—¿Y tus padres? —preguntó el recién llegado—. ¿Viven?

—No —dijo Pocorrabo—. Murieron los dos.

—De los disgustos que les dabas —dijo Morcil·lió.

—Puede ser —dijo Pocorrabo—. ¿Los tuyos?

—Los dos vivos —respondió Morcil·lió—. Mi padre tuvo un derrame cerebral. Se le fue la olla y sólo decía verdades. Lo metí en una residencia. Allí sigue dando la brasa, pero nadie le hace caso. Mi madre está bien. Cumplirá noventa en octubre.

Se quedó un rato en silencio, como si estuviera haciendo un cálculo de los años transcurridos desde el nacimiento de su anciana madre y luego preguntó:

—¿A qué has venido?

—A pedirte información —dijo Pocorrabo.

—Ya me lo suponía —dijo Morcil·lió—. Hablaremos mientras comemos. He reservado dos lubinas en el Camarote. ¿Te acuerdas del Camarote? Se comía mal. Hace un par de años cambió de dueño y ahora está a reventar. A mí me hacen un trato especial.

—Si quieres tomar algo antes, por mí no te prives —dijo Pocorrabo.

—No —dijo Morcil·lió—. Beberemos vino en la comida y esta tarde tengo una reunión. ¿Qué has tomado?

—Agua —dijo Pocorrabo.

—Pues vámonos —dijo Morcil·lió—. La cargarán en mi cuenta.

*

Sentados en una mesa del restaurante, junto al ventanal abierto para dejar pasar la suave brisa, Pocorrabo y Morcil·lió comían aceitunas y daban sorbos a sus copas de vino blanco mientras esperaban el primer plato. De cuando en cuando Pocorrabo dejaba vagar la vista por la playa desierta, donde morían las olas mansamente. Unas gaviotas deambulaban con pachorra por la arena. A lo lejos se veían las barcas faenar y un largo buque cisterna avanzaba con lentitud por la raya del horizonte.

—Ésos ya estaban cuando tú venías a veranear —dijo Morcil·lió—. No te acordarás, claro: entonces estábamos por otras cosas. Conservas Fernández se estableció aquí después de la guerra. Las fundó un extranjero, un tal Kugel o Kruger; nunca contó nada de su procedencia ni del motivo por el que vino. Algo de dinero traía y, en aquellos años de carestía, con eso montó un negocio: cada tarde iba a la lonja de pescado y compraba por cuatro chavos el marisco de la peor calidad; también se hacía con unas anchoas de La Escala resecas y saladas como el demonio. Luego enlataba el producto en una fábrica pequeña que había montado en el centro del pueblo, con un puñado de obreros. Más tarde se mudaron al polígono industrial, pero siempre fue una empresa modesta, sin pretensiones. Mi padre le había oído decir: si no puedes ser el mejor, procura ser el peor; la mediocridad es para los mediocres. Por eso llamó a la empresa Conservas Fernández, para no despuntar. Durante muchos años el negocio fue próspero: distribuía en un radio corto, vendía barato y la clientela no era exigente. Más tarde empezó a vender por toda Cataluña, pero no más lejos. Un día, de repente, sin saber nosotros que había estado casado, le apareció un hijo como de veintitantos años, que, según nos dijo, había estado estudiando interno en el extranjero. Un chulo. Como el padre ya estaba algo mayor y algo delicado de salud, en un abrir y cerrar de ojos se hizo cargo de la empresa y quiso ampliarla al resto de España, incluso exportar a Europa. Con el desarrollo económico, el turismo masivo y la coña esa del Mercado Común estiró más el brazo que la manga. Ahí la cagó. Ya se veía en Harrods y acabó arrastrando el culo por los bancos. Habría quebrado si en el último momento no hubiera aparecido un comprador. Se hizo con la empresa por una miseria y Kugel hijo se fue por donde había venido. Kugel padre se quedó aquí, malviviendo de sus ahorros, y al final se murió en la residencia de ancianos.

—Y ese comprador, ¿sigue siendo el propietario actual? —preguntó Pocorrabo.

—Sí —dijo Morcil·lió—, pero lleva el negocio a distancia. Las oficinas de la conservera están en Barcelona y a él no se le ha vuelto a ver. Tampoco me extraña, teniendo en cuenta que venía de Mongolia. En cuanto se disolvió la Unión Soviética, esto se llenó de soviéticos reciclados: rusos, ucranianos, kazakos, azeríes, la biblia en pasta, tío. A nosotros nos tocó el mongol. Lo vi y le traté en un par de ocasiones. Para conseguir los permisos, las recalificaciones y otros trámites fue preciso extorsionar y sobornar al alcalde y en ese momento el alcalde era yo. Nos vimos en el Ayuntamiento y luego aquí, en esta misma mesa, comiendo langosta y gambas. Siempre con Kugel hijo. El comprador era un tipo raro. De facciones no se distinguía mucho de ti y de mí, pero tenía la piel amarilla como un limón y llevaba un bigote como el de Dalí, pero hacia abajo. Se llamaba Atila Bathata. Le pregunté si actuaba en nombre propio o si era un hombre de paja y se ofendió muchísimo: los mongoles no hacemos estas cosas, dijo. Temí que sacara un puñal y me lo clavara, el muy bárbaro. Al final todo quedó en nada, pero yo ya no le pregunté más. La conversación no era fluida, él sólo hablaba su idioma y nos entendíamos por medio de una intérprete que él mismo se trajo: una chica muy guapa, por cierto, rubia, con un tipazo; y muy competente; el tío echaba dos regüeldos y ella hablaba durante diez minutos sin cortarse un pelo.

—¿Dio a entender para qué quería la empresa? —siguió preguntando Pocorrabo.

—No —respondió Morcil·lió—. La compró, se comprometió a sanear las finanzas y lo demás no era incumbencia mía. Siguió con el negocio de conservas, eso es evidente. Incluso añadió productos nuevos: quisquillas, navajas, coquinas, percebes y no sé cuántos bichos más, todos de ínfima calidad. Si le va bien o mal, no tengo idea. La fábrica sigue ahí y los bancos llevan a sus representantes en palmitas.

—¿Y no le has vuelto a ver? —preguntó Pocorrabo.

—No —dijo Morcil·lió—, ni a él ni a la intérprete. Y eso que a ella le ofrecí trabajo en el Ayuntamiento: de concejala o de lo que ella quisiera. Del mongol, ni rastro. En este sentido me llevé una desilusión. Al principio de la entrevista se deshizo en elogios de Palamós y del país en general. Dijo que Cataluña le recordaba mucho a su Mongolia natal. A mí se me hizo un poco raro, la verdad, no es ésa la idea que yo tenía de Mongolia. Pero como no he estado ahí ni conozco a nadie que haya estado, pues me callé. También insinuó que le gustaría comprar el equipo de fútbol. Por lo de que es el más antiguo de España o del mundo y todo eso. Nos habría venido de maravilla, porque el club está endeudado hasta las cejas. Pero era hablar por hablar.

—¿Cómo vinieron? —preguntó Pocorrabo—. Me refiero al medio de transporte. Coche...

—En yate, por supuesto —dijo Morcil·lió.

—¿El yate era suyo? —preguntó Pocorrabo—. ¿No lo has vuelto a ver?

—No lo sé —dijo Morcil·lió—. Por aquí pasan miles de yates de todos los tamaños. Ya ni me fijo. A mí sólo me interesan los chanchullos. Y a ti,

¿por qué te interesa la conservera y el dueño de la conservera?

—No te lo puedo decir —dijo Pocorrabo—. Es un secreto.

—Joder, Javierín —gruñó Morcil·lió—, yo te lo cuento todo y tú, a cambio, no me das ni las gracias.

Pocorrabo estuvo un rato cavilando y finalmente comprendió que algo había de dar si quería mantener abierta aquella fuente de información.

—Hay sospechas de que la empresa es una tapadera —dijo bajando la voz.

—¡Como todas! —rio Morcil·lió.

—Quiero decir de actividades ilegales —susurró Pocorrabo procurando no ser oído desde las mesas contiguas—. Drogas, quizá.

—No digas bobadas —dijo Morcil·lió—. Aquí la droga entra y sale por donde le da la gana. Nadie mantendría una empresa conservera sólo para eso. De haber algo, como dices, será otra cosa.

—El centro de operaciones podría ser un bar llamado Lindo Coconut —dijo Pocorrabo.

—¿Ése? —dijo Morcil·lió—. Está a punto de cerrar.

—Pues ya no te puedo decir más, chico —dijo Pocorrabo—. Lo siento.

32

La señora Grassiela rellenaba el formulario en la recepción del hotel El Indio Bravo. Consigo llevaba una maleta de fin de semana y un paraguas, no tanto por temor a la improbable lluvia de Barcelona como para defenderse de posibles ataques. No era un arma formidable, pero no había encontrado nada mejor y el paraguas, con su contera metálica, le ofrecía seguridad. Sujeto por una correa llevaba al perrito. No se había visto con fuerzas para bañarlo, como exigía su estado, pero lo había rociado con un pulverizador de colonia rancia. Por suerte, la recepcionista del hotel no puso ningún inconveniente.

—El hotel es *animal-friendly* —dijo con un gracioso mohín de repugnancia.

—Le advierto que el perrito tiene incontinencia —dijo la señora Grassiela.

—Como la mayoría de nuestros clientes, señora —dijo la recepcionista—. Pierda cuidado.

—Gracias, guapa —dijo la señora Grassiela—, me quitas un gran peso de encima. Temí que te hubieras olvidado de mi consulta. Cuando vine el otro día a informarme sobre este asunto de tanta trascendencia para mí y para mi querido perrito, tú estabas siendo acosada por un policía.

—Oh, sí —dijo la recepcionista—. Recuerdo muy bien las circunstancias, pero me crezco ante las dificultades. Lamentablemente, he olvidado el nombre de usted.

—Valldoreix —dijo a media voz la señora Grassiela—. Señora Valldoreix. Es mi nombre de casada. Al enviudar opté por mantenerlo.

—Y el perrito, ¿cómo se llama? —preguntó la recepcionista.

—Alfonso —dijo la señora Grassiela—. Alfonso Valldoreix. ¿Y tú?

—Todos me llaman Bro —dijo la recepcionista—. Mis padres me querían llamar Brooklyn, pero en el registro se equivocaron y escribieron Bròquil.

—Bro es corto y te queda muy bien —afirmó la señora Grassiela. Y tras una breve pausa añadió—: Lo que buscaba aquel policía, ¿lo encontró?

—Qué va —dijo la recepcionista—. Lo puso todo patas arriba y al final se fue mosqueado conmigo, como si yo tuviera la culpa de algo. Me sentí tratada con la máxima desconsideración. Como si fuera una sin papeles. O una carterista. Le pregunté qué buscaba y me dijo: A ti qué te importa.

Y a renglón seguido me dijo: Busco un móvil, ¿lo has visto? Yo no había visto ningún móvil y así mismo se lo dije, tal cual: No, señor. Entonces se fue, muy malhumorado. A mí se me hizo raro lo del móvil. Si uno pierde el móvil no manda a la policía. Para mí que el móvil y el policía guardaban relación con el hombre que encontraron ahorcado en una habitación. Ojo: si alguien le pregunta, yo no le he contado nada. La empresa me ha prohibido hablar del muerto, para no espantar a la clientela. Exageran, porque, según llevo visto, la clientela de este hotel está curada de espanto. Pero a mí me han dicho eso y yo lo cumplo. Con usted es distinto, porque estaba aquí cuando lo del policía, y además se la ve una señora bien y me inspira confianza.

—Gracias, guapa —repitió la señora Grassiela—. Y la habitación del muerto, ¿la ha vuelto a ocupar alguien?

—No —repuso Bro—. La policía no deja tocar nada. Ni siquiera hacer la limpieza. No es que las otras habitaciones se limpien a menudo. Ahora la gerencia está que trina, porque la policía dio orden de no tocar nada, se fue y aún no ha vuelto. Con tanta delincuencia como hay en Barcelona y tan pocos policías, estarán en otro lío más grande y se habrán olvidado del hotel. Las pérdidas ocasionadas a la policía le traen sin cuidado.

—¿Podría ver la habitación? —preguntó la señora Grassiela con aire inocente.

—¿La del muerto? —dijo Bro—. ¿Para qué? Es como las demás. El muerto ya no está. Pero igual si abrimos sale el fantasma y se pone a dar vueltas por el hotel y la que se la carga soy yo.

—Por eso no te preocupes —dijo la señora Grassiela—: a la gente le encanta pasar miedo. Van a un parque de atracciones y hacen una hora de cola para que las maten a sustos. Además, los fantasmas no existen. Y si existieran, serían unos pobres desgraciados. Cuando murió mi marido, su espíritu se estuvo manifestando no sé cuánto tiempo: se movían las mesas, oscilaban las lámparas, se oían ruidos de ultratumba. Yo decía: Gustavito, ¿estás ahí? Al final descubrí que eran las obras del metro. Vino la crisis, se pararon las obras y no he vuelto a saber más de mi pobre Gustavito. A la habitación sólo quiero echarle una ojeada. Puro morbo. Si quieres, entramos juntas.

—No, gracias —dijo Bro sin vacilar—. No puedo abandonar mi puesto y no tengo ningunas ganas de ver ese cuarto. A usted le dejaré la llave porque me ha caído simpática. Pero sólo cinco minutos, sin tocar nada y sin el perrito. Sólo faltaría que se hiciera pis y caca en el lugar de autos.

—Es un riesgo asumible —dijo la señora Grassiela mientras cogía las dos llaves— y una medida de precaución: los perros tienen un olfato especial para detectar fantasmas allí donde los hubiere.

—Y si los fantasmas tienen olfato, sin duda su perrito los pondrá en fuga —dijo la recepcionista.

Provista de la llave de su propia habitación y de la llave de la habitación del macabro hallazgo, la señora Grassiela subió al primer piso, dejó la maleta en la primera de las dos habitaciones y se dirigió a la segunda con una linterna, el paraguas y el perrito. En la puerta no había ningún precinto. Dentro reinaba la oscuridad. Al pulsar el interruptor se encendió una lámpara de techo fea, sucia y de tan bajo voltaje que apenas dejaba entrever el mobiliario. Había una ventana en la pared opuesta a la puerta, cerrada a cal y canto; un armario estrecho, una silla y una cama doble ocupaban más de la mitad de la pieza. En la pared de la izquierda se veía otra puertecita, que debía de dar al cuarto de baño.

La señora Grassiela cerró la puerta para no ser interrumpida, dejó el paraguas sobre la cama y se subió a la silla para inspeccionar las vigas del techo, de donde había colgado el muerto. Eran viejas y presentaban signos de carcoma, pero bien podían haber soportado el peso de un hombre adulto. Una de las vigas estaba separada del techo: por allí podía haber pasado una soga, aunque no parecía una operación fácil: si se trataba de un suicida, el suicida debía de haber sido un hombre ágil, mañoso y con verdaderas ganas de colgarse. La señora Grassiela bajó de la silla y se sentó en ella a reflexionar. Quería realizar cuanto antes las pesquisas que le habían sido encargadas y, con alguna excusa, regresar a su casa. Sólo por sentido del deber y no sin renuencia había accedido a dejar a su madre al cuidado de otra persona. Nunca lo había hecho hasta entonces y no sabía a dónde dirigirse para contratar a una cuidadora de confianza, cuyos emolumentos, por otra parte, difícilmente habría podido costear. Acuciada por la necesidad y sin tiempo para consultar con nadie, optó por la única solución que se le ocurrió sobre la marcha: aquella misma tarde acudió al bar del puerto. La oferta de trabajo fue aceptada de inmediato y con alborozo por Ricardiño, cuyos magros ahorros se habían agotado. Sin embargo, se negó a dejar abandonado a su compañero, el achacoso marinero malayo.

—A los dos no os puedo pagar —dijo ella.

—No aspiramos a tanto, señora —respondió Ricardiño—. Él se viene conmigo de chapa. No come nada y duerme en el suelo. Siempre es mejor que a la intemperie. No ensuciará ni tocará nada. Yo respondo.

Los había dejado a los tres en la salita, mirando *Sálvame*. Ahora la idea ya no le parecía tan buena. Absorta en sus preocupaciones, se olvidó de la razón de su presencia en aquel lugar hasta que la sacó de su ensimismamiento el persistente ladrido del perrito. Había liado la correa a la pata de la cama y el animal tiraba de ella, como si algo le atrajera poderosamente.

—Maldito perro —exclamó—, ¿quieres dejar de hociquear y de dar tirones? A ver, ¿qué has encontrado? ¿Una boñiga? Ah, no: la puerta del baño. No te vendría mal una ducha. Pero ahí ¿qué pasa? ¡Oh, la puerta se abre lentamente! ¡Puñeflas, el fantasma! ¡Socorro! ¡Coliflor, auxilio!

Una sombra corpulenta, cuya naturaleza no dejaban distinguir la penumbra y el hecho de ir cubierta con una especie de sábana, había salido del cuarto de baño y se dirigía hacia la señora Grassiela, emitiendo un maligno jadeo. Ella se levantó y fue hacia la puerta, pero apenas había dado un paso recordó que el perrito estaba atado y no la podía seguir. Dio media vuelta y buscó a tientas el paraguas, que recordaba haber dejado sobre la cama: había desaparecido. Sólo tenía en la mano la linterna y la lanzó contra el bulto que proseguía su avance. La señora Grassiela pensó: ¿quién cuidará de mi madre si acabo aquí mis días? No tuvo tiempo de especular sobre el tema, porque en aquel instante se abrió la puerta del pasillo y alguien entró en el cuarto lanzando un grito similar al estridente graznido de un papagayo enfurecido. El fantasma detuvo su avance y luego, viendo que el recién llegado corría hacia él, giró sobre sus talones y se metió de nuevo en el baño. Sin dejar de emitir su grito de guerra, el intruso cogió el paraguas y lo lanzó contra la puerta del baño con tal fuerza que el paraguas se quedó vibrando con la punta clavada en la madera. En el fragor de la escaramuza, el perrito se había refugiado debajo de la cama. En el pasillo Bro gritaba con intención de restablecer la calma.

—¡Respeten el descanso de sus vecinos!

La señora Grassiela corrió a la puerta del baño y trató en vano de abrirla: en su huida, el fantasma había echado el pestillo. Sólo entonces se le ocurrió volverse hacia su salvador, en el que, a pesar de la escasa luz de la estancia, reconoció al achacoso marinero malayo. Preguntado por la razón de su presencia en aquel lugar, sólo acertó a nombrar varias veces a Ricardiño y a repetir el grito de guerra. La atribulada Bro completó el relato.

—Apenas subió usted a su cuarto —dijo—, entró este hombre y se sentó en el vestíbulo. Lo vi raro, pero como en esta zona el que no es raro desentona, no dije nada. Di por sentado que era un repartidor, aunque no llevaba ni una pizza ni un kebab ni alitas de pollo. Y así estábamos, cada cual en sus cosas, cuando la oímos gritar en el piso de arriba. Entonces este energúmeno lanzó ese grito selvático y salió disparado escaleras arriba. Y a mí, si pierdo el puesto, que me parta un rayo.

—No te pasará nada, ya lo verás —la tranquilizó la señora Grassiela—. Ha habido un pequeño alboroto y tú has restablecido el orden con prontitud y eficacia. ¿Hay alguna forma de abrir la puerta del baño?

—Hay una herramienta para estos casos —repuso Bro—. No sabe usted la de clientes que han estado a punto de palmar en la bañera. Unos de sobredosis, otros de indigestión. Los accidentes domésticos son la primera causa de defunción, seguida de las motos. Voy a buscar la herramienta.

Regresó con un destornillador de punta hexagonal y sin mayor problema descorrió el pestillo y se asomaron al baño. Allí no había nadie. Junto a la bañera descubrieron una puertecita que, al abrirla, los condujo a un cubículo donde se almacenaba el material de limpieza: un cubo, una escoba, un recogedor, una bayeta y detergentes para distintos usos. Sobre una repisa se amontonaban varios rollos de papel higiénico. El cubículo tenía salida al pasillo.

—Por aquí ha huido —dijo la señora Grassiela.

—¿Pero a dónde? —preguntó Bro—. Por la escalera no ha bajado, o me habría cruzado con él. Ahora, si está en el piso de arriba, yo no subo.

—No —dijo la señora Grassiela—. Quienquiera que sea, ha abandonado el hotel. Sin duda por el ascensor y luego por la azotea, como hicieron mis compañeros en una ocasión anterior. Aquí ya no tenemos nada que hacer. Yo me vuelvo a casa y me llevo a este heroico caballero.

Antes de retirarse, trataron de ponerlo todo como lo habían encontrado para no soliviantar a la policía, si acaso se le ocurría volver. Pero por más que tiraron, no consiguieron arrancar el paraguas de la puerta: tan fuertemente lo había incrustado el avezado arponero.

Una vez en casa, Ricardiño admitió haber enviado al viejo lobo de mar en pos de la señora Grassiela.

—Una mujer decente no ha de andar sola a estas horas por la calle —sentenció—. Hay mucha gente mala en la tierra. Me refiero a la tierra por oposición a la mar. Allí es distinto. Viene Moby Dick y ya sabes a qué atenerte. Pero en tierra a la gente mala no se la distingue de la gente buena, y eso es lo que pasa.

33

Como no quería cometer la descortesía de llegar tarde ni caer en la condescendencia de llegar con mucha antelación a la cita, el nuevo estuvo haciendo tiempo, Paseo de Gracia arriba, Paseo de Gracia abajo, hasta las seis y veinticinco. Entonces entró en el hotel Mandarín, fue decididamente al ascensor, cuya ubicación había averiguado de antemano para no extraviarse ni ser interceptado por ningún empleado del hotel, y subió a la terraza. De inmediato localizó a Irina, sentada a una mesita, entretenida con su móvil, del que no levantó la vista hasta que oyó el saludo del recién llegado. Sus facciones, crispadas por la concentración, se relajaron y su rostro se iluminó con una sonrisa en apariencia sincera. A plena luz y sin el espeso maquillaje, no sólo parecía más joven, sino más vulnerable.

—¿Lleva mucho tiempo esperando? —preguntó él.

—Un poco —dijo ella—. Acabé pronto mis gestiones y como no tenía ganas de andar y me aburre mirar escaparates, vine y me senté. Aquí se está muy bien. Tú, en cambio, eres muy puntual —añadió echando un vistazo a la pantalla del teléfono—. Todavía no he pedido nada. Y ya ha pasado la hora del té. Un aperitivo parece lo más indicado. Un cóctel, quizá, si no estás de servicio.

—Oh, no —dijo el nuevo—. No soy policía. No estoy reglamentado. Un cóctel me parece bien.

—¿No podemos tutearnos? —dijo ella.

—Usted a mí, sí —respondió el nuevo—. Yo, si no le importa, preferiría no hacerlo. Quisiera mantener este encuentro dentro de los límites de lo oficial.

—¿Oficial en vez de personal? —preguntó Irina dirigiendo al nuevo una mirada burlona.

—Oficial en vez de no oficial —repuso el nuevo.

Irina frunció el ceño, miró a su alrededor, hizo una seña con la mano y un camarero acudió con presteza. El nuevo pidió una cerveza. Ella hizo un ademán reprobatorio.

—Borre la cerveza —dijo al camarero—. Dos old fashioned. —Y cuando se hubo retirado el camarero, susurró—: Una cerveza se puede tomar en cualquier parte. Aquí deben de hacer los cócteles muy bien. Y es lo apropiado.

—Perdone mi rudeza —dijo el nuevo—. Soy un expresidiario. Y no malinterprete lo que le dije antes de hacer la comanda. No pretendo coaccionarla. Todo lo contrario. Considéreme un amigo. Un amigo que se preocupa por usted.

Ella guardó un rato de silencio antes de preguntar:

—¿Hay motivo de preocupación? Quiero decir: ¿debo estar preocupada? Porque supongo que te refieres a una amenaza concreta. No es mi reputación lo que te preocupa. Ni ciertas enfermedades inherentes a mi profesión. Nada tan genérico. Algo más personal. Relacionado con mis actividades recientes.

—No puedo decir más —murmuró el nuevo—. No por guardar un secreto, sino porque no sé más. Tampoco pretendo intercambiar información. Si usted quiere contarme algo, tal vez eso me ayude y en ningún caso lo utilizaré para perjudicarla. De eso le doy mi palabra, si mi palabra tiene algún valor.

El camarero trajo en una bandeja dos vasos llenos de un líquido ambarino en el que flotaban sendos cilindros de hielo muy bien torneados, una bandeja con frutos secos y un par de servilletas. Lo puso todo sobre la mesa y se fue. Irina, que había aprovechado la pausa para consultar su móvil, dio un sorbo a su vaso, se pasó la lengua por los labios y dejó el vaso en la mesa.

—Está muy bueno —dijo. Y en el mismo tono añadió—: No entiendo nada de lo que me estás contando.

El nuevo reflexionó antes de proseguir. Luego dijo:

—¿Usted cree en el amor a primera vista?

Irina se llevó a la boca un puñado de almendras y bebió antes de contestar.

—Yo también tengo mis limitaciones reglamentarias. Prefiero no pronunciarme al respecto.

—Está bien —dijo él—, hablaré yo. Toda mi vida he sido un delincuente. Ahora ya no: he pagado mi deuda con la sociedad y me he reformado. Pero antes, hasta dar con mis huesos en la cárcel, fui un auténtico pendejo: sin trabajo, sin domicilio fijo, siempre de un lado para otro. En estas condiciones es cuando se da el amor a primera vista, porque difícilmente hay una segunda.

Antes de decir nada, Irina bebió varios sorbos de su vaso y se envolvió en un chal. Caía la tarde y se había levantado una suave brisa, pero el gesto no parecía corresponder a una necesidad presente sino al recuerdo de otras inclemencias, remotas en el tiempo.

—No sé a qué te refieres —dijo—, pero si hemos entrado en el terreno de las confidencias, te diré algo sobre mí. Nací y crecí en una región pequeña y pobre, vecina de Transilvania, a la que estamos federados por más que hemos tratado de independizarnos por medios legales e ilegales, siempre con malas consecuencias para nosotros. Fuera de esto, mi país carece de interés: el paisaje es escarpado y sombrío, la tierra apenas da para malvivir, la gente es zafia, ignorante y desconfiada. Nuestro héroe nacional, del que Transilvania siempre se ha querido apoderar, hoy en día es una triste franquicia. Siendo casi adolescente me enamoré de un chico de mi misma edad, inepto para todo excepto para jugar al fútbol. Sin dinero y sin amigos vinimos a Barcelona con la esperanza de que a él se lo quedara el Barça. Su nombre era Turnyp, Andrepas Turnyp, pero se lo cambió por Evaristo Tartaruga, más apropiado, según él, para un futuro crack. Después de muchas esperas, muchas súplicas y muchas humillaciones, conseguimos que unos técnicos le vieran jugar: no lo consideraron idóneo para el primer equipo y era demasiado mayor para el segundo, pero le dieron una carta de presentación para un equipo de segunda división, donde sus aptitudes podían encajar. Si en el futuro mejoraba, tal vez reconsiderarían su decisión, le dijeron mientras le acompañaban a la puerta del Miniestadi. Con esta promesa fichó por el salario mínimo para el club de segunda. Al principio de la tercera temporada se lesionó, con tan mala suerte que tuvo que dejar el fútbol. Como su cara había salido en la prensa deportiva, no pudo sumarse al ejército de los sin papeles, porque le habrían reconocido de inmediato, y regresó a nuestro país natal. Yo me quedé. La experiencia de lo sucedido a mi novio me enseñó a no confiar en ningún club. Siempre he trabajado por mi cuenta.

Guardó un rato de silencio, miró hacia el cielo, que se había teñido de un gris violáceo, y consultó su diminuto reloj de pulsera.

—La hora de seguir trabajando por mi cuenta ha llegado —añadió con un suspiro—. Ha sido un placer compartir contigo este intercambio de semblanzas y estos cócteles deliciosos: te dejo que me invites. Por favor, no te levantes: me aburren las despedidas. Haz como si me hubiera ido al lavabo y estuviera a punto de volver.

34

La Boni llega puntualmente a casa de la señora Mendieta y le anuncia con poca convicción que ya está curada de la gripe que la obligó a faltar la víspera. La señora Mendieta no escucha o aparenta hacer caso omiso de la explicación, pero de repente observa con fijeza a su señorita de compañía y dice:

—Pues no tienes cara de haber sucumbido a un virus. Más bien a otra cosa.

La Boni guarda silencio y la señora Mendieta prosigue:

—A mí no me engañas. Sé muy bien lo que has hecho y sé que después has llorado y has pasado una noche en vela.

Como su tono es tajante, pero no es colérico ni sarcástico y su expresión no es adusta, la Boni, en vez de negar la presunción de su empleadora, baja la mirada y no dice nada.

—Mira, hija —prosigue la señora Mendieta—, yo ya soy muy mayor y eso te hará pensar que no entiendo las cosas de los jóvenes porque en mi tiempo todo era distinto y lo que no era distinto ya lo he olvidado. No te engañes. Las cosas nunca han sido distintas, o el mundo no estaría lleno de gente. Y he olvidado muchas cosas, pero otras las tengo presentes como si estuvieran sucediendo en este mismo momento. Así que te voy a dar un consejo. No me harás caso, por supuesto, pero te lo voy a dar de todos modos. Es muy sencillo. No te fíes de los hombres. En este terreno, quiero decir. En otros terrenos los hay buenos, malos y regulares. Pero en éste, todos van a lo mismo. Primero te hacen creer que sólo quieren acostarse contigo, pero, en el fondo, lo que quieren es casarse. Y si te dejas embaucar, estás perdida. Porque los hombres, para un rato, están bien, pero como maridos, son insoportables. Yo estuve casada un montón de años y en rigor no me puedo quejar: mi Adrià era un santo varón; nunca me dio disgustos, siempre fue paciente y dadivoso. Ahora, aburrido a más no poder. Me dirás que en tu caso él es distinto. Por supuesto, todos lo son: cada uno es un desastre a su manera. Antes de conocer a mi marido tuve un novio paranoico; luego otro que parecía normal y resultó que coleccionaba ardillas disecadas.

35

Todos los días son extenuantes para aquel a quien su cargo le obliga a asumir en solitario una gran responsabilidad, pensaba el jefe, y algunos días, en especial, se llevan la palma.

A media tarde había recibido una información poco tranquilizadora y poco después buscaba en vano la forma de solventar una situación imprevista y sumamente peligrosa.

Poco antes de la hora del cierre, cuando sus pensamientos se alejaban gradualmente del árido trabajo para configurar el placer inminente de su hogar, una cena frugal y un capítulo o dos de alguna serie en un canal de pago antes de rendirse al sueño, irrumpió en su despacho la Boni para anunciar la presencia de la policía en el sanctasanctórum de la Organización: un percance tan grave no había ocurrido jamás durante su mandato. Pero como no podía negarse a recibir a un representante de la autoridad, hizo pasar a un agente joven, alto, atlético y de suaves maneras, que traía consigo esposado al taxista que tantos servicios les había prestado con anterioridad. El agente le sujetaba por un brazo y el taxista le seguía sin oponer resistencia, pero con una expresión entre furiosa y altiva.

A la pregunta del jefe, el agente refirió lo que sigue.

—Hace poco menos de una hora me encontraba yo patrullando en compañía de otro agente, en este caso particular, de una agente, que ahora mismo permanece en el coche patrulla, conectada por radio con la centralita, por si acaso, cuando oímos sonar, en las proximidades de donde nos encontrábamos, una alarma. Estridente. Acudimos guiados por dicha estridencia y la vimos proceder de un almacén, frente al cual se encontraba estacionado un taxi, a cuyo conductor y titular de la licencia traigo detenido. En el momento de autos y en el lugar también de autos, dicho taxi se encontraba exento de conductor, así como de usuarios del servicio. Al acudir a pie, habiéndonos apeado del coche patrulla, con el arma reglamentaria en la mano por si debíamos repeler una agresión armada, vimos salir del almacén cuya alarma sonaba con estridencia, como ya he hecho constar, al sujeto en cuestión, portando en las manos varias latas de conservas, las cuales el sujeto, al serle dado el alto de viva voz, arrojó al suelo para acto seguido salir huyendo. Aclaro, que quien salió huyendo fue el sujeto, aunque tal cosa se desprende del contexto, para evitar que esta declaración pueda ser invalidada por defecto de forma. Mientras mi compañera y yo dilucidábamos si debíamos disparar sobre el sujeto, éste procedió a tropezar de *motu proprio* y cayó al suelo, donde fue aprehendido y ahora está presente en este lugar como antes lo estuvo en el de autos, por ser el sujeto el mismo sujeto en ambos casos. Hago una pausa para respirar y concluyo diciendo que el detenido, en el momento de serlo, negó los cargos, incluso antes de serle formulados y afirmó no estar obrando por cuenta propia, sino pertenecer a la Organización que usted dignamente dirige y a la cual le traigo esposado. Firme la declaración y acompáñenos a la comisaría.

Mientras el agente daba el parte, el taxista no había dejado de mover la cabeza y hacer muecas y, pese a estar esposado, de llevarse el índice de la mano derecha a la sien como si quisiera poner en duda la cordura del agente.

El jefe procuraba no perder la sangre fría y hacía gestos con las dos manos para imponer silencio, conseguido lo cual, dijo:

—Permítame, agente, que le pregunte la razón por la que me cuenta todo esto. El detenido es un taxista en el desempeño de sus funciones, las cuales, diga él lo que diga, no guardan ninguna relación con esta empresa.

—Esto —dijo el agente— deberá demostrarlo usted ante el juez de instrucción, toda vez que el detenido, al serlo, y luego reiteradamente, ha insistido en que recibía órdenes de usted.

—Oh, ya veo —dijo el jefe con una sonrisa—. Sin duda se trata de un error de percepción. No niego haber utilizado los servicios de este individuo y de su taxi, como hacen a diario otros muchos ciudadanos, pero sin establecer otro tipo de vínculo o vinculación. Tal vez en el registro de actividades del detenido conste otra cosa. Ya sabe usted los embrollos derivados de la tecnología digital, por no hablar de virus e injerencias. Como reza claramente el rótulo de la puerta, aquí prestamos servicios de asesoramiento en materia fiscal...

La Boni asomó la cabeza por una rendija de la puerta.

—Disculpe la interrupción, jefe —dijo apresuradamente—, pero he de irme. Ya sé que no es buen momento, pero no quiero llegar tarde a casa de la señora Mendieta.

Se volvió al policía y le explicó la razón de su premura.

—Es un trabajo complementario. En realidad, una tapadera. Pero me lo tomo muy en serio, como todo lo que hago. Y como ayer la dejé colgada, porque últimamente estoy hecha una zorra, hoy he de ser puntual. Por cierto, señor guardia, ¿usted cree que una chica promiscua, que además es agente secreto, se puede casar de blanco?

El interpelado dijo que antes de dar una respuesta concreta debía consultarlo con sus superiores.

—En el desempeño de las actividades propias de nuestra empresa —continuó el jefe cuando la Boni se hubo ido—, como le decía, estamos muy atentos a los límites de la ley, y en modo alguno mandaríamos a un taxista a cometer un robo con allanamiento. Por lo demás...

La explicación quedó truncada por la súbita aparición de Pocorrabo en el despacho. El jefe se dirigió a él en tono imperioso, mientras con los ojos y las cejas le alertaba de la presencia del guardia y el preso.

—¿No tengo dicho que no entre nadie sin llamar en mi despacho? ¿Qué se le ofrece? —preguntó.

—¡Estoy muy deprimido, jefe! —respondió el recién llegado sin prestar atención a las señas.

—Está bien, señor López, está bien —dijo el jefe en tono conciliador—, ahora mismo me ocuparé de usted.

Compuso un semblante resignado y añadió, dirigiéndose al agente:

—Como usted ve, agente, nuestro trabajo es complejo y abrumador y no es raro que induzca a situaciones de estrés, incluso en nuestros más avezados consultores. El señor López, aquí presente, es un prestigioso mercantilista, licenciado por la Universidad de Nantes.

—Nada de estrés, jefe —negó Pocorrabo—. Es que he estado en Palamós, rememorando mis atribuladas mocedades, y me he deprimido de verdad. Y ahora, cuando más lo necesito, no me hace caso nadie. Ay, ay, persiguiendo vanas ilusiones desperdicié los mejores años de mi vida.

Se sentó en el sofá y se puso a sollozar. De vez en cuando sacaba del bolsillo del pantalón un pañuelo arrugado y se sonaba con vibrantes trompetazos.

—Por no seguir los dictados de mi corazón he perdido los mejores años de mi vida —repitió entre pucheros—. Siga mi consejo, agente: si ha de salir del armario, hágalo cuanto antes.

—En cuanto a este taxista —prosiguió el jefe dirigiéndose al policía como si no oyera las lamentaciones de su subordinado—, sin ánimo de inmiscuirme en su trabajo, le sugiero que deje sin efecto el procedimiento. Al fin y al cabo, las consecuencias de su acción han sido prácticamente nulas, nuestra relación se ha probado ficticia y dar curso legal a la incidencia sólo supondría papeleo y pérdida de tiempo para usted y para esta empresa.

El policía sopesaba la posibilidad de zanjar el asunto cuando irrumpió en el despacho el nuevo, con el ánimo muy agitado.

—Jefe —exclamó—, ¿usted cree en el amor a primera vista?

Sin ocultar su contrariedad, el jefe respondió:

—Ahora no es momento de bromas, señor

Pérez. Espéreme en su despacho y hablaremos en cuanto concluya este intrascendente enredo.

—Confío en que no tenga que ver conmigo —dijo el nuevo. Y al agente—: He salido hace poco de la cárcel, ¿sabe?

El jefe reiteraba sus mímicas indicaciones. Luego, a la vista del escaso resultado obtenido por el lenguaje gestual, dijo al agente:

—Dada la naturaleza confidencial de su trabajo, nuestros consultores en materia fiscal tienen tendencia a hablar en clave. Y un peculiar sentido del humor. Como el señor Pérez, valioso experto fiscal.

—Mire —dijo el agente, un tanto perplejo—, como veo que tienen ustedes muchas cosas pendientes y se hace tarde, sólo por esta vez, voy a hacer la vista gorda. Pero a ti —añadió mientras quitaba las esposas al taxista con un llavín—, te lo advierto y no hablo en broma: como te pille reincidiendo, vas de cabeza al trullo.

—Gracias, agente —dijo el jefe sin ocultar su alivio—, yo me ocuparé de que no se repita este lamentable malentendido. Y disculpe a este empleado, cuyos nervios el trabajo ha sometido a dura prueba —añadió señalando a Pocorrabo.

Con un encogimiento de hombros, el agente abandonó las dependencias, dejando solos al jefe, al apesadumbrado Pocorrabo y al taxista, cuya desairada posición no parecía incomodarle.

—¿Cómo se le ha ocurrido semejante barbaridad? —exclamó el jefe señalándole con el dedo—. ¡Hacer indagaciones por su cuenta! ¡Y encima alegando una relación totalmente imaginaria, me trae a la policía a mi propio despacho, donde ni la CIA ha puesto los pies! De no ser por mi habilidad, nos habría metido a todos en un brete.

El taxista levantó la mano.

—Deje que le explique, jefe.

—¡No me llame jefe! —exclamó el jefe con irritación—. Ni yo soy su jefe ni usted pertenece a esta organización. Váyase y no se le ocurra venir aquí otra vez: no quiero volver a ver ni su cara ni su taxi.

—Jefe —intervino Pocorrabo desde el sofá—, el mal ya está hecho y quizá este buen hombre, en su bienintencionada torpeza, haya averiguado algo de utilidad.

—¡Sí —dijo el jefe—, ahora ponte de su parte, después del número que has montado!

—Aquí el compañero tiene razón, jefe —terció el taxista—. Como las cosas no me han salido del todo bien, soy el asno de los golpes, pero si me hubieran salido bien, hasta usted me consideraría un héroe. Y déjeme recordarle que en esta organización, de la que usted tanto habla, yo soy el único que dispone de un vehículo a motor: más tarde o más temprano necesitarán de mis servicios y entonces usted será el primero en venir a buscarme.

—Está bien, no se sulfure —dijo el jefe—. Y antes de irse, dígame qué ha sucedido.

—Estaba yo hace escasas horas, quizá sólo una hora, en mi taxi, estacionado en un chaflán —dijo el taxista—, cuando entró en el vehículo un individuo y me dijo que le llevara a una dirección determinada. Hasta aquí, todo normal. Mas cuál no sería mi sorpresa al poner dicha dirección en el GPS y advertir que era la misma a la cual el otro día llevé al agente señor Buscabrega para que, una vez allí y tras mi marcha, fuera secuestrado. Habría podido tratarse de una coincidencia baladí si esa dirección se hubiera encontrado en una zona habitualmente concurrida, por ejemplo, la Plaza Cataluña. Pero a esa otra parte no recuerdo haber ido jamás, y ahora, en poco tiempo, ¡dos veces! En fin, que fuimos al lugar indicado, el sujeto me pagó, añadiendo al monto de la carrera una mísera propina, se apeó y se quedó junto al taxi, como esperando mi marcha para proceder según sus planes maléficos. Yo arranqué, tratando de observar sus movimientos por el espejo retrovisor, pero el sujeto no se movió hasta que hube doblado la esquina. Allí me detuve. Durante unos instantes me debatí entre mi deber para con la cooperativa del taxi y el llamado de mi reciente vocación de detective. Triunfó este último impulso y decidí seguir a mi hombre. No en taxi, siendo el vehículo, por su color chillón, harto conspicuo. De modo que salí y, rozando con la espalda las paredes para pasar inadvertido, llegué a la esquina y asomé la gaita con cautela. No vi a nadie. Siempre con la espalda en la pared, llegué ante la puerta del almacén, cuya dirección me había dado el sujeto al montar en el taxi. La puerta estaba cerrada firmemente y yo sólo disponía de las herramientas propias de un automóvil, a saber, un gato, una llave inglesa, un destornillador, varias bombillas de recambio... Perdonen si me dejo algún adminículo. Son los nervios del novato. ¡Cuánta adrenalina! Ahora entiendo por qué la gente se mete a espía... Vuelvo al relato. Una ventana tenía un cristal medio roto. Por allí introduje el brazo, con mucho cuidado para no cortarme, y conseguí abrir un postigo. Me colé en el almacén. Si era el mismo de la otra vez u otro, no sabría decir, por estar el lugar a oscuras y yo muerto de miedo. Tropecé con una mesa y cayeron al suelo unos objetos. Los recogí: eran latas de conservas. Como ya no se me ocurría nada más, cogí las latas y salí por la puerta, fácil de abrir desde dentro. No calculé que al hacerlo se dispararía una alarma, con la mala suerte añadida de que pasara por allí en aquel preciso momento un coche patrulla. Me dieron el alto, corrí y me atraparon.

—Y no se le ocurrió nada mejor que traer aquí a la policía —dijo el jefe.

Cabizbajo y afligido ante el escaso reconocimiento de sus méritos, el taxista se limitó a mascullar:

—Hágase cargo, jefe: no sabía cómo salir del apuro y pensé que aquí me ayudarían. Somos un equipo.

Solidario con las penas ajenas, Pocorrabo intervino desde el sofá.

—Lo hecho, hecho está. Tratemos de sacar provecho de la adversidad. ¿Podría usted describir al sujeto en cuestión?

—Perfectamente —dijo el taxista—. Era un hombre normal. Como usted o como yo. Más como yo que como usted. Bien vestido. Americana, corbata y tal.

—¿Ningún rasgo distintivo?

—En la solapa llevaba una insignia. No la pude ver bien, porque por el espejo retrovisor todo se ve invertido. Aparte de eso, nada más. Salvo que hablaba con acento extranjero.

36

Despedido el taxista y harto de los lloriqueos de Pocorrabo, el jefe salió de su despacho y fue directamente al del nuevo, a cantarle las cuarenta.

—¿Dónde has estado esta tarde, si se puede saber?

El nuevo carraspeó antes de contestar.

—He ido a unos recados, jefe.

El jefe permanecía de pie, delante de la mesa del nuevo y, a pesar de ser de estatura mediana, más bien corta, de puntillas, con la espalda recta y el brazo extendido, componía una figura olímpica.

—¡No digas mentiras! —gritó el jefe—. Primero has pasado una hora rondando por el Paseo de Gracia y te ha visto todo el mundo: ni siquiera para disimular sirves. Tantos comentarios me han llegado que al final he mandado a Chema a averiguar qué hacías y a la vuelta me ha contado que estabas pelando la pava con una rubia cañón en la terraza del hotel Mandarín. Muy embelesado debías de estar para no ver a un jorobado a pocos metros de vuestra mesa.

El nuevo agachó la cabeza, pesaroso por aquel descuido impropio de un hombre experimentado.

—Si esta irregularidad llega a oídos de la Boni —prosiguió el jefe—, aquí se arma la de San Quintín.

El nuevo no parecía tomarse muy en serio esta amenaza. Más le preocupaba su reputación, dañada a los ojos del jefe.

—Deje que le explique —replicó—. En primer lugar, yo no estaba embelesado, sino concentrado, y, en segundo lugar, mi relación con esa señorita es estrictamente profesional.

—¿Profesional? ¿Te refieres a tu profesión o a la de ella? —dijo el jefe con retintín.

—Oiga, jefe —protestó el nuevo—, yo no ando por ahí mariposeando, y menos en horas de trabajo. Conocí a esa chica el otro día en el casino de Peralada. Es la que llevó los mensajes a la parroquia y a un bar de Palamós. En nuestro primer encuentro se mostró dispuesta a cooperar con nosotros, pero advertí que no nos decía todo lo que sabe. Por eso la cité luego en Barcelona, de un modo más personal, para ganarme su confianza. Eso lleva tiempo y ella es avispada. No niego un interés personal. Me acongoja pensar que anda metida en un asunto feo y, por consiguiente, está expuesta a un peligro cierto. Me he sincerado con ella y ella ha hecho lo propio conmigo. Todo a plena luz del día, en un lugar público y en presencia de testigos. Por supuesto, no me lo ha contado todo; nadie lo hace en la primera cita. Pero a partir de ahora ya sabe a dónde puede acudir en caso de necesidad. Y algo más sé de su vida. Tuvo un novio extranjero, como ella, futbolista profesional, con una carrera trunca.

Calló al ver al jefe sumido en reflexiones. Primero pensó que aquél había perdido interés en sus explicaciones, pero el jefe levantó la vista y preguntó:

—¿En qué equipo jugaba?

—No me lo dijo —respondió el nuevo—. ¿Es importante?

El jefe refirió al nuevo las recientes peripecias del taxista.

—El hombre al que llevó —dijo a modo de colofón— hablaba con acento extranjero y llevaba en la solapa una insignia, tal vez de un club de fútbol. Es posible que tengas razón y esa chica esté más metida en el asunto de lo que parecía al principio. Mañana por la mañana, reunión general. Quiero aquí a todo el mundo, sin excusas. Y puntuales.

37

Llegaron todos puntuales y expectantes: las escuetas palabras del jefe les habían hecho creer que estaba cerca la solución del caso; pronto se verían frustradas sus ilusiones.

Antes de empezar, pese a ser pocos y a tenerlos a todos delante, el jefe pasó lista: la señora Grassiela con su perrito, Monososo, el nuevo, el jorobado, Pocorrabo, la Boni e incluso Buscabrega, con un permiso escrito de su mujer. Sólo faltaba el taxista, al cual se había negado la entrada, aunque tenía el taxi estacionado en la calle, frente al edificio de la oficina, y abordaba a cada uno conforme se acercaba, para rogarle que le facilitara el acceso.

Una vez el jefe hubo pasado lista y la Boni, en funciones de secretaria, anotado cuidadosamente el nombre de todos y acto seguido quemado el papel para no dejar rastro, empezó aquél, como estaba previsto, haciendo resumen de los últimos acontecimientos.

—En el asunto que en el presente nos ocupa —dijo, sin dirigirse a nadie en particular pero paseando los ojos del uno al otro para comprobar que todos estaban atentos a sus palabras—, si bien no ha habido avances dignos de mención, contamos con algunos elementos nuevos, probablemente complementarios, a saber: la información recogida por el taxista oficioso en el curso de unas actividades ni autorizadas ni aprobadas por mí; el encuentro de la señora Grassiela con un fantasma en el hotel El Indio Bravo; la historia, tal vez real o tal vez no, obtenida por el nuevo en una cita censurable, y el último informe de Monososo, a quien cedo la palabra, encareciéndole la brevedad.

—Gracias, jefe —dijo el aludido abandonando su asiento y situándose junto al jefe, de cara a sus compañeros—, pero aquí no es mi menda el que se enrolla.

Acto seguido, Monososo contó cómo en un descanso del cursillo preparatorio para su ingreso en el seno de la Iglesia católica, a la cual, por otra parte, ya pertenecía, porque su madre, con objeto de congraciarse con la organización que la protegió al llegar a Barcelona y, de este modo, facilitar la obtención de sus permisos de residencia y trabajo, había bautizado a Monososo en la parroquia del barrio y le había puesto el nombre del santoral de la fecha (Raimundo de Peñafort), el vetusto párroco, a cuyo cargo estaba el cursillo, quizá para rellenar el embarazoso silencio impuesto por su ignorancia en materia de formación de catecúmenos, le había contado que, unos días atrás, se había presentado de improviso en la rectoría, adjunta a la iglesia, un obispo adscrito a la curia vaticana, acompañado de un coadjutor con pinta de tonto, a juicio del propio narrador, y sin protocolo ni rodeos, había anunciado a la comunidad que una personalidad eclesiástica del más alto rango, sin excluir al propio Sumo Pontífice en persona, tenía pensado hacer un viaje relámpago a Barcelona, de carácter privado, pero de la máxima trascendencia para toda la cristiandad. Dicha personalidad, debidamente asesorada y después de un meticuloso proceso de selección, había decidido alojarse precisamente allí, donde ahora estaban Monososo y su provecto instructor, para lo cual la comunidad debería tomar las medidas oportunas, en el más estricto secreto y con la mayor prontitud, porque, si bien la fecha del viaje todavía no había sido fijada, tan pronto se fijara, el viaje se efectuaría en un plis plas (éstas fueron las palabras de Su Eminencia), de todo lo cual la comunidad sería debidamente informada por carta. Dicho esto, el obispo y su secretario, que había permanecido durante toda la visita a su lado, asintiendo con la cabeza y emitiendo de cuando en cuando un silbido, como si algo no le funcionara bien en los pulmones o en la tráquea, se marcharon tan bruscamente como habían venido, dejando al añoso párroco sumido en la consternación. En otros tiempos, un anuncio como aquél no habría sido una onerosa obligación, sino un orgullo, una alegría y un estímulo, pero en la actualidad la parroquia contaba únicamente con el vetusto párroco y la ayuda temporal de algunos carcamales reclutados entre otras parroquias, capellanías, cofradías, hermandades, cartujas y cenobios, todos ellos incapacitados para desenvolverse en la vida práctica, y con los ingresos derivados de sus actividades sacerdotales, las subvenciones oficiales y las limosnas de los fieles, la suma de los cuales a duras penas le permitía llegar a fin de mes. Aun así, con sus escasos ahorros y los fondos destinados a la sopa boba de los pobres, fue a IKEA y compró una cama y la ropa correspondiente y consiguió que un alma caritativa le ayudara a montar el mueble, tras lo cual consideró habilitada una alcoba decente para el ilustre visitante y se tranquilizó un poco. Al cabo de dos días le llegó la carta anunciada, por medio de una persona que, a simple vista, parecía un putón, aunque en los tiempos que corrían, la moda femenina en lo tocante a atuendo, afeites y actitudes podía llevar fácilmente a engaño. En la carta se decía que el ilustre visitante llegaría al día siguiente, al filo de la medianoche, aunque el horario de llegada podía variar, bien por las obligaciones de dicho visitante, bien por la poca fiabilidad de las líneas aéreas. Fuera como fuese, la parroquia debía esperar en vela la llegada del ilustre huésped sin llamar la atención del vecindario, y tener lista una cena frugal, porque últimamente las líneas aéreas, sobre ser impuntuales, no daban de comer a los pasajeros. A continuación, una vez instalado el ilustre huésped, se le diría cómo debía proceder. Después de leer la carta, el anciano párroco se estrujó el cerebro pensando en el tipo de alimentos que debía ofrecer al recién llegado, cosa difícil de decidir al desconocer las características de aquél, es decir, su edad, sus gustos, sus costumbres y sus posibles intolerancias. Finalmente, el padre Anselmo, de la vecina parroquia de San Tadeo, a quien consultó porque en sus ratos libres y con dispensa episcopal visitaba de soslayo las redes sociales, propuso comprar una bandeja de sushi, asegurando a su correligionario que con aquel manjar, a un tiempo original y saludable, sin duda se apuntarían un tanto. Así lo hizo el añoso párroco, pero luego, después de tanto gasto y de no pegar ojo en toda la noche, el ilustre visitante no apareció. El día siguiente lo pasó durmiendo y velando, con idéntico resultado. Al tercer día le asaltó el temor de que el sushi se echara a perder, pese a estar en la nevera. Alguien propuso que se lo diera a los pobres, en sustitución de la sopa boba, y eso se disponía a hacer aquella misma tarde, e incluso había llevado palillos al refectorio. Ahora, sin embargo, dada la etnia de Monososo, se le había ocurrido consultarle al respecto. Monososo respondió que el pescado crudo, si no se consume de inmediato, puede ocasionar trastornos gástricos, pero que, en aquel caso, si no abusaban de la salsa de soja, seguramente a los pobres del barrio no les pasaría nada.

38

A la misma hora, la Boni se presentaba en las oficinas de Conservas Fernández y preguntaba por el director. Al recepcionista que quería saber el motivo de la visita le respondió que venía por lo del anuncio.

—¿Tiene cita previa? —preguntó el recepcionista.

—No acostumbro —respondió la Boni.

El director la recibió en un despacho no muy grande, amueblado con sencillez. Por una ventana se veía la calle Tuset. Sobre la mesa había una foto de familia enmarcada y un mejillón de plata sobre una diminuta peana, sin duda un trofeo obtenido por la empresa en una feria alimentaria. El director era un hombre grueso, con los mofletes de un rojo encendido. A la Boni le hizo pensar en Santa Claus recién afeitado. Por una extraña casualidad, el director se llamaba Claus.

—Tome asiento y llámeme Claus —dijo señalando una silla al otro lado de su mesa.

Cuando ella se hubo sentado, el director la estuvo mirando un rato en silencio, con expresión triste, y luego dijo:

—Si viene a pedir trabajo, debe tratarse de un error, toda vez que no hemos publicitado ninguna oferta. En estos momentos nuestra plantilla está completa y se prevén varias jubilaciones anticipadas para aliviar la masa salarial.

—Lo entiendo —respondió la Boni—. Una empresa como la suya se caracteriza por la constante renovación. Una empresa próspera no se estanca nunca. Unos salen y otros entran. Nuevas caras, nuevas ideas, nuevos métodos. Precisamente por eso he venido. Yo nunca acudiría a una empresa que ofreciera empleo, como si no supiera cubrir sus propias necesidades.

El director se echó hacia atrás y apoyó la cabeza en el respaldo de su silla articulada. Cuando parecía que se iba a poner a llorar, pulsó el botón de un interfono y dijo:

—Soy Claus. Diga a Perseo que venga a mi despacho. Perseo —aclaró dirigiéndose a la Boni— es nuestro jefe de personal. Le he convocado para dar a esta entrevista un carácter puramente técnico. Y, de paso, evitar denuncias.

El jefe de personal era alto, enjuto y moreno; llevaba una barba cuidadosamente recortada y un traje azul marino, y tenía muchos tics.

—En las presentes circunstancias —le dijo el director—, preferiría valorar ante todo el factor humano.

El jefe de personal se quitó la americana y la colgó en el respaldo de su silla.

—Usted dirá, señorita —dijo dirigiéndose a la Boni.

—Tengo estudios superiores —dijo la Boni— y hablo y escribo varios idiomas. También tengo experiencia empresarial. Taquigrafía y mecanografía, no. Con los ordenadores me manejo bien. Si hace falta, sé programar. Soy educada y muy eficiente. Últimamente practico una promiscuidad desenfrenada con mi novio, pero sin incurrir en escándalo y sin merma de mi productividad. Reconozco que ser una mujer liviana no es bueno, pero es peor ser negligente, perezosa, adusta, maledicente, embustera, desleal, colérica o venal, carecer de criterio, tener bajos instintos o estar poseída por el demonio.

Los dos directivos intercambiaron miradas y cada uno se quedó a la espera de alguna reacción por parte del otro. Transcurrido un lapso, el director decidió asumir su responsabilidad y preguntó a la Boni:

—¿Eres emprendedora?

—En grado sumo —respondió ella.

—En tal caso —dijo el director después de reflexionar sobre el alcance de la respuesta—, deberíamos contratarla. ¿Tú qué opinas, Perseo?

—Afirmativo —dijo el aludido—. ¿Dónde la metemos?

—Eso dilo tú: eres el experto en los recursos humanos —dijo el director.

—Pues no sé... —dijo Perseo—. Quizá en un departamento creativo.

—Buena idea —exclamó el director—. Haré venir al director de marketing.

—En tal caso —dijo el jefe de personal—, yo me voy. Ese mequetrefe, como hizo un curso en Yale, se cree el no va más, y sólo es un pavo petulante y necio.

El director de marketing entró contoneándose y ocupó la silla que su rival había dejado libre.

Cuando el director hubo hecho las oportunas presentaciones y puesto en antecedentes al recién llegado, éste dirigió a la Boni una mirada cargada de irritación. No podía tener nada contra ella, pero seguramente le mortificaba que la hubieran contratado sin contar con su avenencia o, al menos, sin haberle consultado. Pronto, sin embargo, recobró su habitual talante despreocupado y, con voz cantarina, indicó a la Boni que le siguiera a su despacho.

El despacho del director de marketing era más pequeño que el del director y sólo tenía una ventana que daba a un patio interior. En la pared había colgado un gallardete del equipo de hockey de la Universidad de Yale.

—No sé para qué te han contratado —empezó

diciendo el director de marketing cuando la Boni y él se encontraron a solas en el despacho—, pero te pondré al día. La empresa va bien, pero también podríamos decir que va mal. La competencia es feroz. De hecho, el mal de toda empresa es precisamente la competencia. Si no hubiera competencia, otro gallo nos cantaría.

Hizo una larga pausa para que la recién llegada asimilara aquel principio y luego, cambiando de tono, prosiguió:

—Sin embargo, no hay que dejarse arredrar por la competencia. ¿Que ellos venden más? ¡Pues nosotros venderemos menos! Mi pobre predecesor —añadió levantando los ojos al cielo, como si su predecesor los estuviera contemplando desde otra dimensión, menos competitiva—, mi predecesor, digo, se empeñó en lo contrario. Su lema era: ¿quieren guerra?, ¡pues la tendrán! Así acabó.

—¿Qué le pasó? —preguntó la Boni.

—Te lo contaré —dijo el director de marketing—, si me prometes guardar el secreto. Nunca se deben revelar los secretos de una empresa, y menos a desconocidos.

—Descuide, señor —dijo la Boni—, yo he venido a aprender de usted, no con otros fines.

—Pues sigue así y llegarás lejos —dijo el director de marketing dándose una palmada en el muslo—. Y ahora escucha la triste historia de mi predecesor.

Carraspeó para aclararse la garganta y relató lo siguiente:

—Hará cosa de un par de años, otra empresa del ramo, es decir, en rigor, la competencia, lanzó una campaña publicitaria encaminada a dos fines: aumentar las ventas y aventajar a las demás empresas del ramo. También fidelizar al consumidor. Y ampliar el perímetro de su clientela. En conjunto, dos fines que en fin de cuentas eran cuatro. No sé si recordarás la campaña. Se titulaba: *Descubre los tesoros del mar*. El eslogan tenía un doble sentido: los tesoros del mar eran, por supuesto, sus productos, a saber, mejillones, almejas, etcétera. Pero también algunos tesoros aleatoriamente distribuidos en el interior de las latas. El afortunado comprador podía encontrar en una lata, junto al producto en cuestión, una perla. ¿Una perla verdadera? No, qué va. Ni siquiera una perla cultivada. Una bolita de plástico mal pintada. Pero esto a la gente le trae sin cuidado. La posibilidad de conseguir una perla es lo que cuenta. La campaña fue un éxito, las ventas subieron en forma exponencial y, de rebote, nuestras ventas bajaron en la misma forma exponencial. Ante una situación semejante, ¿qué habría hecho yo? A ver, guapa, dime qué habría hecho yo.

Calló esperando una respuesta de la Boni y, como ésta no respondía, exclamó:

—¡Rascarme los huevos! Porque para eso se necesitan dos cosas y yo las tengo: formación y temple. Mi predecesor, el pobre, no tenía ni una cosa ni la otra. Había hecho un máster online con no sé qué universidad y se creía un portento. Como si hubiera ido a Yale, ya me entiendes. Conque se creyó en la obligación de responder al desafío. Se estrujó los sesos, vio todos los tutoriales de YouTube y finalmente tuvo una idea brillante. A imitación de su rival, lanzó una campaña titulada: *¡Cuidado con lo que comes!* Y, siguiendo el ejemplo de los otros, en una lata metió una cucaracha, en otra un clavo oxidado, y así sucesivamente. En cuanto empiecen a salir las sorpresas, decía, arderán las redes y sólo se hablará de Conservas Fernández. Como era de esperar, no le hizo caso ni Dios. Simplemente, la gente dejó de comprar Conservas Fernández, y en un abrir y cerrar de ojos la empresa se fue al garete. Si no llega a entrar un magnate extranjero, ahora estarían todos pidiendo limosna. Yo no, claro. Cuando uno ha pasado por la Ivy League ya puede echarse a la bartola.

—Y a su predecesor, ¿qué le pasó? —quiso saber la Boni.

—Lo normal —dijo el director de marketing—: patada en el culo y a la puta calle.

—¿Y no han vuelto a saber nada de él? —preguntó la Boni.

—No —respondió el director de marketing—, ¿a qué viene tanto interés?

—No estaría en el mundo empresarial si no me

interesaran los entresijos del alma humana —dijo la Boni—. Quedaría muy resentido, supongo. Desesperado, frustrado, con los pies al borde del precipicio, mirando fijamente a la sima. Tal vez acariciando en su mente una decisión fatal.

El director de marketing estuvo pensando un rato. Quería dar una respuesta instructiva y perspicaz. Como no se le ocurrió ninguna, dijo:

—Mira, guapa, aquí se viene a trabajar.

39

Cuando Monososo hubo concluido su informe, tomaron la palabra sucesivamente la señora Grassiela, el nuevo y la Boni, para dejar constancia del fruto de sus contactos. Al acabar la tanda de informes, reinó la excitación y menudearon los comentarios. Muy felicitada fue la señora Grassiela por su encuentro con el fantasma en el hotel El Indio Bravo y por la manera en que se había librado de las asechanzas de aquél. También la Boni recibió los parabienes de todos por su rápido ascenso en la empresa conservera. Menos loas se hicieron a la actuación del nuevo, tan disconforme con las normas de la Organización, si bien no le fue escatimado el reconocimiento al valor de los datos obtenidos.

En términos generales, reinaba el optimismo, cuando el jefe impuso silencio y volvió a tomar la palabra para decir en tono ominoso:

—Antes de que os dejéis llevar por el entusiasmo, debo deciros que lo que acabamos de oír y la buena marcha de nuestras investigaciones no son el verdadero motivo por el que habéis sido convocados a reunión plenaria, sino otro más acuciante: por si alguien no lo recuerda, se acerca el día de la fiesta anual y no quiero que este año se nos vuelva a echar el tiempo encima y acabemos haciendo el ridículo, como tantas veces ha ocurrido en el pasado.

Un murmullo de desagrado recorrió la sala. Sólo el nuevo permanecía en silencio por ignorar la causa de aquella reacción desfavorable. Al advertir su desconcierto, el jefe se dirigió a él expresamente.

—Pide a tus compañeros que te pongan al corriente. Yo no tengo tiempo ni ganas de darte explicaciones. Sólo añadiré que este tema me mortifica tanto como al resto: me viene impuesto por los estatutos y nada puedo hacer, salvo aguantar las caras largas, como si yo me hubiera inventado esta astracanada.

Cuando se hubo levantado la sesión y todos abandonaban cabizbajos la sala, el nuevo iba del uno al otro preguntando qué era la fiesta anual y por qué les desagradaba tanto. Finalmente, el jorobado y Pocorrabo lo llevaron al despacho de este último y le contaron la historia de la fiesta, indisolublemente ligada a la historia de la Organización.

*

Sin nombre ni registro legal, la Organización que ahora ocupaba las cuatro oficinas del segundo piso en el edificio anodino de la calle Valencia, frente al Museo Egipcio, había sido creada a mediados de 1944 por el capitán de navío Julián Suárez de Villalobos, a la sazón adscrito al Ministerio de Marina, cuya jefatura ostentaba entonces el almirante don Salvador Moreno Fernández. Con razón o sin ella, el capitán de navío Suárez de Villalobos estaba convencido de que la prolongada guerra, el numeroso exilio y la tenaz represión subsiguiente no habían bastado para limpiar España de traidores y ponerla a salvo de malévolas conspiraciones, dentro y fuera de sus fronteras. Desconfiaba de los encargados de garantizar la seguridad del país, bien por falta de competencia o de medios, bien por haber sido infiltrados sus respectivos cuerpos por elementos exógenos. Los militares no estaban libres de presiones y connivencias; los jueces eran proclives al soborno; entre los policías, por el continuo contacto con los bajos fondos, abundaban los drogadictos y los delincuentes; incluso en las filas de la Guardia Civil había presuntos homosexuales con inclinaciones izquierdistas. En Europa la guerra se encaminaba a su fin y la previsible derrota de las fuerzas del Eje no permitía esperar de los vencedores ni simpatía ni cooperación. Obsesionado por este temor, sin solicitar la autorización de sus superiores ni informar a nadie de sus intenciones, reclutó a un reducido grupo de individuos afines a su pensamiento y les dijo lo que tenían que hacer y también lo que tenían que evitar: no debía quedar prueba de su existencia ni de sus actos, ni por escrito ni por ningún otro medio, y bajo ningún concepto se podía solicitar la colaboración de otras fuerzas del orden ni prestarla. Sólo a él se le debía obediencia y sólo a él se le podía informar de lo averiguado y de lo hecho. Para posibilitar el funcionamiento autónomo del ente, lo dotó con unos medios económicos cuya procedencia nadie conocía ni podía fiscalizar; con este mecanismo pretendía garantizar la subsistencia de la Organización cuando él faltara, porque, como solía decir, las añagazas contra la patria nunca se acaban y la vida del hombre es corta. Sus palabras fueron premonitorias: un 9 de agosto de 1944, cuando la Organización que había creado apenas contaba dos meses de existencia, el capitán de navío Julián Suárez de Villalobos encontró la muerte a bordo de un submarino alemán, detectado y destruido por una fragata de la Marina estadounidense frente a las costas de Gran Canaria, de cuyo puerto había zarpado. En un momento en que el Gobierno español trataba de desvincularse del bando de los perdedores, la presencia de un oficial de alta graduación en un buque de guerra alemán resultaba embarazosa. El Ministerio de Marina eliminó de su organigrama el nombre del desaparccido capitán y, en la medida de lo posible, se borraron todas las huellas de su pertenencia a la administración pública e incluso a la Armada. De este modo, la Organización que él había creado siguió actuando por inercia, desvinculada de la maquinaria del Estado, sin dar cuenta a nadie de sus actuaciones, si es que las hubo. Si alguien reparó en su existencia, no le dio importancia. Una de las razones que habían impulsado la creación del ente era el anómalo fraccionamiento de las fuerzas del orden en España. Solucionar este problema añadiendo un nuevo cuerpo no parecía una buena idea. Por otra parte, el presupuesto que su fundador le había asignado bastaba para garantizar la subsistencia del ente, pero no para llevar a cabo actividades de ningún tipo. Su inoperancia y su inviabilidad garantizaron su pervivencia.

Varias décadas más tarde, en los años febriles de la transición democrática, la Organización emergió, si no a la luz, al menos a la penumbra, como tantas cosas de un periodo oscuro que a muchos resultaba incómodo asumir. La primera reacción fue eliminarla de un plumazo, pero su propia inconsistencia propició una prórroga; nadie sabía muy bien cómo cancelar algo que carecía de reconocimiento oficial y ningún Gobierno desmantela un organismo ya existente que le sirve para colocar a su gente. En algún momento, a efectos presupuestarios, organizativos y de camuflaje, se había adscrito la Organización al departamento de Coros y Danzas de la Sección Femenina, y más tarde a la Obra Sindical de Educación y Descanso. Ninguno de estos organismos estaba llamado a perdurar, pero sus componentes sobrevivieron, bajo distintas denominaciones, unos transferidos a las autonomías, otros como remanente parasitario de la hipertrofiada burocracia central. La imprecisión de su naturaleza y el hecho de que nadie quisiera asumir la responsabilidad de dirigir y fiscalizar sus actividades conferían a la Organización una precaria seguridad económica y un margen muy amplio de libertad.

El único factor negativo de este ventajoso arreglo consistía en que una ineludible disposición estatutaria obligaba a la Organización, a efectos de justificar su condición jurídica, a organizar un festival de danzas regionales una vez al año. De hecho, esta obligación era un mero trámite: una semana antes de la fecha establecida se cursaban veinte invitaciones y, al cabo de un par de días, se recibían otras tantas excusas, con lo que, al final, el evento contaba con un público minoritario: un chupatintas en representación de la Generalitat, un chusquero en representación de la Capitanía General y un guardia urbano en representación del Ayuntamiento, a los que a veces se añadían algunos familiares de los participantes. En conjunto, el espectáculo no duraba más de veinte minutos, incluido el discurso del director y un brindis por Su Majestad el Rey al término de la función. No obstante, como sucede con frecuencia en los grupos pequeños, compactos, aislados del mundo exterior e integrados por personas de muy distinta condición y temperamento, los roces, las envidias y las desavenencias acumuladas a lo largo de los meses aprovechaban aquella singular ocasión para manifestarse con inusitada virulencia: un asunto trivial podía desencadenar un serio conflicto.

—El año pasado, sin ir más lejos —dijo Pocorrabo—, un compañero, cuyo nombre prefiero no mentar, pretendió, en el último momento y sin justificación alguna, apropiarse del traje de asturiano que yo había pedido con varias semanas de antelación. Huelga decir que no se salió con la suya: yo soy hombre pacífico, pero cuando se me lleva al límite, puedo ser un tigre.

—¿Cuál es el criterio distributivo? —preguntó el nuevo, deseoso de evitar un patinazo por causa de su ignorancia.

—En principio —sentenció el jorobado—, la ley no establece ninguno. Pero el espíritu de la ley...

40

Al salir de la reunión, Pocorrabo fue abordado en plena calle Valencia por el obstinado taxista. Una vez más había dejado su vehículo en la parada de taxis del Paseo de Gracia al cuidado de un taxista amigo, con la promesa de no demorarse mucho, por lo que daba muestras de gran nerviosismo.

—¡Alabado sea Dios! —exclamó al ver a Pocorrabo—. Con usted precisamente quería hablar.

—¿Conmigo? —dijo Pocorrabo, de natural desconfiado de quien mostraba interés por su persona.

—Un taxista nunca olvida —dijo el taxista—, y ayer, durante el despiadado careo en el despacho de su jefe, usted dio muestras de misericordia y de clarividencia.

—¿Y me estaba esperando para mostrarme su

gratitud? —dijo Pocorrabo, a quien cualquier manifestación de sentimiento resultaba embarazosa.

—No, no —replicó el taxista—, le esperaba para proponerle algo. ¿Tiene tiempo?

—Bueno —balbució Pocorrabo con una mezcla de recelo y desconcierto—, precisamente ahora iba a la farmacia a comprar unos antidepresivos. Pero eso puede esperar: en mi estado, la prisa es poca. ¿Qué me propone?

—¿No lo adivina? —dijo el taxista sin apartar los ojos de la esquina, por si su amigo le advertía por señas de la presencia de un cliente—. Le propongo que volvamos al lugar donde me detuvieron. La excursión merece la pena y el peligro es nulo: la mala suerte es como la buena, nunca toca dos veces seguida en el mismo sitio. De todos modos, si somos dos, uno puede vigilar mientras el otro efectúa un registro a fondo. Mire —se apresuró a añadir al ver que su interlocutor vacilaba—, yo haré la parte arriesgada. Usted se queda en el taxi y si ve venir a la pasma, me toca el claxon. Eso lo puede hacer aunque esté deprimido. Yo, mientras, hurgo por todos los rincones. Algo encontraré. Y si nos trincan, a usted no le pasará nada. A mí, en cambio, con mis antecedentes, me cae la perpetua.

—Francamente —respondió Pocorrabo—, la idea no me seduce. Y no es por miedo ni por desaliento existencial. Es que sin la autorización del jefe, no, qué digo, sin su conocimiento no me parece bien. A este paso, al final la investigación la dirigirá usted, que no es de plantilla. Ni siquiera interino.

—Por eso mismo —insistió el taxista—. A los dos nos vendrá bien: a mí, para hacer méritos, y a usted, para quitarse de encima este mal rollo.

Como siempre que se enfrentaba a una disyuntiva, Pocorrabo sufrió una especie de parálisis cerebral: no tenía fuerzas ni para sopesar los pros y los contras de la propuesta ni para rechazarla de plano, como habría hecho de haber podido. Y habría permanecido indefinidamente en la acera de la calle Valencia si en aquel preciso momento no hubieran salido del portal Buscabrega y el jorobado, todavía enzarzados en la discusión sobre el vestuario: alegaba el uno su mejor derecho y razonaba el otro, procurando no herir los sentimiento de su interlocutor, que el traje de su elección era incompatible con su hechura gibosa y que le sentaría mejor el atuendo maragato, que dispone de amplia esclavina y permite a quien lo lleva acompañarse de un trabuco.

—Las mujeres se pirrarían por ti, si las hubiere —le decía para convencerle.

Ante la presencia inesperada de sus colegas, Pocorrabo decidió compartir con ellos sus dudas acuciantes. Aquéllos le escucharon de mala gana: ninguno quería renunciar a la posibilidad de seguir esgrimiendo sus razones en la disputa, pero por compañerismo y, tras un breve intercambio de pareceres, decidieron dar por buena la propuesta del taxista e incluso acompañar a éste y a Pocorrabo en la expedición.

—Estupendo —exclamó el taxista—, todos para uno y uno para todos. Y al jefe, que le den.

Durante buena parte del trayecto fueron los cuatro en un silencio que rompió el jorobado, siempre ojo avizor, con un grito de alarma.

—¡Atención! ¡El taxímetro está en marcha!

—Hombre —dijo el taxista apresuradamente, antes de que los otros dos se hubieran repuesto de la sorpresa—, bastante hago yo con sumar mis fuerzas a las de ustedes y asumir un riesgo innecesario. La Organización dispone de fondos para resolver los casos y a mí no me paga nadie. ¿Les parece justo?

—Justo o injusto —dijo Buscabrega—, nosotros no podemos pagar la carrera. Para eso hace falta cursar una solicitud y mucho papeleo. Hágase a la idea: de cobrar, nada.

El taxista no respondió, pero dejó el taxímetro en funcionamiento y, a partir de aquel momento, estuvo callado y enfurruñado hasta llegar al punto de destino. Una vez allí, estacionó el taxi donde lo había hecho la vez anterior e indicó a sus acompañantes que podían bajar y proceder según les pareciera: él no pensaba moverse del taxi.

—Habíamos quedado en que nosotros vigilábamos y usted se encargaba del registro —protestó Pocorrabo.

—Eso era cuando pensaba cobrar —repuso el taxista—. Ustedes son los profesionales. Yo soy un aficionado y me gano la vida de otro modo. Si quieren registrar, registren.

Como a ninguno se le ocurrió nada para rebatir aquellas afirmaciones, Buscabrega, Pocorrabo y el jorobado se apearon. Apenas lo hubieron hecho, el taxi arrancó y, sin atender a los gritos de los tres agentes, se fue por donde había venido.

—¡Maldita sea su estampa! —masculló Buscabrega—. Este tío nos la ha jugado.

—Eso no habría pasado —le recriminó Pocorrabo— si hubierais estado más atentos, en vez de discutir como críos por la tontada del vestuario.

—Tú calla —dijo el jorobado—, que el año pasado se te cayeron los pantalones a mitad del aurresku y hay que ver cómo te pusiste.

—¡No es verdad! Sólo se me bajaron hasta medio muslo. Pero no perdí el ritmo y al final fui el más aplaudido.

—Dejad la discusión para más adelante y pensemos cómo salir de este aprieto —terció Buscabrega.

—Ya que estamos aquí —dijo el jorobado—, podemos seguir con el plan del taxista, sin el taxista: uno vigila y dos entran en el almacén a ver qué encuentran.

Los tres se cruzaron miradas interrogativas

por si alguno se ofrecía voluntario. Como no se ofreció nadie, Pocorrabo propuso, a modo alternativo, montar guardia, bien por turnos, bien todos a la vez, y la propuesta fue aceptada por unanimidad.

41

El nuevo pide y obtiene permiso para salir temprano del trabajo: hoy tiene al chico a su cargo y quiere llegar pronto a casa y tener preparada la cena antes de que llegue del colegio: de este modo podrá ayudarle con los deberes sin apremios y si él se deja. Por el camino va confeccionando el menú. Las últimas veces ha habido protestas serias y lo que podría interpretarse como un ultimátum, así que decide probar con unos macarrones suculentos. Entra en un supermercado y compra un bote de salsa de tomate preparada, un cuarto de kilo de carne picada y dos bolsas de queso parmesano rallado. Delante de la sección de congelados vacila: un helado es un éxito seguro, pero no debe malacostumbrar a un chico de esa edad; helados, pasteles y golosinas sólo en ocasiones señaladas y con mesura. Finalmente se lleva cuatro peras y dos kiwis. Antes de entrar en casa se da cuenta de que se ha olvidado de comprar macarrones, ingrediente esencial en toda receta de macarrones. Entra en un colmado regentado por varios paquistaníes y compra un paquete de medio kilo de *penne rigate*.

Durante todo este rato, a pesar de estar las calles concurridas, ha tenido varias veces la corazonada de que alguien le sigue. De todos modos, decide no hacer caso: en la cárcel la psicóloga los conminaba a no escuchar las corazonadas, a desconfiar de la intuición y a no dejarse dominar por los sentimientos. Los impulsos han hecho de vosotros lo que sois, les decía con insistencia, así que, a partir de ahora, represión, represión y represión, y si os volvéis neuróticos, merecido lo tenéis, cabrones. La firmeza de estas admoniciones y su mal carácter le habían granjeado un ascendiente del que incluso ahora, reintegrado a la sociedad, no consigue sustraerse: sólo se fía de lo tangible, sólo reacciona ante los hechos probados. A pesar de eso, y contra su voluntad, de vez en cuando se da la vuelta o se detiene ante un escaparate para observar por reflejo del cristal lo que ocurre a sus espaldas. Nada le resulta anormal, salvo la imagen persistente de una persona enfundada en un chubasquero amarillo, cuya capucha le oculta el rostro que, por añadidura, se tapa con un paraguas abierto, no obstante estar el cielo despejado y brillar el sol. Lo anómalo de esta conducta no le extraña: entre la ingente masa de turistas no faltan prejuicios y atavismos.

Al entrar en casa, otras preocupaciones disipan sus recelos: hace varios días que no lava los cacharros de cocina y no quedan platos ni vasos ni cubiertos ni cazos limpios. Se arremanga y se pone a fregar. Cuando termina, el escurridero es una montaña resplandeciente y en milagroso equilibrio. Desentierra un cazo grande, lo llena de agua, enciende el fuego y pone el agua a hervir. El agua está a punto de borbotear cuando suena el timbre de la puerta. Es pronto, pero quizá en el colegio han adelantado la hora de salida y el chico ha ido directamente a casa de su padre, en vez de quedarse zascandileando con los amigotes, lo cual le complace.

Sin embargo, su fantasía paternal se transforma en sobresalto al abrir la puerta y encontrar en el rellano a la pizpireta Irina enfundada en una especie de malla negra muy ceñida. Como es improbable que anduviera así por la calle sin provocar un tumulto, deduce que ocultaba la provocativa indumentaria bajo otra prenda, quizá el chubasquero amarillo que ha dejado oculto en un rincón del lóbrego zaguán del edificio. Esta deducción le trae sin cuidado: lo que realmente le preocupa es su presencia allí en un momento tan inoportuno.

—¿Te vas a quedar boquiabierto para siempre, o me invitarás a pasar? —pregunta ella alegremente.

Él se hace a un lado, ella entra y él cierra la puerta: prefiere no ser visto por algún vecino en compañía de semejante vampiresa.

—Estoy haciendo la cena —dice.

—Oh, no tenías que haberte molestado —responde ella, no se sabe si con ingenuidad o con ironía—. Sólo he venido por lo que me dijiste el otro día en la terraza del hotel Mandarín. Pero acepto la invitación con mucho gusto.

—¿No podríamos dejarlo para mañana? —dice él—. Mi hijo está a punto de llegar del colegio.

—A mí no me importa —responde ella.

—Irina, no te lo tomes a mal —dice él—, pero no me gusta mezclar la vida personal con el trabajo.

—¿Y yo a cuál de las dos categorías pertenezco? —pregunta Irina, que, por su oficio, no se ofende con facilidad.

Sin esperar respuesta, se adentra en la casa, se detiene delante de la cocina, donde la ebullición hace brincar la tapa del puchero y vierte el agua sobre los fogones.

—¡Hum! ¡Esto huele de maravilla! —exclama.

—Es agua del grifo. Dime a qué has venido y vete a la mayor brevedad. Bastantes complicaciones tengo —dice él secamente.

—Está bien, está bien, entiendo una indirecta —dice ella con aire resignado, pero se deja caer en el desvencijado sofá como si tuviera la intención de prolongar la visita por tiempo indefinido.

Él regresa a la cocina, destapa el cazo donde hierve el agua y echa un puñado de macarrones. Mientras el agua vuelve a hervir, abre la lata de tomate, desenvuelve la carne picada y añade ambas cosas a la pasta, revuelve con una cuchara de palo, baja el fuego y se reúne con Irina en el comedor.

—Tienes diez minutos —dice en un tono neutro, no exento de amenaza, posible resabio de su etapa carcelaria—. Luego te largas por las buenas o por las malas.

—Cuando me dijiste que corría peligro, no te hice caso —dice ella sin dejarse impresionar por la advertencia—. Muchos me han ofrecido una protección que no necesito para ahorrarse un dinero que sí necesito. Tú no pareces de ésos, pero desconfío por principio. Esta mañana, sin embargo, me ha llegado una carta. Es un anónimo, por supuesto, pero la trajo el cartero a mi domicilio; la carta lleva mi dirección y ha sido enviada por correo ordinario. Quienquiera que la haya escrito, sabe dónde vivo.

—Está bien —dice él tendiendo la mano—, veamos esa carta.

En ese momento suena el timbre de la puerta y el nuevo da un respingo.

—¡Demonios, ya ha llegado mi hijo! ¿Lo ves? Con tus tonterías me has apartado de mis obligaciones. Ahora el chico está en la puerta, la cena sin hacer y tú aquí. No quiero que te vea: a esta edad los chicos son muy impresionables y tu presencia le podría causar un trauma. Escóndete y, mientras le distraigo, escurre el bulto. Si quieres, mañana nos vemos y comentamos lo de la carta.

Sin rechistar, Irina se adentra en el pasillo corto, angosto y oscuro que parte del comedor y no parece conducir a ninguna parte, mientras él corre a la puerta, donde suenan timbrazos insistentes. Abre, el chico entra y sin saludar le recrimina el retraso.

—Llevo una hora dándole al timbre.

—Has llegado antes de lo previsto —se excusa su padre— y no te oía porque estaba en la cocina preparando una cena de rechupete. Ya casi está. Mientras le doy los últimos toques, ve a lavarte las manos. Luego me ayudas a poner la mesa.

En la cocina la olla borbotea y rezuma y una nube de vapor hace el aire irrespirable. Empuña el cucharón y levanta la tapa con cuidado, pero la suelta de inmediato al oír un grito emitido por dos voces al alimón.

—¡Papá!

—¿Qué pasa, hijo? —pregunta alarmado.

—¡En el cuarto de baño hay una tía imponente! —responde el chico.

Arroja con rabia el cucharón al fregadero y sale precipitadamente de la cocina. Irina y el chico ya están en el comedor, estudiándose mutuamente con más curiosidad que recelo.

—¿No te había dicho que te escondieras? —le dice a ella.

—Y eso hice —contesta Irina.

—¡Pero no en el cuarto de baño! —dice él.

—¿Cómo iba yo a saber que ese cubículo mal

ventilado era el cuarto de baño? —protesta ella—. No conozco el piso y está todo a oscuras: vives en una gruta; en una gruta pestilente.

Sin replicar, él se afana por buscar una explicación al encuentro.

—Es un asunto de trabajo —le explica a su hijo—. Ya habíamos terminado y esta persona estaba a punto de irse. Antes de salir ha pedido permiso para lavarse las manos.

—Joder, por una vez que hay algo interesante en esta casa... —murmura el chico.

—Un hogar familiar tiene sus reglas —sentencia él en tono paternal—. Ve a hacer los deberes mientras yo despido a esta visita.

Como ve enfurruñarse al chico, Irina interviene.

—Tu padre tiene razón. ¿Te han puesto muchos deberes?

—Una barbaridad —dice el chico.

—Todo es cuestión de empezar —dice Irina con suavidad—. Estoy segura de que sabes un montón de cosas. A ver: ¿cuál es la raíz cuadrada de 137? ¿Quién sucedió a Basilio II en el trono de Bizancio? ¿En qué mar desemboca el Vístula?

—Ni puta idea —responde el chico en tono desafiante.

—¡Matrícula de honor! —exclama Irina—. Lo importante no es el conocimiento, sino el desparpajo. Todo está en internet. Pero el *savoir faire* no te lo da ninguna web. Eso se tiene o no se tiene.

El *savoir faire* y el pene, claro. Yo tampoco habría sabido responder a esas preguntas, pero a base de cara dura, me va de coña.

—¿En serio? —pregunta el chico—. ¿A qué te dedicas? ¿Haces cine porno?

—No —responde Irina—. De vez en cuando, una colaboración, con fines benéficos: te lo piden y no te puedes negar. Pero los rodajes son una lata. Yo prefiero el trato directo con los clientes. ¿A ti te gustaría hacer cine?

—Aún no lo he decidido —responde el chico—. El cine me gusta; porno no; más bien el rollo documental, para concienciar a la sociedad y tal. También me gustaría dedicarme al cómic, pero no tengo mano para el dibujo.

El nuevo escucha este ameno diálogo con una mezcla de complacencia y tristeza: su hijo nunca le ha contado lo que ahora cuenta sin cortapisas a una desconocida. Estas reflexiones y un animado debate entre Irina y el chico sobre la obra de Masamune Shirow y la de Charles Burns quedan cortados por la humareda procedente de la cocina.

—¡Me cago en la leche! —grita el nuevo con desafuero—. ¡Mientras tú perviertes al chico, a mí se me ha quemado la cena!

—No es una gran pérdida —dice ella sin inmutarse, y saca del bolso su teléfono móvil—. Tengo el número de un japonés buenísimo. Ahora mismo pido cena para tres: nigiri, gyozas, soba... ¿Alguna sugerencia?

—¡Maki! ¡Uramaki! ¡Mochi! —grita el chico.

Irina asiente con sonrisa de aprobación y marca el número.

Él se va a la cocina, a ver qué puede salvar de la catástrofe. Aunque no ignora la existencia de manjares procedentes de países lejanos e incluso alguna vez, venciendo su natural repugnancia, ha probado alguno, constatar la existencia de un elemento más que lo separa de su hijo ahonda su abatimiento. Reacciona de inmediato y arroja a la basura el contenido de la cacerola para volver cuanto antes al comedor y evitar que crezca la brecha generacional y la complicidad entre su hijo y aquella mujer capaz de ganarse la voluntad de los hombres en cualquier etapa de su crecimiento. Antes, el chico entra en la cocina, se pone a su lado y le tira de la manga.

—Oye —susurra a su oído—, me encanta tu pareja. Es mejor que mamá.

—No es mi pareja —responde él en voz baja mientras llena de agua la cacerola para que se ablande la parte carbonizada y la pueda rascar más adelante—. Es una prostituta y probablemente una delincuente.

—Papá, no seas antiguo —le recrimina el chico—. Es una trabajadora. Y lo de delincuente es sólo una suposición. Tú, en cambio, eres un delincuente por sentencia firme de la audiencia.

Tanto si ha oído aquel intercambio de pareceres entre padre e hijo como si no, Irina los recibe con su mejor sonrisa cuando regresan al comedor.

—No tardarán en traer la cena —anuncia—. En el ínterin, podríamos volver al asunto de la carta.

—De acuerdo —responde él—, nos ocuparemos de la carta mientras el chico hace los deberes en el dormitorio.

—¡Ni loco! —grita el chico—. ¡Yo esto no me lo pierdo!

—Deja que se quede —intercede Irina—. Tarde o temprano se enfrentará a situaciones parecidas y es mejor que aprenda cuanto antes cómo está el mundo. Sobre todo, el mundo del hampa, al que está destinado por tradición familiar. Además, hacer los deberes sólo sirve para que te pongan más deberes.

El nuevo claudica, se sientan a la mesa y juntan las tres cabezas para leer, a la ingrata luz de una lámpara vetusta, la carta que reza como sigue:

> Hola Chati. Soy un policía corrupto y tengo pruebas que te podrían costar la cárcel, la deportación y quizá algo peor. Así que haz lo que yo te diga. Mira, esta misma noche, a las diez y media, ve al hotel El Indio Bravo y sube directamente a la habitación que tú ya sabes. Allí te daré nuevas instrucciones. Ojo con irte de la lengua, o aparecerás descuartizada donde menos te lo esperas. Y no pienses que me vas a seducir con tus encantos, que yo soy un ceporro y a mí las tías como tú no me van.

—¡Qué pasada! —grita el chico al concluir la lectura—. ¿Puedo hacerle una foto y colgarla en mi página web? ¡Cuando la lean los del cole se van a cagar!

—No digas tonterías —le reprende su padre—. Esto no es una broma. Podría serlo, claro, hay mucho majareta suelto. Pero en este caso, me inclino por lo contrario. Quien la haya escrito conoce el hotel y la habitación donde encontraron al tipo muerto. A mí y a otro nos tirotearon, el recepcionista fue abatido a la puerta del establecimiento y a una compañera se le apareció un fantasma. Y ahora esto. No hay duda de que en ese hotel se cuece algo.

—Entonces —pregunta Irina—, ¿qué hago? ¿Voy o no voy?

—Si quieres saber mi opinión —dice él—, no vayas. No sabemos con qué te amenaza, pero probablemente no será nada, o te habría dado algún indicio. Ir es correr un riesgo inútil.

Irina reflexiona un rato y luego dice con firmeza:

—Quizá tienes razón, pero voy a ir de todos modos. La carta ha llegado a mi casa por correo ordinario: el que la ha escrito sabe dónde vivo y sin duda sabe también dónde trabajo. Si me quisiera agredir físicamente, podría hacerlo sin tantas complicaciones. Al fin y al cabo, escribir un anónimo y concertar una cita también comporta un riesgo. Por otra parte, no me gusta quedarme en la ignorancia: si hay algo que me puede perjudicar, prefiero saber qué es. No he cometido ningún crimen, pero en mi vida ha habido de todo. Me he codeado siempre con gente tortuosa. Y tuve una relación con el hombre que se ahorcó; llevé a cabo algunas gestiones por su cuenta: la carta a la parroquia, lo del bar de Palamós...

—Todo eso ya lo sabemos —dice él—. Algo más debes de haber hecho. Si no me dices más, no sé cómo puedo aconsejarte, y menos aún ayudarte.

—No hagas caso a mi padre —dice el chico—. Conmigo puedes contar para lo que haga falta.

—Y conmigo también, naturalmente —se apresura a decir él para no quedar en mal lugar delante de su hijo—. Si estás decidida a acudir a esa cita misteriosa, yo te acompañaré. No temas, actuaré de manera que mi presencia pase inadvertida, y sólo intervendré si corres peligro.

—De acuerdo —dice ella—. Vamos allá y que sea lo que haya de ser. En estas situaciones lo mejor es coger el toro por los cuernos, o, como decimos en mi país, coger el oso por los testículos.

Se disponen a salir, pero el nuevo agarra al chico sin darle tiempo a ponerse la sudadera.

—Tú no vienes —le dice—. Este asunto no es para menores, son las tantas, todavía no has empezado a hacer los deberes y te has de acostar pronto.

—No —replica el chico—. Yo voy a donde vayáis vosotros: eso no es negociable.

El padre mira el reloj: no hay tiempo para discutir.

—Está bien —acepta—, pero con dos condiciones: la primera, harás lo que yo te diga sin discutir ni protestar; la segunda, te llevas el cuaderno, la tablet o lo que haga falta y en los ratos libres, vas haciendo los deberes.

Con este acuerdo, salen los tres muy decididos.

42

En el sosiego de su despacho el jefe dejaba vagar una mirada satisfecha por la decoración, funcional, moderna, rayana en el buen gusto, y trataba de ordenar las heterogéneas experiencias de sus subordinados en las jornadas precedentes. Transcurrido un largo rato sin haber llegado a ninguna conclusión, dirigió los ojos a la ventana y comprobó con asombro que ya había oscurecido. Para desentumecer las extremidades, tamborileó con las manos sobre la mesa y dio unas zapatetas: la silla salió disparada hacia atrás y el golpe contra la pared le repercutió en las cervicales. Vejado por la desafección de sus propios muebles, se levantó y salió al corredor. La oficina estaba sumida en una oscuridad casi completa: todos los agentes a su servicio tenían la obligación de apagar la luz cuando salían de sus respectivos despachos y de los espacios de uso común: una medida de control y de ahorro sobre la que el jefe insistía a diario. Le satisfizo ver sus órdenes cumplidas y, al mismo tiempo, le invadió una vaga melancolía: la soledad del poder. Ya estaba por salir cuando percibió una franja de luz bajo una puerta: por negligencia o por señoritismo, la señora Grassiela no había pulsado el interruptor. El jefe se dirigió al despacho y abrió la puerta sin llamar. La señora Grassiela no se sobresaltó, porque había oído los pasos en el corredor y esperaba la entrada del jefe. Éste, en cambio, se llevó un buen susto.

—¡Jolines, no esperaba encontrarte aquí! —dijo llevándose la mano al pecho—. A estas horas te hacía en casa, cuidando de tu madre.

—La he dejado con Ricardiño —respondió ella—. Los dos se llevan bien y él es muy servicial y muy hacendoso. Además de cuidar a mi madre, limpia la casa, cocina y hasta se ocupa del perrito. Por ahora se conforma con el alojamiento y el sustento, pero si la situación se prolonga, tendré que fijarle un sueldo y darle de alta en la Seguridad Social.

Mientras ella hablaba, el jefe examinaba la mesa de su subordinada, sobre la que no había nada.

—Veo que no estás abrumada por el trabajo —comentó—. Y si estás libre de responsabilidades, podríamos hacer algo juntos. Francamente, estoy harto de tanta inactividad física. Todos vais de aquí para allá y yo me paso las horas muertas encerrado en mi despacho, atando cabos, sacando conclusiones y decidiendo las próximas acciones. Todo recae sobre mis hombros.

La señora Grassiela levantó las cejas y le dirigió una mirada escrutadora.

—¿Qué me estás proponiendo? —preguntó.

—Hace días que quiero echarle un vistazo al hotel El Indio Bravo —dijo el jefe—. Me barrunto que ahí está la clave del asunto. Vayamos los dos: a mí nadie me ha visto y tú te has ganado la confianza de la recepcionista y conoces el terreno.

—Bueno —respondió ella tras una pausa—. Podemos intentarlo. Pero sería mejor cenar antes de pasar a la acción: se ha hecho tarde y no sabemos cuánto rato nos van a llevar las pesquisas.

—Yo soy de poco comer —dijo el jefe—, pero si te empeñas, a la vuelta de la esquina hay un local pequeño y agradable, con un menú de 8,90 € que no está mal.

—¿No se te ocurre nada mejor? —dijo ella—. Por esta zona hay muchos restaurantes; algunos con estrella Michelín.

El jefe se echó a reír, dando a entender que apreciaba la broma. Luego se puso serio.

—Grassiela —se lamentó—, he de hacer funambulismos para ajustarme al presupuesto.

—Ah, yo creía que pagabas de tu bolsillo —dijo con retintín la señora Grassiela.

—Imposible —lloriqueó el jefe—, tengo muchos gastos.

—Ay, si algo vuelve locas a las mujeres es un hombre tacaño —dijo ella—. Venga, vamos a ese paraíso de la gastronomía.

En un abrir y cerrar de ojos despacharon un frugal tentempié y acto seguido bajaron caminando por el Paseo de Gracia. Al cruzar la Plaza Cataluña, el jefe agarró del brazo a la señora Grassiela y le susurró al oído:

—No te alteres ni te gires, pero desde que hemos salido del restaurante llevamos a un tipo muy raro pegado a los talones.

—No le hagas caso —repuso ella sin inmutarse—. Es mi guardaespaldas.

—No sabía que tuvieras uno —dijo el jefe—. Tiene un aspecto poco tranquilizador. Y lleva un chuzo.

—No es un chuzo —dijo la señora Grassiela—, es un arpón. Lo ha sacado del Museo Marítimo. A ciertas horas hay pocos visitantes y los que vigilan no ponen mucha atención. Lo devolverá cuando ya no le haga falta.

En las Ramblas el denso y aturdido turismo diurno había dejado paso a una concurrencia nocturna de muy distintos hábitos e imperaba el sosiego. Del mar llegaba una brisa cálida y húmeda que expandía por doquier el aroma de comida barata y aceite rancio.

—A veces —dijo el jefe—, Barcelona recupera momentáneamente su antigua imagen: la ciudad provinciana, insana, sórdida y petulante de mi juventud. En aquella época las Ramblas eran el centro neurálgico de una Barcelona que soñaba con ser París en edición de bolsillo. Aquí podías encontrar lo mejor y lo peor y nunca sabías cómo podía acabar la noche, ni dónde, ni con quién. Yo frecuentaba una peña. Muchas noches nos reuníamos en una taberna que cerró hace siglos. Se llamaba, si la memoria no me es infiel, El Antiguo Mesón del Pajarito Frito. Allí bebíamos vino barato y discutíamos hasta el amanecer. Luego íbamos a ver la salida del sol. ¡Todo eso se lo llevó por delante el progreso! Hoy en día esta ciudad está programada para colmar las expectativas de una masa ignorante, previamente manipulada por una impúdica publicidad. ¡En fin! No nos dejemos llevar por la nostalgia. Lo mejor es enemigo de lo bueno y quejarse por lo que no tiene remedio es propio de viejos y de idiotas.

A la puerta del hotel, un travesti que meaba contra la fachada del edificio se volvió solícito para darles las buenas noches y les salpicó los zapatos. Ya dentro, la señora Grassiela comprobó que la chica de la recepción seguía siendo la misma y con un pequeño esfuerzo recordó su nombre: Bro. Bro tenía la atención prendida del móvil y tardó un rato en advertir su presencia. La señora Grassiela le recordó su encuentro anterior y le presentó al jefe como un consultor en materia de apariciones y exorcismos, venido expresamente de Bélgica, donde se acababa de celebrar un congreso. La chica se mostró impresionada, pero era remisa a darles de nuevo la llave de la habitación sellada.

—Desde que la policía dio orden de que ahí no entrara nadie, ese cuarto es el coño de la Bernarda —dijo en tono quejumbroso. Luego, sin embargo, buscó la llave en un cajón y la puso sobre el mostrador—. Yo no se la doy, pero si ustedes la cogen, yo no he visto nada. A mí la policía y el hotel me traen sin cuidado y tanto si hago las cosas bien como si las hago mal, dentro de una semana me pondrán en la calle.

Dicho esto, la recepcionista volvió a su móvil, el viejo lobo de mar se sentó en la butaca del hall y procedió a cargar su pipa de ámbar, y la señora Grassiela, seguida del jefe, subió al segundo piso, abrió la puerta de la habitación, encendió la luz, comprobó que no hubiera nadie oculto y entró. Una vez dentro, a puerta cerrada, el jefe examinó todos los rincones de la habitación. Luego se sentó en el borde de la cama, apoyó los codos en las rodillas y ocultó la cara entre las manos. Transcurrido un lapso prudencial, a juicio de la señora Grassiela, ésta se atrevió a preguntar:

—¿Has llegado a alguna conclusión?

El jefe la miró extrañado, como si le sorprendiera su presencia en aquel lugar.

—¿Una conclusión? ¿Sobre qué? —preguntó.

—Sobre esto —dijo ella dirigiendo la mirada hacia los cuatro puntos cardinales—: la habitación, el fantasma, el presunto suicida, el caso, en general.

—Ah, no —dijo el jefe—. Yo pensaba en otra cosa. ¿Puedes creer, Grassiela, que no había puesto los pies en un hotel desde que enviudé? A la pobre Melisenda le encantaba viajar; por su gusto habríamos estado viajando sin cesar: aviones, trenes, paquebotes... y hoteles. Eso la hacía feliz. Es comprensible: conmigo se aburría como una ostra. Yo, naturalmente, ponía freno a sus delirios. No sólo por el inconmensurable coste de una habitación de hotel, sino por el efecto pernicioso de tanto boato: cuando te has acostumbrado a ver tus necesidades e incluso tus caprichos atendidos por una servidumbre solícita y eficaz, ya no te readaptas a la austeridad de la vida cotidiana.

Hizo una pausa y suspiró hondamente antes de proseguir.

—Ahora, sin embargo, al encontrarme de nuevo en este hotel, rodeado de lujo, me pregunto si no debería haber colmado, de cuando en cuando y con la debida mesura, los antojos de la pobre Melisenda.

43

Llevaban horas vigilando la puerta del viejo almacén frente al cual los había dejado abandonados el taxista y ya no sabían cómo matar el tiempo. Habían jugado a los chinos y al veo veo y, llevados de su celo, habían ensayado algunos bailes, hasta que el jorobado, en el rápido punteado que pide la jota aragonesa, se cayó y se lastimó la rodilla. En lugar de compadecerlo, Buscabrega aprovechó el paréntesis para manifestar su exasperación.

—¡Ya está bien! —rezongó—. ¡Esto es un rollo! Pronto oscurecerá. Yo me vuelvo a la oficina. Si mi mujer se entera de que he vuelto a misiones externas, me mata a broncas.

—¿Cómo piensas volver? —objetó Pocorrabo—. Ni siquiera sabemos dónde estamos. Sólo sabemos que estamos lejos del centro. Y no tenemos teléfono para pedir un taxi, que, por otra parte, tendríamos que pagar de nuestro bolsillo.

—Echemos a andar —sugirió Buscabrega—. Tarde o temprano encontraremos una parada de autobús.

—Un momento —terció el jorobado—. Si volvemos sin aportar algo nuevo a la investigación se nos reprochará haber perdido la tarde tontamente. Yo propongo entrar en el almacén. Nadie nos lo ha ordenado, pero a veces es preciso tomar iniciativas.

—¿Y si hay alguien dentro? —preguntó Buscabrega.

—No creo que haya nadie —respondió el jorobado—. En el rato que llevamos aquí, si hubiera habido alguien dentro, ya habría salido. Estos almacenes no tienen ningún aliciente. Uno viene, hace lo que haya venido a hacer, y se va. A las malas, si hay alguien, lo reducimos entre los tres.

—Es cierto —dijo Pocorrabo—. El infame taxista, siendo uno solo y sin entrenamiento especial, tuvo los arrestos necesarios para entrar: no vamos a ser menos.

Deliberaron un rato y finalmente decidieron que entrarían dos y el tercero se quedaría vigilando para evitar sorpresas. También convinieron en que fuera Buscabrega quien montara guardia: era el de más edad y la reciente experiencia del encierro en un almacén similar o quizá el mismo podía jugarle una mala pasada en el terreno psicológico.

Una vez establecido el plan y tras haber recorrido varias veces el perímetro del edificio en busca de un acceso, encontraron la ventana cuyos cristales había roto la víspera el taxista para acceder al almacén. Metiendo el brazo por la abertura, abrieron el postigo, entró primero Pocorrabo y luego ayudó a entrar al jorobado. El interior del viejo almacén estaba en penumbra: pese a ser aún de día, sólo entraba luz por la ventana rota. A primera vista, el almacén estaba lleno de trastos, amontonados sin orden: muebles viejos, una bicicleta oxidada, una caseta de perro, dos colchones y varias pilas de cajas, unas de madera y otras de cartón. Como el polvo lo cubría todo, dieron por hecho que allí no iban a encontrar nada.

—Ya hemos hecho bastante —dijo el jorobado mirando en todas direcciones con aprensión—. Vámonos por donde hemos venido.

Pocorrabo le disuadió:

—Las cosas nunca se encuentran a la primera. Yo noto algo raro.

—¿Como qué? —preguntó el jorobado.

—Una extraña fragancia —dijo Pocorrabo—. Impropia de un almacén donde sólo se guardan trastos. Como una mezcla de perfumes. No te sabría decir cuáles, aunque me pirran los cosméticos. Yo diría que alguien ha estado aquí no hace mucho. Y, a juzgar por el tipo de fragancia, no era el taxista.

Repasaron el heterogéneo montón de objetos y su perseverancia se vio recompensada: sobre una caja había un sobre en blanco, de regular tamaño, y en su interior, una carta escrita con letra pulcra. Animados por el hallazgo, corrieron junto a la ventana y allí pudieron leer lo siguiente:

Carissimi fratelli. Sono il Papa di Roma. Arrivo subito ed improviso. Nessun dorma! Un bel dì vedremo levarsi un fil di fumo. Addio.

—El italiano tiene esto —comentó Pocorrabo—: con dos frases lo dice todo, pero luego no hay quien se aclare.

—Bueno —dijo el jorobado—, del propio texto se desprende su autoría. Y Monososo nos contó que en su parroquia adoptiva habían recibido aviso de una inminente visita pontificia.

—Es verdad —dijo Pocorrabo—. Hemos de ponerlo en conocimiento del jefe sin tardanza.

Ya se estaba encaramando al alféizar de la ventana para salir por donde habían entrado cuando se abrió la puerta del viejo almacén y en el contraluz se dibujó la silueta de un hombre. Al mismo tiempo se disparó la alarma.

—¡Alto ahí, ladronzuelos! —gritó el hombre de la puerta—. ¡Las manos arriba, donde yo las vea! Y cuidadito, que tengo una pistola. Con silenciador. Y una bala en la recámara. Y mi ayudante tiene otra pistola. Más pequeña, pero igual de mortífera.

Despavoridos y desconcertados, el jorobado y Pocorrabo levantaron las manos estirando mucho los brazos. El hombre se quedó plantado en el vano de la puerta, con las piernas separadas y la cabeza echada hacia atrás, con chulería, y desde allí impartió órdenes a un adlátere cuya silueta había aparecido junto a la suya:

—Acércate y regístralos. Yo te cubro. Procura no interponerte, por si he de disparar antes de hora y te doy a ti sin querer. Tengo buena puntería, pero las armas las carga el diablo.

El adlátere se acercó a ellos dando un rodeo. La penumbra les impedía ver si efectivamente era portador de un arma. Sólo cuando el adlátere estuvo cerca, la luz que entraba por la ventana les permitió distinguir sus facciones.

—¡Anda, pero si es la Boni! —exclamaron al unísono.

—¿Los conoces? —preguntó el hombre de la puerta.

—No —respondió la Boni—. ¿Cómo los voy a conocer, si tienen pinta de facinerosos?

—En tal caso —dijo el hombre de la puerta—, regístralos, y si tienen un sobre con una carta, se lo quitas y lo traes. Luego yo les daré su merecido.

Sin hacerse de rogar, pero dirigiéndole miradas esquivas, entregaron a la Boni el sobre y la carta y ésta, sin decir nada, fue a reunirse de nuevo con el hombre de la puerta.

—¿Tú crees que ahora nos van a liquidar? —preguntó el jorobado.

—No lo sé —respondió Pocorrabo—. No entiendo nada: Buscabrega no nos ha avisado y ahora la Boni está compinchada con nuestro ejecutor. Aquí hay gato encerrado, Chema, te lo digo yo.

El jorobado no le escuchaba. Había cerrado los ojos, doblado el cuerpo y apretado las mandíbulas con la improbable esperanza de transformarse *in extremis* en el Increíble Hulk. Ahora o nunca, pensó mientras retumbaban dos disparos en el viejo almacén.

44

El tiroteo despertó de golpe a Buscabrega, que, privado de la compañía de sus camaradas y fatigado por los variados acontecimientos del día, se había sentado en la acera, había apoyado la espalda en el muro y se había quedado dormido. Tardó un instante en recordar dónde estaba y otro más en comprender la naturaleza de los estampidos que le habían arrancado bruscamente del plácido sueño. Se levantó con esfuerzo, se asomó a la ventana rota y lo que vio en el interior del viejo almacén le dejó patitieso: junto a la ventana yacían inmóviles Pocorrabo y el jorobado y, al otro extremo del local, junto a la puerta de entrada, estaban tirados dos cuerpos más, el de un hombre y el de una mujer, cuyas facciones no alcanzó a distinguir. La corriente de aire le trajo olor a pólvora. Se santiguó y luego pensó en el curso de acción más conveniente: dudaba entre llamar primero a la policía o a una ambulancia; luego se dio cuenta de que no tenía teléfono para llamar a la una ni a la otra. Para entonces los caídos ya se habían levantado, con excepción del hombre de la puerta.

—¿Estáis bien? —preguntó Buscabrega desde la ventana.

—Nosotros sí —respondió Pocorrabo con un deje de irritación en la voz—. Vete con cuidado: alguien anda por aquí pegando tiros.

Con no pocas dificultades, Buscabrega entró por la ventana y se reunió con sus compañeros. La Boni había reptado hasta unirse al grupo. Entre los cuatro reconstruyeron lo sucedido.

—Sólo sé que íbamos a salir cuando sonaron unos disparos y cayó mi jefe —dijo la Boni—. Me refiero a mi nuevo jefe, el de la empresa conservera. Yo me eché al suelo y no vi nada más. Tenía los ojos cerrados para hacerme la muerta.

—Bien merecido lo tiene —dijo el jorobado—. Antes de que lo mataran, él tenía pensado matarnos a nosotros. Y tú le seguías la corriente.

—Bah —dijo la Boni—, ni siquiera tenía pistola. Era un fanfarrón, que en paz descanse. Por eso le seguí la corriente: por lo visto le interesaba la carta. Ya es mala suerte: el primer trabajo que hacemos juntos, y lo asesinan. ¿Pudisteis leer la carta?

—Sí —dijo Pocorrabo—, y no era para tanto.

—Luego nos ocuparemos de la carta —interrumpió Buscabrega—. De momento, hemos de ver qué hacemos en la presente tesitura. Si salimos, es posible que nos acribillen, y si nos quedamos, vendrá la policía y nos cargará el muerto.

En aquel preciso instante una silueta se perfiló en el vano de la puerta. Al verla, los cuatro se echaron de nuevo al suelo y se taparon la cabeza con las manos.

—¡Déjense de chiquilladas y vengan conmigo! —gritó el hombre de la puerta—. ¡La policía ha oído la alarma y los tiros y está en camino! ¡No debe encontrarlos aquí!

—¿Y usted quién es? —preguntó Pocorrabo.

—¿No me reconoce? —repuso el recién llegado en tono dolorido—. Soy el taxista que los ha traído.

Tranquilizados por esta información, salieron a toda prisa; el taxi estaba frente a la puerta, con el motor en marcha; se sentaron detrás Pocorrabo, la Boni y el jorobado, y dejaron el asiento delantero a Buscabrega, el cual, antes incluso de abrocharse el cinturón de seguridad, se cuidó de comprobar que el taxímetro no estaba en marcha. Arrancó el vehículo de inmediato y, después de recorrer escasos metros, se cruzó con un coche patrulla que acudía al lugar de los hechos con gran despliegue de sirenas, bocinas y destellos luminosos.

Cuando se hubieron alejado de la zona y se hubieron mezclado con el espeso tráfico urbano, el taxista refirió a los ocupantes del taxi cómo, después de hacer algunas carreras poco interesantes durante las horas transcurridas entre el abandono y el rescate, se detuvo a descansar en una parada de taxis y allí dio en hacer examen de conciencia, con el resultado de que, si bien la vida de taxista y la de agente secreto eran difíciles de compatibilizar, tampoco podía dejar a sus compañeros en la estacada. Llegado a esta conclusión, abandonó la fila y se dirigió hacia el lugar del abandono. Al aproximarse, como llevase bajadas las ventanillas con objeto de ventilar el interior, pues no era raro que algunos clientes dejaran sus peculiares aromas en el reducido espacio del taxi, y él era contrario al uso de ambientadores, creyó oír la alarma del almacén, que tantos disgustos le había ocasionado a él, seguida de disparos en lontananza. Apretó el acelerador y llegó frente a la puerta del edificio a tiempo de ver cómo un sujeto, cuyas facciones no pudo distinguir, se alejaba tan deprisa como le permitían sus piernas, dejando tras de sí un cuerpo exánime en la entrada.

—Si el muerto hubiera sido uno de ustedes —dijo a modo de colofón—, nunca me lo habría perdonado.

45

Discutiendo a cada paso, cuestionándose recíprocamente el derecho a impartir órdenes y siempre a punto de armar una trifulca, a las diez y cuarto Irina, el nuevo y su hijo estaban parados a la puerta de un restaurante de Döner Kebab ubicado en las Ramblas, al otro lado del frondoso boulevard con respecto al hotel El Indio Bravo, porque el nuevo recordaba muy bien haber sido tiroteado desde aquella posición y quería cerciorarse de que no sucedería otro tanto en aquella ocasión. Tranquilizado al respecto, sin dejarse arredrar por los guiños y muecas burlonas de sus acompañantes, repitió por enésima vez el plan preestablecido y consultó su reloj.

—No nos entretengamos —dijo con voz ronca—; llegamos con mucho retraso.

—¡No faltaría más! —dijo Irina—. Una chica como yo no puede llegar puntualmente a ninguna parte si no quiere parecer una cualquiera.

Sin más, cruzó las Ramblas, atrayendo sobre sí las miradas de los transeúntes y algún piropo trasnochado, y entró en el hotel. Un minuto más tarde, sin llamar la atención de nadie, hicieron lo propio el nuevo y el chico. Una vez en el hall, el nuevo señaló a su hijo un desvencijado tresillo escasamente iluminado por una triste lámpara de pie, en uno de cuyos extremos estaba sentado un hombre de aspecto hosco.

—Siéntate allí, al lado de aquel señor, sin molestar, y ponte a hacer los deberes —le dijo—. Yo trataré de sonsacar a la recepcionista.

El chico obedeció de mala gana y el nuevo se dirigió al mostrador, donde la recepcionista seguía absorta en la pantalla de su móvil.

—Si lo que quiere saber es si acaba de entrar una fulana —dijo la recepcionista sin levantar los ojos y sin dejarle hablar—, está en el piso de arriba. No me pregunte cómo lo sé: cuando un tío va de culo, se nota a una legua. Y no pierda tiempo, porque he oído chillar a una mujer como si la estuvieran descuartizando.

—¡Atiza! —exclamó el nuevo mientras corría hacia la escalera y empezaba a subir saltando los escalones de tres en tres—, ¡la amenaza del anónimo iba en serio!

Llegó al segundo piso, localizó la habitación del muerto, probó a entrar y la halló cerrada. Retrocedió unos pasos, tomó carrerilla y se lanzó con todas sus fuerzas contra la puerta. El hotel no se caracterizaba por una concienzuda labor de mantenimiento y la puerta no resistió la colisión: las astillas quedaron esparcidas por el suelo, dejando los viejo goznes colgados de la jamba. El nuevo se detuvo en el umbral y escudriñó el oscuro aposento. En la cama, cubierto por un sucio edredón, vociferaba un hombre:

—¿Es que no me podéis dejar tranquilo ni media hora, puñeta?

El nuevo creyó reconocer la voz y, con asombro, vio asomar del edredón una cabeza de mujer. Al mismo tiempo oyó un grito a su espalda.

—¡Cuidado, papá!

Los reflejos adquiridos en la cárcel le hicieron echarse al suelo. El arpón pasó silbando sobre su cabeza, atravesó la gomaespuma del colchón y las carcomidas tablas del somier y se clavó en el parqué. Por fortuna, el jefe y la señora Grassiela habían abandonado el lecho y andaban a gatas recogiendo la ropa diseminada por el cuarto.

—¡Me cago en todos los demonios! —exclamó el jefe dirigiéndose al nuevo mientras se abotonaba la camisa con dedos temblorosos—, ¿se puede saber con qué malévolo propósito me has seguido hasta aquí y has elegido este momento para hundir la puerta, mi empuje y mi prestigio?

—Esto no tiene nada que ver con usted, jefe —se disculpaba el aludido—, sino con la chica.

—¿Con ésta? —preguntó en tono incrédulo el jefe señalando a la señora Grassiela, que simulaba recomponerse ante el espejo la alborotada cabellera para no mirar a la cara a su colega, al niño que la observaba con ostensible interés y al viejo lobo de mar, que tironeaba del arpón para arrancarlo del tablón en el que estaba incrustado.

—Con ésa no, hombre —dijo el nuevo en voz baja, como si no se hubiera percatado de la presencia de una mujer en el cuarto—, con la rubia que ha entrado aquí hace un minuto.

—¡Aquí no ha entrado ninguna rubia, idiota! —masculló el jefe—. De sobra se ve que estábamos los dos a solas.

—Pues la rubia ha subido a este piso —insistió el otro— y la recepcionista la ha oído gritar con ganas.

—La que gritaba era yo —admitió la señora Grassiela, sonrojándose levemente.

Insatisfecho con aquellas explicaciones, el nuevo se rascaba la cabeza y parecía dispuesto a continuar el interrogatorio. Su hijo le tiró de la manga.

—Papá, ¿no te das cuenta? —dijo; y como su padre le fulminara con la mirada por haberse entrometido en los asuntos de los mayores, aclaró—: ¿No te das cuenta de que te ha tomado el pelo? Te ha hecho venir al hotel para usarte como testigo de su desaparición. Ella misma escribió el anónimo y luego, ya en el hotel, en lugar de venir a esta habitación, se ha largado por un pasadizo secreto, como en las novelas de Fu Manchú que me leías cuando yo era pequeño.

—¡Ah, twan Fu Manchú! —murmuró con nostalgia el arponero, que había rescatado aquel nombre emblemático de la opacidad de un idioma para él incomprensible.

—De pasadizos secretos, nada —dijo el jefe—. La chica en cuestión se ha ido, pero no sé por dónde. Si hubiera bajado por la escalera se habría encontrado con la caterva que subía y el resto de las habitaciones están ocupadas o están cerradas y tiene la llave la recepcionista.

—Podría tener un cómplice esperándola en alguna habitación —apuntó el nuevo—, pero yo me inclino por el ascensor como vía de escape; por lo menos, así lo usamos Chema y yo cuando nos atacaron.

—En tal caso —dijo el jefe—, dejémonos de divagaciones y vamos a ver a dónde nos lleva ese ascensor.

Salieron todos al pasillo y siguieron al nuevo, que los llevó ante la puerta del ascensor y pulsó el botón de llamada. Mientras acudía el ascensor, la señora Grassiela acabó de ponerse las medias. Al abrirse la puerta, surgió un nuevo problema: el angosto camarín sólo admitía a tres personas. El jefe, que había recobrado el ascendiente propio de su condición, tomó el mando de las operaciones.

—Subid vosotros dos —dijo dirigiéndose al nuevo y a la señora Grassiela— y que os acompañe este Neptuno de vía estrecha. El crío se queda en la recepción y yo voy a buscar refuerzos.

—Ah, no —dijo la señora Grassiela—, tú te esperas aquí hasta que yo vuelva: tú y yo tenemos algunas cosas que poner en claro.

Entraron los designados en el ascensor, el nuevo pulsó el botón del piso superior y se cerró la puerta. De inmediato el jefe echó a andar por el pasillo en dirección a la escalera. El chico le alcanzó.

—Oiga, su señora le ha dicho... —empezó a decir.

—¡No es mi señora! —replicó el jefe sin detenerse—. Soy viudo y ésa sólo es una lianta. Primero me hace pagar la cena, luego me compromete delante de mis subordinados y, para colmo, ese fanático que la sigue a todas partes por poco nos convierte en una gilda. Tú haz lo que quieras, guapo, que yo me voy a mi casa.

46

Después de haberse hecho un nudo inextricable con los diez mandamientos, los siete pecados capitales, las tres virtudes teologales, las cuatro virtudes cardinales, las ocho bienaventuranzas, las catorce obras de misericordia y las doce uvas, el anciano párroco dio por finalizada su labor docente, con lo cual Monososo, que había fingido escuchar la catequesis con recogimiento cuando, en realidad, al amparo de la oscuridad reinante en la sacristía donde tenía lugar aquélla y la peculiar fisonomía de sus ojos, había estado durmiendo, se mostró conforme.

—Entonces —le preguntó el anciano párroco—, ¿estás dispuesto a renunciar a todos los falsos dioses? Mira que son muchos, ¿eh? Buda, Ormuz y Ahriman, Visnú, Babalú Ayé...

—No problemo, padre —dijo Monososo—. Usted haga la lista y los vamos tachando.

Al ver tan motivado a su pupilo, al anciano párroco se le hizo un nudo en la garganta.

—En tal caso, podemos proceder sin más tardanza a administrar los cinco sacramentos, dejando para más tarde el matrimonio y la extremaunción. ¿O tienes alguna reserva, hijo? —preguntó al ver a Monososo juntar las cejas y mover los labios.

—No, padre —respondió éste—, pero yo pienso que deberíamos dar un poco de solemnidad al acto. Y como usted mismo me comentó que estaban esperando la visita de alguien importante, como un prelado, un canónigo, tal vez un sufragáneo, pues..., no sé..., si pudiéramos hacer coincidir los dos eventos...

Al oír estas palabras se turbó visiblemente el anciano párroco.

—¿He dicho algo inapropiado, padre? —preguntó Monososo.

—No, hijo, no, todo lo contrario —respondió el anciano párroco—. Tu pretensión es legítima y tu afán es loable. Pero sólo de pensar en esa visita la cabeza me da vueltas. Verás..., no debería decírtelo, porque se trata de un asunto eclesiástico de la máxima trascendencia y tú, al fin y al cabo, todavía eres un réprobo, pero no tengo a nadie más con quien me pueda desahogar.

Hizo una pausa, abrió la puerta de la sacristía para asegurarse de que nadie podía oírle, y prosiguió entre suspiros.

—Al principio yo creía que la incomparecencia del otro día daba por concluido el asunto. Carpetazo, ya me entiendes. Sin embargo, hoy mismo, hace apenas una hora, me ha llegado una carta redactada en términos inequívocos, por más de estarlo en italiano. Él está en camino.

—¿Quién? —preguntó Monososo.

—¡Baja la voz, insensato! —cuchicheó el anciano párroco—. Esto ha de quedar entre nosotros. Si antes había dudas, ya no las hay: quien viene es el vicario en persona.

—¿El vicario general castrense? —dijo Monososo.

—No, hombre. El vicario del de allí —dijo el anciano párroco señalando con el dedo índice al techo y dirigiéndolo de inmediato al suelo—, aquí.

—¿El Pa...? —empezó a decir Monososo.

—¡Chitón! —siseó el anciano párroco agarrando a Monososo por el brazo con inusitada energía—. No debes pronunciar nombres: las paredes oyen y es obvio que... él —al decir esto volvió a señalar el cenit y el nadir de la angosta sacristía— no desea dar publicidad a su viaje. La causa de ello no la dice, así como tampoco la forma de mantener el incógnito, pero sí da a entender, de modo implícito, que la protección del secreto es responsabilidad nuestra.

—Vaya marrón, padre —dijo Monososo.

—Ya lo creo, hijo —admitió el anciano párroco—. De momento, he tomado las medidas más extremas: los actos públicos, tales como misas, bautizos, bodas, funerales, viacrucis, etcétera, han sido aplazados *sine die* y he prohibido a las beatas venir a rezar bajo pena de excomunión. Sólo queda esperar. Lo que no entiendo, francamente, es cómo... esa persona... piensa pasar inadvertida en una ciudad como ésta, donde su imagen está presente en todos los hogares.

—Bah, por eso no se preocupe, padre —le tranquilizó Monososo—. Hay muchas maneras de disfrazarse. Al individuo en cuestión, si se tiñe el pelo, se pega un mostacho y se viste de mindundi, no lo reconoce ni Dios. Ésta es la técnica más sencilla. Por supuesto, hay otras.

A continuación, Monososo refirió al acongojado clérigo cómo en el kabuki, espectáculo cimero de la cultura japonesa, los papeles femeninos los representaban siempre los famosos *onnagata*, hombres a menudo de edad avanzada, cuya elaborada caracterización, tanto en el maquillaje como en el vestuario, la exquisita modulación de la voz y la gesticulación refinada, no sólo hacía imposible distinguirlos de las mujeres verdaderas, sino que, a juicio de los aficionados a semejante coñazo, podían encarnar a princesas, cortesanas, brujas, etcétera, con mayor verosimilitud que aquéllas.

—Entiendo el concepto, hijo —dijo el anciano párroco al término de la explicación—, pero algo dentro de mí me impulsa a considerarlo perverso. Espero que el Santo Padre recurra a un artificio menos sofisticado.

—Pues cuando va de él mismo tampoco es el paradigma del macho —dijo Monososo.

Entretenidos en esta amena plática, tardaron un rato en darse cuenta de que, no obstante la interdicción a que había aludido anteriormente el anciano párroco, se oían voces en la iglesia. Entornaron la puerta de la sacristía y por la rendija vieron a un puñado de personas que corrían por la nave central y el transepto, gritando enfervorecidas:

—¿Dónde está el Papa? ¡Queremos ver al Papa! ¡Viva Francisco!

47

Con precavida lentitud, por si agazapado en la penumbra alguien los aguardaba con malas intenciones, el nuevo abrió la puerta del ascensor, miró hacia los cuatro puntos cardinales y sólo cuando se hubo convencido de estar a salvo de asechanzas, abandonó el ascensor, seguido de la señora Grassiela y de su fiel guardián, el viejo lobo de mar. Como una inspección somera confirmó que no había nadie en aquella azotea ni en las colindantes, no supieron qué hacer y se quedaron contemplando el panorama: iluminados con pericia municipal, los esplendorosos monumentos de Barcelona se recortaban contra el cielo negro: la catedral, Santa María del Pino, Santa María del Mar, Colón y otros varios, a cuál más bonito.

—¡Ah! —dijo el nuevo al cabo de un rato abriendo los brazos como si quisiera abarcar el horizonte—. Es triste pensar que en esta bella urbe anidan la traición y la mentira.

—No te lo tomes así —dijo la señora Grassiela—. Si nos engañamos a nosotros mismos continuamente, ¿cómo no vamos a engañar al prójimo? Mírame a mí, como una tonta en la cama con el jefe.

—Es distinto —repuso él—. Lo vuestro es un desliz. Ella, en cambio, ha actuado con fines criminales.

—Eso lo decidirán los tribunales, si procede —dijo la señora Grassiela—. A ti nadie te ha dado jurisdicción en este asunto.

—Es verdad —admitió el nuevo—. Hablo así por despecho, aunque la culpa sólo es mía: nunca debí hacerme ilusiones. Una mujer como ella no podía corresponder a mis sentimientos.

—Eso tampoco lo sabes —dijo la señora Grassiela—. ¿Le hablaste a ella de los tuyos?

—No hubo ocasión —suspiró él—, ni, de haberla habido, me habría atrevido a declararme.

—¡Joder, cómo sois los hombres! —le recriminó la señora Grassiela—. Cuando se trata de insultar, protestar, juzgar y condenar, siempre encontráis el momento y las palabras. Pero cuando se trata de decir algo agradable, se os ha comido la lengua el gato.

—¡Micifuz! ¡Micifuz! —gritó de repente el viejo lobo de mar, interrumpiendo el intercambio de confidencias entre los dos agentes agobiados por el malquerer.

—¿Habla nuestra lengua? —preguntó el nuevo, dirigiéndose tanto al anciano marino como a su valedora.

—Ni la nuestra, ni ninguna —respondió la señora Grassiela—. Pero sé lo que quiere señalar a nuestra atención.

Dirigió con el dedo la mirada del nuevo y éste vio un barco atracado en las tranquilas y negras aguas del puerto.

—Ahí —aclaró ella ante el evidente desconcierto de su interlocutor—, en ese punto exacto, estaba el yate que se hundió y cuyo patrón sigue en paradero desconocido, una vez descartado que fuera él quien apareció ahorcado en este hotel. Ahora empiezo a entenderlo todo. Entre esta azotea y el barco hay comunicación directa, sin necesidad de recurrir a teléfonos u otra tecnología. El ascensor, presuntamente averiado, pero en pleno funcionamiento, hacía el resto.

El nuevo se rascaba la cabeza.

—¿Insinúas que enviaban mercancía desde el barco hasta el hotel? ¿Volando?

—Nadie dice que fuera mercancía material —dijo la señora Grassiela—. La ley de la oferta y la demanda admite muchas variantes. Eso, de todos modos, lo sabremos cuando demos con tu chica. Ella nos contará la razón de tanto misterio y quizá, de paso, cuáles son los dictados de su corazón.

—¿Cómo haremos para encontrarla? —preguntó él.

—Repasando todas las cosas que te dijo —respondió la señora Grassiela.

—Sólo eran mentiras —dijo él.

—Precisamente —dijo la señora Grassiela—. La verdad no tiene doblez: dice lo que quiere decir y ya está. En cambio, las mentiras tienen muchos significados y la gracia está en encontrarles el más revelador. Haz un esfuerzo por recordar todas vuestras conversaciones. Tampoco han sido tantas ni tan profundas. Y si te resulta penoso, piensa que es tu trabajo: ahora has de pensar; ya sufrirás luego.

Al pobre nuevo le mortificaba recordar los breves fragmentos de que se componía su relación con la desaparecida bajo el prisma de la falacia y la maquinación.

—Me contó que había tenido un novio —dijo entre dientes—, y también que había frecuentado la compañía del muerto o del patrón del yate, sean o no la misma persona, y a instancias de éste había cumplido dos encargos: llevar una carta a un bar de Palamós y otra a una parroquia de Barcelona. Los dos objetivos han sido investigados: Pocorrabo fue a Palamós y Monososo está haciendo aprendizaje espiritual en la parroquia. En ambos casos los resultados distan de ser satisfactorios.

—Claro —replicó la señora Grassiela—, no dieron resultado porque partimos de unos datos que considerábamos verdaderos. Pero ahora sabemos que eran mentiras, o medias mentiras, encaminadas a un fin. Todo encaja, ¿no lo ves? Palamós sin duda es un centro de operaciones, como lo es esta birria de hotel. Y también debe de serlo la parroquia a donde llevó la carta. Y si esta noche ha sido la elegida para hacernos venir al hotel, algo ha de suceder también en Palamós y en la parroquia. A Palamós no podemos ir a estas horas, pero a la parroquia sí. ¿Recuerdas cuál era?

El nuevo frunció el ceño tratando de recordar el nombre de la parroquia.

—Mientras haces memoria —dijo bruscamente la señora Grassiela—, vamos a la calle. Aquí acabaremos cogiendo frío, no hay nada que rascar y esperar al jefe es inútil: lo conozco bien y a estas horas ya debe de estar en casa, lavándose los dientes para meterse en la cama.

48

El decrépito catequista se mesaba las barbas y se desgarraba la sobrepelliz al ver la iglesia invadida y divulgado el secreto de la visita pontificia. Demasiado débil, física y mentalmente, para sufrir un colapso, dirigió a Monososo una mirada suplicante. Éste, que había espiado la catadura y conducta de los recién llegados a través de un intersticio de la puerta, le tranquilizó.

—No se me achante, padre. Salgamos a su encuentro y a ver qué pasa.

Emergió de la sacristía la desigual pareja y se dirigió a uno de los recién llegados, que se había arrodillado en un reclinatorio próximo al altar mayor, mientras los otros se colocaban en puntos estratégicos del templo, como si quisieran cubrir el área entera de la vasta nave.

—Hijos míos —balbució el provecto párroco—, éstas no son horas...

—Lo sabemos, padre —respondió el orante—. Somos de la Cofradía de la Adoración Nocturna. Venimos desde Sevilla, en el Ave, cantando el Tantum Ergo todo el trayecto.

Intervino Monososo para sacar de apuros al capellán.

—Traiga el incensario, padre: la ocasión lo merece.

Regresó el achacoso cura a la sacristía, encantado de librarse siquiera un rato de aquella embarazosa situación, y una vez a solas con el orante, dijo Monososo:

—¿Qué coño estáis haciendo aquí?

—Disimula, Monososo —respondió Pocorrabo—. Hemos hallado pruebas de que alguien relacionado con nuestro caso planea venir a esta parroquia esta misma noche haciéndose pasar por el Papa. Hemos tratado de contactar con el jefe para recibir las oportunas instrucciones, pero como no estaba ni en la oficina ni en su casa, nos hemos ido a cenar y luego hemos tomado la iniciativa de personarnos aquí, esperar al sujeto en cuestión y echarle el guante. Después, ya veremos.

Interrumpió la charla el virtuoso badulaque, envuelto en una nube de humo proveniente del incensario, que agitaba con zarandeo de badajo. Al llegar al lugar donde conversaban Monososo y el visitante nocturno, dejó en el suelo el hisopo, se sentó en el banco y se quedó dormido.

Los demás se dispusieron a montar guardia:

Monososo y Pocorrabo, junto al presbiterio, la Boni, a los pies de una estatua de san Antonio, al que había ofrendado una vela para asegurarse dicha y prosperidad en su matrimonio; Buscabrega, dentro de un confesionario, y el jorobado, agazapado a la sombra de la pila bautismal, próxima a la puerta de entrada.

No se prolongó mucho la espera. Acababan de sonar las once en el campanario parroquial cuando se abrió la puerta del templo y, tras unos segundos de cautelosa pausa, entraron en él cuatro personas de muy distinto aspecto. Desde su escondrijo, envió aviso el jorobado, imitando bien que mal el aullido de un coyote, para no causar extrañeza al cuarteto, que avanzaba por el pasillo central con andares circunspectos. La tensión reinante despertó bruscamente a la piadosa cacatúa, que se puso en pie, levantó el incensario del suelo y lo balanceó con tanto vigor como riesgo para su entrepierna, mientras murmuraba:

—En verdad nada es imposible con la ayuda del Altísimo. La caracterización es asombrosa: el Papa no sólo está irreconocible, sino notablemente rejuvenecido; el camarlengo que le acompaña parece una mujer; el archimandrita, un zagal imberbe, y el guardia suizo va tan bien disfrazado que hasta la alabarda parece un arpón de ballenero.

Mientras tanto, los cuatro personajes habían abandonado la zona sumida en tiniebla y se acercaban al presbiterio. Al llegar donde aguardaban

Monososo, Pocorrabo y el trémulo vejestorio, se sentaron en el banco contiguo.

—¿De dónde venís? —preguntó Pocorrabo.

—Del hotel El Indio Bravo —respondió la señora Grassiela—. ¿Y vosotros?

Se refirieron mutuamente sus andanzas y descubrimientos y, satisfechos de ver cómo sus respectivas pistas conducían al lugar presente y contentos de ver incrementadas sus fuerzas en caso de violencia, se distribuyeron de nuevo por el templo, emplazando detrás de la puerta al viejo lobo de mar, para que, en caso de necesidad, pudiera impedir la fuga del sospechoso con el poder disuasorio de su arpón. El nuevo ordenó a su hijo encerrarse en la sacristía y allí, aprovechando el sereno sosiego de la sobria estancia, hacer los deberes. El chico no las tenía todas consigo.

—El sitio da yuyu. ¿No habrá zombis?

—A esta hora, no —le aseguró su padre.

El apostólico carcamal se debatía en un mar de confusiones.

—Por el amor de Dios, díganme la verdad —suplicaba—. ¿Este señor es el Papa?

—No, padre —dijo Monososo—. Vuélvase a dormir tranquilamente, que yo le avisaré cuando llegue el auténtico.

La Boni se había acercado al grupo y se llevó al nuevo aparte.

—Podríamos aprovechar el lugar y a este buen hombre para formalizar lo nuestro —propuso.

Titubeaba el nuevo en busca de una respuesta adecuada a las circunstancias cuando los distrajo un rumor procedente de la entrada y causado por una decena de monjas que habían penetrado en la nave y avanzaban por el pasillo central en doble fila, arrastrando los hábitos, con las cabezas inclinadas en actitud tan sumisa que las amplias alas de la tocas les cubrían por completo las facciones. Sin mirar a nadie, como si en aquel lugar de recogimiento no hubiera otra presencia humana, y tarareando por lo bajinis algo parecido a un himno mariano, del que sólo se podía entender, a modo de estribillo, la palabra *multiusos*, llegaron hasta la mitad del templo y allí, sin que nadie impartiera una orden, pero con gran precisión de movimientos, como si efectuaran una maniobra ensayada, se detuvieron y se sentaron ordenadamente en dos bancos, a la derecha del altar mayor, y allí siguieron, cabizbajas, entonando su salmodia.

Repuesto de la sorpresa inicial, el nuevo se levantó con la intención de dirigirse a ellas, pero la señora Grassiela le retuvo.

—Nada sacaremos de la confrontación —dijo—. Si son lo que aparentan ser, su presencia no altera nuestros planes, y si son otra cosa, las pondríamos sobre aviso. Hagamos como si no las hubiéramos visto.

—¿Y cómo justificamos nuestra presencia aquí a estas horas? —preguntó Pocorrabo.

—Eso es fácil —dijo la señora Grassiela.

Hizo señas a Buscabrega y cuando éste emergió del confesionario y le interrogó con la mirada, ella le señaló el púlpito. No fue necesario más acicate: Buscabrega subió renqueando la diminuta escalera de caracol que conducía al púlpito y allí, con las manos apoyadas firmemente en la balaustrada, se aclaró la garganta y recitó:

—*Il n'y a guère que les motifs surnaturels qui puissent porter l'homme à toute l'énergie dont i est capable; aussi voyons-nous par l'histoire, que les peuples qui ont jeté un grand éclat furent tous vertueux et religieux dans les jours de leur splendeur.*

Las monjitas habían interrumpido el canturreo y escuchaban la prédica en un silencioso recogimiento sólo roto por algún suspiro incontenible.

Siguió una espera tensa, sólo rota por las ocasionales apariciones del chico, que, movido por el tedio de lo suyo y la curiosidad por lo ajeno, abría de cuando en cuando la puerta de la sacristía y asomaba la cabeza hasta que la expresión ceñuda y los ademanes vehementes de su padre le hacían emprender una contrariada vuelta a sus deberes.

Transcurrido un largo rato, cuando casi todos, salvo el predicador, daban cabezadas, se abrió nuevamente la puerta del templo mientras las campanas tañían los cuartos y las horas de la medianoche. Alertados los presentes, todas las miradas convergieron en la entrada.

En el vano de la puerta se perfiló la figura de un hombre de egregio porte. Una túnica blanca como la nieve le cubría del cuello a los tobillos, llevaba una mitra en la cabeza y en la mano sostenía un báculo dorado. Una mayor proximidad, una mejor iluminación y un análisis más atento habrían revelado que la mitra era un cucurucho de cartón, que el báculo era una tubería de cobre rematada por una espita y que en la espalda de la túnica unas letras estampadas decían: Propiedad del Club Natación Badalona. Pero el impacto momentáneo engañó a todos y en especial al seráfico tarugo, que entreabrió los párpados y en la línea divisoria de la duermevela preguntó:

—¿Es Pío XII?

Dio el silencio circundante por afirmación, cayó de hinojos, apoyó en el suelo las palmas de las manos, abrió las extremidades y se quedó despatarrado, con los ojos extraviados, la boca entreabierta y un débil jadeo que no presagiaba nada bueno.

Mientras tanto el recién llegado avanzaba con solemnes andares por el pasillo central. De tal modo atraía todas las miradas que nadie se percató de una silueta femenina que permanecía en la entrada, apoyada en el quicio del portón, escudriñando los rincones del templo y tratando de identificar a sus heterogéneos ocupantes. De este modo percibió cómo el compacto bulto de un jorobado emergía de la sombra empuñando un grueso cirio, cómo dos personas gateaban entre los reclinatorios y otras tantas, siguiendo las instrucciones que les trasmitía por señas el hombre encaramado al púlpito, se disponían a intervenir por la vía directa. Sin perder un instante hizo bocina con las manos y gritó:

—¡Huye, Andrepas! ¡Es una encerrona!

49

Arrojando lejos de sí báculo y mitra y abandonando toda pretensión, y continencia, el sedicente pontífice se arremangó la hopalanda y emprendió una carrera desesperada hacia la salida, pero había avanzado demasiado hacia el interior del templo para alcanzar su objetivo y habría caído fácilmente en manos de sus perseguidores si en aquel momento, como impulsado por un resorte, el nutrido grupo de monjitas no se hubiera levantado e invadido la nave, levantando los brazos y gritando con arrobo:

—¡Papasito! ¡Papasito!

Forcejeaban con ellas los agentes y, con el respeto debido a los hábitos, las interpelaban.

—Por favor, hermanas, no intercepten.

Vano esfuerzo: la obstinada congregación formaba una barrera infranqueable entre el fugitivo y sus perseguidores: de este modo alcanzó aquél la puerta, donde le salió al paso el viejo lobo de mar, aferrando su instrumento.

—¡No le dejes escapar! —gritó Buscabrega, que observaba las incidencias del acoso desde su atalaya.

Ante la temible amenaza del arpón se detuvo en seco el fugitivo. El viejo lobo de mar blandió el arpón, lo mantuvo un instante en el aire y luego lo dejó caer y se hizo a un lado.

Aprovechó el fugitivo la inesperada tregua para ganar la calle, donde le esperaba la mujer, y, cogidos ambos de la mano, emprendieron una atlética carrera, mientras las monjitas hacían lo mismo, con más lentitud a causa de sus sayas, en dirección opuesta. Más jóvenes y ágiles que sus compañeros, Monososo, el nuevo y la Boni salieron del templo: a derecha e izquierda las aceras estaban desiertas. El resto se reunió con ellos para constatar con desaliento el improductivo final de su elaborada maniobra.

Volvieron a entrar en el templo, cerraron la puerta y la señora Grassiela se encaró con el viejo lobo de mar para reprocharle su inexplicable conducta. El aludido, sin entender nada, interpretó por el tono de voz, la expresión y los ademanes que le estaban echando una bronca y se limitó a decir con aire compungido:

—¡Pantalón! ¡Oh, cancán pantalón!

—Pues vaya una explicación —comentó con amargura el jorobado. Y dirigiéndose al resto de sus colegas añadió—: ¿Y ahora qué hacemos?

—Ahuecar el ala cuanto antes —respondió la señora Grassiela—. Es tarde, hemos tenido un día muy movido y no podemos excluir que en cualquier momento lleguen los que os tirotearon en el viejo almacén. Y ésos no se andan con bromas.

Monososo señaló al decrépito párroco: un reguero de baba salía de sus labios azulados y se mezclaba con la ceniza derramada del incensario.

—Este desgraciado está en las últimas —dijo.

La señora Grassiela echó una ojeada al moribundo prelado y dijo:

—Está bien, pide una ambulancia para que recojan a este pobre cura. A lo mejor no está muerto del todo. Tú conoces este lugar y sabrás dónde hay un teléfono. Si preguntan quién eres, no des tu nombre. Di que eres un monaguillo o un novicio, lo que se te ocurra. Chema, entra y borra todas las huellas dactilares que hayamos podido dejar. En la sacristía encontrarás trapos. Cuando hayáis terminado, cerrad las puertas. Y no os olvidéis dentro al chico. Boni, busca una cabina telefónica y, cuando éstos hayan terminado, llama a la policía. Di que eres una vecina insomne y que has visto un grupo sospechoso rondando la iglesia. Si vienen los de los tiros, se llevarán una sorpresa. Los demás, a dormir. Mañana a primera hora, sesión plenaria. Yo me encargo de avisar al jefe.

50

Salvo la Boni, que había querido pasar por casa de la señora Mendieta para disculparse por haber faltado la víspera, cosa, por otra parte, que no pudo hacer, porque a aquella hora la señora Mendieta aún no se había despertado, todos los agentes acudieron puntualmente a la convocatoria, a pesar de lo cual, al entrar en la oficina, descubrieron que el jefe y la señora Grassiela ya estaban allí y actuaban como si llevaran un buen rato enfrascados en los quehaceres del día, y, aunque a nadie le pasó inadvertido que la señora Grassiela llevaba la misma ropa de la noche anterior, todos fingieron no haberse percatado del detalle.

Cuando finalmente compareció la Boni y se hubo pasado lista, con la solemnidad propia de la ocasión, el jefe declaró abierta la sesión plenaria y, sin más preámbulos, dijo así:

—Alguien ha tenido la amabilidad de informarme de lo ocurrido... ¡Estas risitas están de más! Como venía diciendo, he sido informado de lo ocurrido en la parroquia y debo expresar mi profundo enojo y honda decepción por el trabajo de todos los presentes. Ni las circunstancias favorables ni la superioridad numérica impidieron la fuga de dos sujetos claves para la resolución de nuestro caso. Este yerro constará en el expediente de cada uno de ustedes, excepto en el mío, por hallarme ausente en el momento de los hechos.

Hizo una pausa, fingió no ver algún subrepticio corte de mangas, y continuó diciendo:

—La reprimenda no es, sin embargo, el tema principal del orden del día, siendo éste, naturalmente, el asunto que nos ocupa. Anoche, a pesar del fracaso, algo adelantamos. Me refiero al anómalo comportamiento del viejo lobo de mar a la hora de cerrar el paso al sospechoso, tal como se le ordenaba, y a las palabras que pronunció cuando le fue echada en cara su pasividad, por no decir su complicidad en la fuga. No cabe duda de que este hombre, de probado valor, como el que se requiere para enfrentarse a un mar embravecido y a un cetáceo aún más embravecido, no vaciló por apocamiento, sino por una razón más poderosa, que la frase exculpatoria pone de manifiesto. A mi entender, las palabras *pantalón cancán pantalón*, significan «patrón, mi querido o mi estimado patrón». Desconozco por completo el idioma usado por el individuo en cuestión, pero sin duda se trata de una lengua indoeuropea, y todas las lenguas indoeuropeas tienen una raíz común: si uno sabe dos o tres, por ejemplo, castellano, catalán y un poco de portugués, no cuesta nada descifrar lo que se dice en cualquier otra. En conclusión: el viejo lobo de mar no hizo uso de su arpón porque reconoció en el fugitivo a su antiguo y estimado patrón, es decir, el patrón del yate, al que en principio supusimos ahorcado en una habitación del hotel El Indio Bravo.

Hizo una pausa por si alguno de los presentes quería preguntar algo o aportar alguna idea y, como nadie se movía ni decía nada, prosiguió.

—Recapitulemos. Un yate procedente de Palamós atraca en el puerto de Barcelona, su patrón desaparece y la tripulación se disgrega, salvo dos marineros: Ricardiño y el viejo lobo de mar. Unas horas más tarde, el yate se va a pique de resultas de un sabotaje; en su interior, los buzos de la Guardia Civil no encuentran nada extraño. Al mismo tiempo, un hombre aparece ahorcado en la habitación de un hotel de mala muerte, tras haber recibido la visita de una mujer, como al parecer había hecho previamente y con asiduidad: me refiero a las visitas femeninas, a las cuales acude siempre una mujer distinta. También pasa algo que no sé qué es con el ascensor del hotel, desde cuya azotea se divisa el lugar donde atracaba el yate hundido y viceversa. El ahorcado mujeriego no es, como habíamos supuesto al principio, el patrón del yate hundido, ya que éste no sólo está vivo, sino que planea hacerse pasar por el Sumo Pontífice, con una finalidad hasta ahora desconocida por nosotros. Por otra parte, la mujer que visitó al ahorcado por última vez, y a la que localizamos en un prostíbulo del Alto Ampurdán, se pone en contacto con uno de nuestros agentes y le embauca de mala manera para hacerle participar en sus planes. Si, como parece, el patrón del yate y esta petarda están compinchados, se me ocurre que fueron ellos mismos quienes, tiempo atrás, mediante engaño y disfraz, adquirieron la empresa denominada Conservas Fernández, aprovechando las dificultades económicas de dicha empresa, no con intención de reflotarla, sino de usarla como tapadera, junto con el yate y el hotel, de otras actividades de carácter delictual. En términos absolutos, pues, hemos avanzado bastante; en términos comparativos, hemos retrocedido. Hemos averiguado algunas cosas sobre los sospechosos, pero ellos han averiguado muchas más sobre nosotros: nos han visto y saben lo que sabemos; a partir de ahora evitarán la parroquia, el hotel, el viejo almacén y cualquier lugar donde puedan encontrarse con alguno de nosotros. En resumen: los hemos perdido. ¿Alguna pregunta?

Tras un breve silencio, Pocorrabo formuló la que estaba en la mente de todos.

—¿Y ahora qué hacemos?

El jefe sonrió con suficiencia: a todas luces esperaba aquella pregunta y tenía pensada la respuesta.

—Lo que prescriben nuestros estatutos —dijo—: archivar el caso y hacer como si nunca hubiera existido. Éste es el primer mandamiento del decálogo administrativo: cuando algo sale mal, echa las culpas a otro, y si no puedes, hazte el longuis.

Calló el jefe y cundió la consternación entre el grupo, heterogéneo en su composición, pero unido por el común sentido del deber. De nuevo tomó la palabra Pocorrabo.

—Con el debido respeto, me permito señalarle que en el curso de esta investigación nos han tiroteado, nos han secuestrado, nos hemos enfrentado a fantasmas, tanto exteriores como interiores, hemos hecho esfuerzos extenuantes y considerables dispendios. No podemos abandonar así como así.

Los presentes expresaron su aprobación con prolongados murmullos. El jefe esperó a que se calmaran los ánimos y luego replicó:

—Eso es bien cierto, y yo lo sé mejor que nadie. Sin embargo, aunque actuemos en forma individual y afrontemos riesgos también individuales, tanto físicos como psicológicos, no hemos de olvidar que somos una organización. Más aún: una organización encuadrada en la administración pública del Estado. Y para la administración pública del Estado no existe el concepto de abandono. La administración no abandona un asunto; son los asuntos los que abandonan a la administración. Como en el caso presente, del que no volveremos a hablar y que diremos desconocer si alguien nos pregunta por él. Por lo tanto, no habiendo más ítems en el orden del día, daré por levantada la sesión. Cuando se presente un asunto de nuevo cuño o yo lo estime conveniente, se os volverá a convocar por el método habitual.

Sin atreverse a cruzar miradas entre sí, los presentes cerraban sus cuadernos de notas y unos con pena, otros con rabia contenida, empezaban a levantarse para abandonar la sala de reuniones, cuando sonó el timbre de la puerta en forma persistente. Todos permanecieron inmóviles, como a la espera de un *deus ex machina*, hasta que la Boni, a una señal del jefe, acudió a la extemporánea llamada. Transcurridos unos segundos, en medio de la expectación general, regresó cabizbaja y ruborosa para anunciar que quien llamaba, solicitando audiencia con el jefe, era el pertinaz taxista. En vano la Boni le había indicado que en aquel momento el jefe y todos los agentes, incluida ella misma, estaban celebrando una reunión del más alto secreto y en vano le había dicho que, si deseaba hablar con el jefe, podía darle hora para otro día. El taxista, según refirió la Boni, lejos de atender a razones, se puso muy farruco: el motivo de su presencia, dijo, revestía la máxima importancia y no se marcharía de allí hasta haber hablado con el jefe.

—Está bien, Boni —dijo el jefe—, hazle pasar y yo le daré una lección de modales. Delante de todo el mundo, qué carajo.

51

Con aspecto cansado, ojeras violáceas y andares lerdos, pero confianzudo y dicharachero, entró en la sala el taxista saludando a derecha e izquierda con voz canora.

—¡Hola, jefe! ¿Qué pasa, colegas?

El jefe se levantó, extendió el brazo y le apuntó con el dedo, remedando el ademán inmarcesible de Cristóbal Colón.

—¡No dé un paso más, maldito taxista! —bramó con voz aflautada por la ira—. Y métase esto en la cabeza de una puñetera vez: ni yo soy su jefe ni aquí hay ningún colega de usted. Los colegas de usted se ganan la vida honradamente haciendo el taxi sin meter las narices donde nadie los llama. Y si lo que pretende es cobrar alguna carrera atrasada, será mejor que se olvide de su propósito. Váyase y no vuelva a poner los pies en esta oficina si no se le llama. ¿Lo ha entendido?

El taxista se quedó en mitad de la sala, mirando al jefe con la cabeza ladeada y la expresión dolida. Luego dijo:

—No se ponga así, hombre. No hay para tanto. Ya veo que la pifia de anoche le ha puesto de mal humor. Lo comprendo: tener a los dos protagonistas del caso al alcance de la mano y dejarlos escapar no es para tocar las castañuelas.

El jefe tardó unos segundos en reaccionar, en parte por las rotundas e inesperadas afirmaciones del taxista y en parte por la expresión burlona de sus subordinados.

—¿Y a usted quién le ha contado esta sarta de mentiras? —preguntó al fin.

—¿Quién va a ser? —respondió el taxista—. Ellos mismos. Los que les dieron esquinazo: la jamona y el chorbo de la Santa Sede.

—¿Los ha visto? —preguntó el jefe con una mezcla de incredulidad y sobresalto—. ¿Acaso ha tenido con ellos contacto de algún tipo?

—Largo y fructífero —dijo el taxista—. Y no sólo eso: ahora mismo los tengo sentados en mi taxi, a la vuelta de la esquina, a la espera de sus instrucciones. Pero si usted no es mi jefe y yo aquí no pinto nada, me vuelvo al taxi, les digo que se vayan y a otra cosa, mariposa.

Dio media vuelta y se dirigió hacia la salida. El jefe se puso en pie de un brinco.

—¡Espere! —gritó—. Vuelva a entrar, siéntese y explique lo que acaba de decir claramente, por orden y con todo lujo de detalles. Pero le advierto una cosa: como sea una engañifa, cojo un garrote y le dejo sin taxi y sin dientes.

Contento por la expectación creada, el taxista regresó al centro de la sala, se sentó en la silla que se le brindaba con gentileza y allí, rodeado de los ávidos rostros de la concurrencia, cruzó las piernas, se frotó las manos y dio comienzo a su extraordinario relato.

La noche anterior, después de rescatar a Buscabrega, Pocorrabo, el jorobado y la Boni de la emboscada mortal del viejo almacén y de llevarlos hasta la parroquia, donde debían proseguir sus actividades, el taxista se dirigió a la Plaza Cataluña para ver si tenía suerte y pillaba una o dos buenas carreras antes de irse a dormir. Por desgracia, la clientela era poca y mucha la competencia, por lo que, tras hacer unos cálculos, decidió dar por finalizada la jornada laboral y, antes de recogerse, pasar por delante de la parroquia, por si allí ocurría algo interesante. Llegado a su destino, estacionó el taxi en el chaflán, desde donde gozaba de una visión directa del templo y sus inmediaciones, apagó el motor del vehículo y se quedó sentado, ojo avizor. Transcurrido un rato, vio llegar al cuarteto formado por la señora Grassiela, el nuevo, el hijo de éste y el viejo lobo de mar; luego, al recatado tropel de monjitas y, por último, al alevoso Papa y su escultural compañera. A partir de ahí, los acontecimientos se desencadenaron del modo que ya sabemos: alboroto, gritos, la precipitada salida del personaje y los titubeos del arponero. Corrían el fraudulento pontífice y su agraciada cómplice cuando, al pasar junto al taxi, el taxista asomó la cabeza por la ventanilla y con su mejor sonrisa dijo:

—¿Taxi, parejita?

Gratamente sorprendidos por aquel ofrecimiento en apariencia providencial, subieron los dos al taxi, cerraron la portezuela, se abrocharon los cinturones de seguridad, el taxista accionó el motor de arranque, bajó la bandera y echó a andar con presteza, para alivio de los atribulados pasajeros. Una vez se hubieron alejado de la parroquia y, en consecuencia, de posibles perseguidores, el taxista redujo la marcha y, volviéndose hacia los ocupantes del taxi, les preguntó a dónde querían ir. Grave error: al punto el hombre echó el cuerpo hacia delante, miró fijamente al taxista y, con un marcado acento extranjero, dijo:

—¿No nos hemos visto antes, usted y yo?

—No, señor —respondió el taxista.

—Pues su cara me resulta familiar —insistió el otro.

—Eso —dijo el taxista— es porque todos los taxistas tenemos la misma fisonomía; unos, por haber nacido con ella y otros, por haberla adquirido después de varios años de conducir por esta indómita ciudad.

Tranquilizado el suspicaz pasajero, intercambió con su compañera unas palabras en un idioma incomprensible para el taxista y luego le dijo:

—Llévenos a Palamós.

Hizo el taxista como le solicitaban y al cabo de poco dejaban atrás la Ronda de Dalt y circulaban por la autopista C-33. A aquellas horas había pocos coches y aún menos camiones. La conducción suave, el ronroneo del motor y un casete de María Dolores Pradera, que el taxista guardaba para ocasiones similares, no tardaron en hacer su efecto: tras una jornada rica en sucesos y creyéndose a salvo, la atribulada pareja se relajó primero y luego, tiernamente recostados el uno en el otro, se quedaron dormidos antes de que el vehículo se incorporase a la AP-7. Entonces el astuto taxista tomó la primera salida, siguió el bucle y se incorporó a la misma autopista (la C-33) en dirección contraria. Media hora más tarde el taxi se detenía en el Paseo de Gracia, a la sazón casi desierto. Allí el taxista echó el seguro en las cuatro puertas y, al igual que sus confiados pasajeros, descabezó un sueño.

La primera en despertar, con el sol ya alto, fue la mujer. Aún con el torpor de la duermevela, miró por la ventanilla y profirió un agudo grito.

—¡Esto no es Palamós!

La exclamación despertó a los otros dos ocupantes del taxi.

—En efecto —se apresuró a decir el taxista—. Esto es el Paseo de Gracia, y concretamente un tramo fecundo en tiendas de lujo. No traten de salir: he bloqueado las puertas. Naturalmente, pueden recurrir a la violencia, pero en ese caso sonará la alarma y en esta zona proliferan los guardias de seguridad, por no hablar de otros taxistas, que acudirían en tropel si alguien agrediera a un compañero o tratara de dañar su vehículo.

La pareja contuvo sus impulsos y mantuvo un breve diálogo, tras el cual, preguntó ella:

—¿Quién es usted y qué quiere de nosotros?

—Ahora mismo satisfaré su curiosidad, señora, y espero disipar sus recelos —respondió el taxista—. No soy policía ni guardia civil; si quisiera entregarlos habría aparcado delante de una comisaría o casa cuartel y no delante de Tiffany. Tampoco pertenezco a una organización criminal o banda armada. Sólo soy un humilde barcelonés, taxista de profesión, humanista de vocación y aspirante a agente secreto. De ustedes no quiero nada, salvo que hablen con una persona que trabaja aquí cerca. Ya debe de haber llegado. La voy a buscar, recibo instrucciones y vuelvo en un periquete. Espérenme aquí y pórtense bien: de ustedes depende que todo acabe amigablemente o como el rosario de la aurora.

Con estas palabras concluyó el taxista su relato y tanto el jefe como el resto de los agentes, que lo habían escuchado, quedaron complacidos y admirados.

A renglón seguido, dejaron en la oficina a la Boni, al nuevo y a Buscabrega como medida de seguridad y los demás, precedidos por el taxista, acudieron a donde éste tenía encerrados a sus prisioneros. El jorobado reconoció de inmediato a Irina, a la que había visto en la terraza del hotel Mandarín. Al hombre que estaba con ella nadie lo había visto antes. Era un joven alto, atlético, de facciones regulares, frente estrecha y mirada extraviada. A ambos parecía faltarles el aire, bien por llevar un buen rato encerrados a cal y canto en el taxi, bien a causa del desaliento que los dominaba. El jefe golpeó suavemente la ventanilla del auto, se señaló a sí mismo y luego señaló a los demás agentes apostados a los dos lados del vehículo, como dando a entender que podían ser reducidos fácilmente por la fuerza, si bien, por el momento, su propósito se limitaba a dialogar tranquilamente. Desde el interior del taxi Irina movió la cabeza en señal de aquiescencia y el taxista desbloqueó las puertas. Aspiraron los detenidos el aire de la calle y luego se aprestaron a escuchar las palabras del jefe.

—Buenos días —dijo éste—. Permítanme que haga las oportunas presentaciones. No diré nombres. Sólo una cosa: no somos enemigos. Tampoco amigos. Somos neutrales. Ahora ustedes saldrán del taxi y nos acompañarán a nuestras oficinas, con objeto de ser interrogados sin violencia ni coacción. Cualquier resistencia por su parte sólo servirá para agriar nuestras relaciones. Si, por el contrario, se avienen a cooperar, haremos esto: primero saldrá la señorita del taxi y dará la mano a uno de mis agentes, de nombre Chema. Luego el caballero hará lo propio con la señora Grassiela. El resto rodeará a las dos parejas. Con el fin de pasar inadvertidos, durante el trayecto, por lo demás brevísimo, yo iré delante señalando algunos edificios notables y comentando detalles de su arquitectura. Si lo desean, pueden hacer preguntas, pero sólo sobre Gaudí y el Modernismo.

Una vez conformado el grupo con arreglo a las disposiciones dictadas por el jefe, se volvió éste al taxista y le dijo:

—Usted saque el taxi de aquí: tanto rato estacionado sin motivo aparente puede despertar sospechas. Llévelo a un taller, haga que revisen los frenos o cualquier otra cosa. Luego venga a la oficina caminando.

—Ni de coña —replicó el taxista—. Yo no me pierdo ni un minuto del interrogatorio.

—Tanto llamarme jefe y la primera orden que le doy no la quiere cumplir —dijo el jefe—. Haga lo que le he dicho y yo le prometo que no haremos nada en su ausencia. Y si tiene un teléfono móvil, quítele la batería antes de entrar en la oficina.

52

Con un ajustado pantalón de cuero negro, zapatos de tacón de aguja, peluca de color azabache y un maquillaje que una mente timorata habría podido calificar de diabólico, la Boni escudriñaba el rostro de su rival, abotargado y pálido, con las facciones contraídas por la fatiga y el miedo, la piel grasienta y la cabellera desgreñada, y se decía a sí misma: ¡cuántas vueltas da la vida!, y también: ¡lo que va de ayer a hoy!, ¡quién te ha visto y quién te ve!, y otras estupideces similares; pero como tenía buen fondo, aquellas reflexiones, en vez de producirle satisfacción, la movían a lástima, por lo que, *motu proprio*, acompañó a Irina al baño de mujeres y le ofreció el contenido de su abultado neceser. Por su parte, el jefe envió a Pocorrabo a una cafetería a comprar dos bocadillos, dos zumos de fruta y dos cafés con leche para los detenidos, que no habían comido nada desde el día anterior.

Finalizado el aseo, consumido el desayuno y recobrados en parte el ánimo y las fuerzas, como el taxista todavía no había vuelto, el jefe obsequió a los detenidos con una visita guiada por las distintas dependencias de la oficina, les presentó a los agentes que aún no conocían, les explicó el funcionamiento y la historia de la Organización y les refirió algunos de los casos en los que había intervenido con éxito. A todo ello los detenidos prestaban atención y a todo asentían sin despegar los labios, como si estuvieran ensayando el hermetismo con que se disponían a afrontar el interrogatorio, que dio principio en cuanto llegó el taxista y los agentes fueron convocados y se congregaron en la sala de reuniones para escuchar y, en caso necesario, aportar alguna aclaración, expresar un mentís o formular una pregunta complementaria.

Al interrogatorio propiamente dicho le precedió un debate sobre si aquél había de empezar por el hombre o por la mujer, y a este debate le siguió otro debate para determinar si ser interrogado en primer lugar constituía una discriminación a favor o en contra. La propuesta de echar a suertes el orden de los interrogatorios fue rechazada por considerar que no se podía dejar al azar una cuestión de principios, y lo mismo ocurrió con la propuesta de someter el asunto a votación, dada la inferioridad numérica de las mujeres presentes. Finalmente, como se acercaba la hora del almuerzo, se decidió celebrar los dos interrogatorios simultáneamente y en la misma dependencia. Aun así, el jefe se vio obligado a imponer su arbitrio para empezar el turno de preguntas por el detenido, puesto que era él quien había intentado suplantar a una personalidad pública, como era el Papa de Roma, en tanto que a la detenida, en rigor, no se le podía imputar ningún comportamiento ilícito y, por si aquella razón no era suficiente, el varón parecía el menos inteligente de los dos, con lo que posiblemente sería más fácil extraerle información que luego se podría utilizar en el interrogatorio subsiguiente. A esta decisión le precedió el alegato de la detenida, según el cual la Organización carecía de autoridad para detener, retener e interrogar a nadie, que ni ella ni su pareja habían cometido ningún delito, salvo haber llevado él una indumentaria susceptible de inducir a confusión, por lo cual el hecho de estar ambos allí contra su voluntad podía considerarse legalmente un secuestro. A este alegato el jefe repitió que, de no avenirse a responder a sus preguntas, ella y su pareja serían entregados a la policía con cualquier pretexto, por ejemplo, el de no haber pagado la cantidad que marcaba el taxímetro, y, a partir de aquel momento, la Organización se lavaría las manos respecto de ellos, de modo que más les valía no meterse en camisa de once varas.

A eso de la una y cuarto dio comienzo el interrogatorio.

Preguntado primero el detenido por las razones ya expuestas y también, por ser de quien menos se sabía, dijo éste llamarse Andrepas Turnyp y ser originario de Matarovy, mísera aldea de una región de nombre impronunciable, situada en la frontera entre Rumanía y Moldavia, de donde, según fuentes fidedignas, era originario el conde Drácula, si bien la vecina región de Transilvania se lo atribuía sin razón alguna, y también lugar de procedencia de su compañera, allí presente. Diez años atrás, siendo ambos muy jóvenes, habían abandonado su lugar de origen y se habían trasladado a Barcelona, donde él aspiraba a ser fichado por el club de fútbol del mismo nombre. A la vista de sus habilidades, dicho club lo rechazó amablemente, pero lo recomendaron al Club de Fútbol Palamós y le prometieron seguir atentamente su rendimiento sobre el césped con miras a un posible fichaje en un futuro próximo. Durante tres temporadas Andrepas, con el pseudónimo de Evaristo Tartaruga, militó con orgullo en las filas de un club de gran prestigio y solera, si bien relegado en la actualidad a la categoría regional. Jugó bien, marcó goles y concibió esperanzas hasta que una lesión grave, larga y mal curada las disipó. Lastrado por una leve cojera, se ganó la vida como camarero, auxiliar de cocina y otros trabajos similares, siempre en temporada alta, cuando la afluencia de veraneantes aumentaba la oferta; en temporada baja engrosaba las filas del paro y subsistía gracias a los ingresos sustanciosos de su pareja, cuya profesión era sabida de todos los presentes. Un arreglo de aquellas características habría podido calificarse de deshonorable, cuando no de inmoral, de no ser por las circunstancias particulares del caso: había sido ella quien, en un principio, le había instado a vivir de su talento deportivo y no de un trabajo menos glamuroso pero más seguro, y también había sido ella quien lo decantó por el Barça, entonces uno de los equipos más pujantes de Europa, por no decir del mundo, cuando él habría preferido apostar por un club menos exigente, en concreto, el Borussia Mönchengladbach, un equipo sólido, que habitaba cómodamente la zona media de la clasificación en la Bundesliga. Al margen de estas consideraciones, el desempeño de trabajos tan diversos y flotantes, sumado a los años de fútbol, le habían proporcionado contactos y relaciones con personas de muy variada condición, tanto nativas como foráneas, entre las cuales se contaba un personaje excéntrico que, sin mediar voluntad por su parte, había de jugar un papel decisivo en el planteamiento y desarrollo de sus futuras actividades.

En aquel punto la declaración del detenido se vio interrumpida por un timbrazo. Acudió la Boni a la puerta y al poco regresó a la sala diciendo que un tal Ricardiño, acompañado de un perrito, quería ver a la señora Grassiela. Acudió ésta, y Ricardiño, después de pedir disculpas por su intromisión, entregó el perrito a su dueña: le habían convocado a una entrevista de trabajo y no había juzgado prudente dejar al perrito en casa, con la madre de la señora Grassiela, dada la violenta animadversión que existía entre ellos, y no podía llevar al perrito consigo a la entrevista si quería causar buena impresión. La señora Grassiela, con muestras de resignación, se quedó con el perrito, despidió al fiel marinero y aclaró, cuando aquél se hubo ido, que se había visto obligada a dar a Ricardiño la dirección de la oficina por si surgía algún contratiempo, dado que la cautela le impedía a ella, como al resto, disponer de otros medios de comunicación.

Concluido el incidente, prosiguió Andrepas Turnyp su declaración en el punto en el que la había dejado.

53

Desde hacía algo más de una década se había afincado en Palamós un aristócrata inglés, de apellido Jenkins, hombre de unos cincuenta años de edad, robusta constitución, talante expansivo y cuantiosa fortuna. Pagando a tocateja y sin regatear un euro había comprado una casa moderna, de dos plantas, con jardín, piscina y vista al mar en la urbanización del Club de Golf Can Masclet, algo alejada del núcleo urbano, así como un amarre en el puerto deportivo de Palamós, donde tenía atracado un bonito yate de setenta metros de eslora. Nadie entendía la razón de aquellas dos adquisiciones, porque su propietario no jugaba al golf y apenas salía a navegar, razón por la cual la embarcación no disponía de tripulación fija: su dueño la contrataba para cada singladura. En cambio, utilizaba con cierta frecuencia el yate para dar unas fiestas fastuosas en las que todos los invitados se emborrachaban y algunos se caían por la borda, siendo de inmediato rescatados por la policía de costas. De este modo, míster Jenkins adquirió notoriedad entre los habitantes de la localidad, donde se le conocía por el sobrenombre de Lord Pepito.

La existencia de Lord Pepito discurría por cauces tranquilos y previsibles la mayor parte del año; sólo de cuando en cuando un asunto requería su presencia en Londres o en otro punto del planeta; entonces Lord Pepito se ausentaba por periodos indeterminados, a veces de hasta tres meses, transcurridos los cuales, regresaba a su casa de Can Masclet y daba una fiesta en su yate. Nunca contaba nada sobre estos viajes repentinos, pero a veces insinuaba tener estrechos contactos con el MI5, con el MI6 e incluso con el MI7. Esta última afirmación arrojaba dudas sobre la veracidad de las anteriores.

La descripción de la personalidad y costumbres de este anodino personaje venía a cuento porque, durante varios años, Lord Pepito estuvo contratando a Andrepas Turnyp para que éste se ocupara de la limpieza y mantenimiento del yate, y lo vigilara en su ausencia. De este modo el exfutbolista se había ganado la confianza del alegre millonario. Y como éste, además de alegre, se las daba de licencioso, siempre invitaba a sus fiestas a las chicas guapas del lugar, las cuales, a su vez, declinaban la invitación, porque, sin causa conocida, Lord Pepito tenía fama entre las mujeres de baboso y sobón. En cierta ocasión, viéndole apenado por aquel rechazo unánime, Andrepas le sugirió contratar a unas chicas aún más guapas y muy bien dispuestas, que el propio Andrepas conocía, si el frustrado ricacho estaba dispuesto a pagar un alto precio. Aceptó éste y así intimaron Irina y Lord Pepito. Ella le tenía aprecio, porque Lord Pepito era generoso y lo único que esperaba de ella era que le escuchara contar, en un inglés ininteligible, chismes salaces de la familia real inglesa, con la que decía estar emparentado, y que él mismo celebraba con grandes risotadas hasta quedarse roque por efecto del alcohol. Entonces ella lo acostaba en un sofá, le colocaba un cojín debajo de la cabeza, lo cubría con una manta, apagaba la luz, saltaba a tierra, donde la esperaba Andrepas, y los dos juntos se iban a casa.

Entretenidos con aquel sustancioso relato, nadie habría caído en la cuenta de que era la hora del almuerzo si el repulsivo gozque de la señora Grassiela no se lo hubiera indicado con ladridos y otros ruidos aún más enfadosos. En una jornada habitual, el expediente se resolvía sin problemas: unos se iban a comer a sus respectivos domicilios y otros se llevaban a la oficina la comida en un táper. Aquel día, sin embargo, por las peripecias de la noche anterior y la temprana convocatoria, ni los unos habían llevado nada ni los otros se querían ausentar para no perder ni un ápice de las declaraciones. En vista de lo cual, el nuevo sugirió al jefe que le devolviera a Irina momentáneamente el móvil y a ella que llamara a un restaurante, como había hecho la víspera en su casa. Tras una breve consulta, Irina encargó un surtido de tacos, fajitas y quesadillas; alguien propuso añadir unas Coronitas o unas Tecates, a lo que replicó el jefe que quien quisiera cerveza se la pagara de su bolsillo; todos se resignaron a beber agua y el taxista organizó la recogida del material en un santiamén.

Concluido el almuerzo, Irina tomó la palabra y dijo:

—Será mejor que ahora cuente yo mi parte, para una mejor comprensión de la historia en su conjunto.

Cuando Irina, cuya procedencia ya es sabida, siguió a su pareja hasta Palamós, frustradas las aspiraciones de éste a entrar en la plantilla del Barça, a la vista de los escasos ingresos de Andrepas y de su incierto futuro en el terreno deportivo, decidió buscar trabajo en alguno de los prestigiosos prostíbulos de la zona, y pronto lo encontró en El Asombro de Damasco, ya conocido de los agentes y también de los lectores, si de aquel episodio guardan memoria.

Del ejercicio de su nueva profesión Irina no tenía quejas: mientras el negocio fuera próspero, y no había razón para pensar que no iba a serlo hasta el fin de los tiempos, la empresa trataba bien a las empleadas; por su parte, la clientela, formada por caballeros de buena posición, guardaba en todo momento una actitud respetuosa; la mayoría tenía estudios superiores, por lo que su proceder era cohibido y sus preferencias se inclinaban más hacia la conversación que hacia otras cosas: a la hora de quejarse y fanfarronear no se cortaban un pelo; en cambio, era habitual la disfunción eréctil, y cada año se producían entre dos y tres infartos. Andando el tiempo, sin embargo, Irina descubrió que El Asombro de Damasco era un remanso de paz en medio de un infierno. Si bien el negocio era floreciente en una comarca fronteriza y dedicada al turismo y al ocio, los establecimientos de primera categoría, tranquilos y dotados de buenas instalaciones, eran los menos. Los más eran antros insalubres, donde se amontonaban y trabajaban en régimen de esclavitud mujeres procedentes de los cinco continentes; unas habían ido a parar allí atraídas por engaños, secuestradas por traficantes y piratas o vendidas por parientes desalmados; otras, huyendo de la guerra, del hambre, de matrimonios forzados u otros infortunios; no tenían documentación, estaban expuestas a enfermedades y malos tratos por parte de organizaciones criminales y rufianes violentos que no se detenían ante ningún tipo de atropello, incluido el asesinato. Ellas, por su parte, no tenían posibilidad alguna de defensa, porque frente a aquella situación apenas visible para la población, las autoridades adoptaban una actitud apática, temerosas de desencadenar un conflicto que redundara en violencia y, de resultas de ello, en una merma de los atractivos turísticos de la región: si las mafias y los delincuentes resolvían sus asuntos a puerta cerrada, las autoridades estaban dispuestas a mirar hacia otro lado.

La constatación de aquel panorama atroz soliviantó a Irina por partida doble: por su innato sentido de la justicia y por su natural solidaridad con las mujeres de su misma profesión.

—¡Es intolerable, Andrepas! ¡En pleno siglo de la informática! —exclamó.

—Veo lógica en tu planteamiento —respondió Andrepas después de escuchar el espeluznante relato de su compañera: trabajar en el sector de la hostelería le había enseñado a no llevar nunca la contraria y a no dar nunca la razón.

—Por suerte —dijo ella—, aquí estamos tú y yo, para poner coto a este desafuero.

Andrepas se mostró igual de dúctil pero más cauto.

—No veo cómo —dijo.

—Yo tampoco —admitió Irina—. Lo importante, por ahora, es tener las ideas claras. Por supuesto, no podemos acabar con este tráfico inicuo. Pero algo podemos hacer, si no por todas esas desgraciadas, al menos por unas cuantas. Mejor eso que nada.

54

Por razones de trabajo, o simplemente de compras, Irina iba de cuando en cuando a Barcelona, y en uno de aquellos desplazamientos localizó un hotel cuyas características lo hacían idóneo para el plan que iba pergeñando. Al regreso, se reunió con Andrepas y le habló del hotel.

—Llevamos a las chicas a Barcelona y en el hotel se les pierde la pista —dijo Irina.

—Ah —dijo Andrepas—, ¿y cómo las llevamos hasta el hotel?

—Eso ya lo tengo pensado —dijo ella—: en el yate de Lord Pepito. Cuando se ausente, tú te haces pasar por él y organizas una fiesta; invitas a unas cuantas chicas, no muchas, tres o cuatro. El yate zarpa y al día siguiente vuelve, pero las chicas no.

—¿Cómo me voy a hacer pasar por un lord? —objetó Andrepas—. Y, aunque lo consiguiera, no sé maniobrar el yate; sólo sé baldear la cubierta.

—Bah —dijo Irina—, un yate no tiene complicación: hoy en día todo está automatizado: pones dónde quieres ir en el GPS y el barco va solo. De todos modos, no hace falta que hagas nada: podemos contratar una tripulación por horas, como hace Lord Pepito cuando sale a navegar. Fuera de temporada hay mucho marinero dispuesto a trabajar por una miseria.

Poco después de aquella conversación, Lord Pepito se ausentó por unos días. Al enterarse, Irina convenció a una pobre nigeriana de dieciséis años apodada Natillas de que se diera a la fuga: un chulo la pegaba y la ponía a trabajar en un cruce de carreteras, a la intemperie, incluso cuando caían los aguaceros de agosto. Natillas estaba ansiosa por escapar de su lastimosa coyuntura, pero temía las consecuencias si se descubría la fuga. Irina le aseguró que no sucedería tal cosa.

Andrepas dio una vuelta por un par de tabernas del puerto y contrató a cuatro marineros en paro. Aquella misma noche el yate se hizo a la mar con la pobre Natillas de polizona en la sentina. A medio camino, salió de su escondrijo y pidió que la devolvieran a tierra. Andrepas le preguntó el motivo de aquel cambio súbito de opinión.

—Cuando llegue a Barcelona, ¿de qué viviré? —dijo ella—. Aquí me explotan y me maltratan, pero me dan de comer.

Ante aquel argumento incontestable, Andrepas dio orden de virar y poner rumbo a Palamós. Al día siguiente Natillas estaba donde siempre.

—Nos hemos precipitado —reconoció Irina.

Al cabo de unos días volvió con un plan más elaborado.

—No basta con arrancar a las chicas de las garras de esos malhechores —dijo—. Hemos de proporcionarles un trabajo que les permita ganarse el sustento y las dignifique.

—Estoy completamente de acuerdo —dijo Andrepas—, pero lo del trabajo no lo veo fácil: no tienen documentación, no saben hacer nada, son analfabetas y no hablan ningún idioma.

—Y tú sólo sabes poner pegas —le reprochó ella.

Una semana más tarde regresó Irina con una solución al acuciante problema del empleo. En su trabajo los hombres hablaban por los codos; luego las empleadas del prostíbulo se intercambiaban noticias y rumores. Por esta vía Irina había sabido de una empresa conservera local que estaba al borde de la bancarrota.

—¿Y una empresa en ruinas dará trabajo a esas inútiles? —preguntó Andrepas.

—Sí —respondió ella con aire triunfal—, porque la vamos a comprar.

Andrepas se llevó las manos a la cabeza: con los ingresos de ambos apenas conseguían llegar a fin de mes.

—Bah —dijo Irina—, eso es sólo dinero. Para

comprar una empresa no se necesita dinero, sino capital. Y el capital funciona de otra manera. Negociaciones, preacuerdos, transacciones..., los banqueros se entienden entre ellos. Ahora, ni siquiera eso: las computadoras mueven cifras de un lado para otro. Una suma está en la Caja de Ahorros de Cáceres y en dos segundos ya está en Singapur. Sólo hace falta poner en marcha el mecanismo. Pim pam.

—¿Y cómo se hace pim pam? —quiso saber Andrepas.

—También lo tengo pensado —respondió Irina—. Te harás pasar por un comprador extranjero. Eres un potentado de un país asiático y buscas dónde invertir. Les dices que eres amigo de Lord Pepito; ibas en su yate y él te ha contado lo de la conservera. Como están con el agua al cuello, se creerán cualquier cosa.

—Me reconocerán —objetó Andrepas.

—No te hagas ilusiones —le dijo Irina—: la gente de dinero no se fija en el servicio, y de tus tiempos de jugar en el Palamós ya no se acuerda nadie. Con un poco de maquillaje darás el pego. Además, yo iré contigo y sólo me mirarán el escote. Ni siquiera hará falta que hables. Haces unos ruidos, yo me hago pasar por tu intérprete y cierro el negocio.

Andrepas sabía que acabaría haciendo lo que ella le dijera, pero no quería rendirse sin ofrecer resistencia.

—Irina, hace unos años me hiciste ir a Barcelona para ganar la Champions y he acabado en Palamós fregando suelos.

—Esta vez es distinto —replicó ella—. Y no fue culpa mía que te lesionaras.

55

Para sorpresa, escándalo y desasosiego de Andrepas, la operación de compra de la conservera se hizo con facilidad y prontitud, tal como Irina había anunciado. Una vez registrada la propiedad a nombre de un *holding* ficticio con sede en las islas Bermudas, sólo quedaba decidir qué hacer con la empresa, cosa que a Irina no le parecía apremiante.

—Las empresas funcionan solas —dijo—: la producción va por su lado; las ventas obedecen a la ley de la oferta y la demanda, y la contabilidad nada más interviene cuando uno quiere. Dejemos que todo siga su curso. En algún momento el tinglado se irá a pique, pero incluso eso sucederá lentamente. A nadie le interesa quedarse con los activos de una conservera arruinada, unos obreros sindicados, una maquinaria obsoleta y unos almacenes llenos de pescado hediondo. Deudores y acreedores darán largas al asunto y mientras tanto nosotros iremos haciendo nuestra labor. No hemos de perder de vista el objetivo primordial de esta operación.

También en aquel sentido la estrategia de Irina funcionó a pedir de boca. Como Lord Pepito se ausentaba con frecuencia, las fugas se podían planificar con la suficiente antelación y llevar a cabo sin contratiempos. El trayecto era corto, la mar solía estar calma y en las noches claras de verano, el viaje no parecía una fuga sino una excursión. La tripulación estaba encantada de cobrar, aunque fuera una miseria, por hacer un trabajo poco exigente en compañía de unas chicas jóvenes, guapas y alegres. Apenas perdían de vista la línea de costa, marineros y pasaje subían a cubierta y contemplaban la luna, el firmamento estrellado y los fanales de los barcos de pesca. Al cabo de un rato, un marinero desenfundaba un viejo acordeón y sus compañeros cantaban habaneras; luego las chicas cantaban rumbas, boleros y guarachas, y al final, hasta el viejo lobo de mar, contagiado del ambiente, abandonaba su habitual mutismo y entonaba con voz aguardentosa *Por ahí resopla*, *Llamadme Ismael* y otros hits de sus años mozos.

Abrumado por la nostalgia de aquellas horas felices en alta mar, interrumpió Andrepas el relato y aprovechó el jefe la rendija para recobrar ante sus subordinados el protagonismo que los detenidos le habían arrebatado.

—¿Eso era todo? —dijo con una mezcla de alivio y de sarcasmo—. El contrabando no era de drogas, ni de armas, ni de uranio, ni de secretos de Estado..., sólo un puñado de chicas descarriadas.

—No se lo tome así, jefe —dijo Pocorrabo—; era una buena acción.

El jefe le hizo callar con un ademán imperioso.

—No nos vayamos por las ramas. Nuestro cometido no es emitir juicios morales, sino resolver enigmas —dijo. Y una vez restablecida su autoridad, se dirigió a Andrepas con un gesto magnánimo.

—Prosiga —dijo—. Pero antes, aclárenos un punto. ¿A cuántas chicas han sustraído de las garras de sus explotadores, por usar su propia definición, a mi modo de ver altisonante? ¿Cien?, ¿doscientas?, ¿más?

—No, señor —respondió Andrepas con un hilo de voz—. En total han sido quince, de las cuales, trece están a salvo y dos en chirona, una por robar en El Corte Inglés y la otra por cantar a voz en cuello a las tres de la madrugada en zona residencial. A las demás ustedes mismos las vieron anoche, vestidas de monjas, muy modositas. Y todas con un contrato de trabajo legal en la empresa Conservas Fernández, S. A.

—¿Y para eso tanto lío? —dijo el jefe—. El hotel, el muerto, el yate hundido, el secuestro...

—Si me permite —intervino Irina—, le contaré el resto.

La Boni levantó la mano.

—Una moción, con permiso —dijo señalando su reloj de pulsera—. Se ha hecho tarde, esto va para largo y algunos tenemos obligaciones pendientes. En especial el señor taxista, cuyo vehículo ya debe de estar listo hace horas y corre el riesgo de encontrar cerrado el taller. Mi propuesta es la siguiente: aplazar la historia hasta mañana por la mañana.

A imitación de la Boni, los demás agentes habían consultado sus relojes y lanzaban silbidos de sorpresa al advertir la hora. En vista de la unanimidad, el jefe dispuso dar por concluida la sesión hasta el día siguiente. Quedaba, sin embargo, un grave problema por resolver: dónde alojar a los detenidos. Nadie tenía una habitación libre en su casa, el hotel El Indio Bravo había dejado de ser un lugar seguro, así como el viejo almacén, y la posibilidad de pagarles una noche en una pensión cercana quedaba fuera de las previsiones financieras de la Organización. La Boni lanzó tímidamente una propuesta: como aquella noche el nuevo no tenía al chico a su cargo, ella podía dejar su apartamento a los detenidos y mudarse provisionalmente al piso del nuevo, a lo que el interesado se opuso de modo tajante, alegando que si la Boni se metía en su casa, ya no habría forma de sacarla de allí y él, después de la reciente etapa entre rejas, todavía no estaba preparado para renunciar a su pequeña parcela de libertad. Al oír esta razonada respuesta, la Boni abandonó la sala y, aunque cerró la puerta, se la oía llorar a moco tendido en el pasillo. Para solventar aquella embarazosa situación, Pocorrabo propuso que los detenidos pasaran la noche en la oficina, donde había un par de sofás disponibles.

—No es una buena idea —objetó el jorobado—. En cuanto nos vayamos, se escaparán. Las cerraduras son de ñigui-ñogui y el portal se abre desde dentro.

—Por eso, pierda cuidado —dijo Irina—. ¿A dónde vamos a ir? No tenemos dinero y nos persiguen. Si ustedes nos permiten pernoctar, les doy mi palabra de que no tocaremos nada y mañana, cuando vengan, nos encontrarán aquí.

56

La Boni llega a casa de la señora Mendieta con la respiración entrecortada por haber corrido y dedica un rato a balbucear unas disculpas por el retraso, a las que la señora Mendieta no presta la más mínima atención: a la segunda frase, harta de jadeos y de trolas, interrumpe a la Boni para contarle sus actividades del día, pocas, estériles y carentes de interés, que la Boni escucha asintiendo gravemente, porque para eso va todas las tardes a casa de la señora Mendieta y por eso percibe un mezquino emolumento mensual.

Transcurrida media hora de palique, hasta la señora Mendieta se aburre de sus propias vaciedades y guarda un breve silencio. La Boni comprende que ha de intervenir sin tardanza, antes de que la señora Mendieta tenga tiempo de reflexionar, porque la señora Mendieta, como ha llevado siempre una existencia desahogada y desconoce las adversidades, no le tiene miedo a nada, salvo a las cucarachas y a sus propios pensamientos. Pero esta noche la pesadumbre impide a la Boni sacar un tema de conversación para poner de nuevo en marcha la cháchara de la señora Mendieta, de modo que callan las dos y, al cabo de unos minutos, la señora Mendieta se revuelve nerviosa en su butaca. La Boni cree que se avecina una bronca, pero la señora Mendieta habla con calma.

—La semana pasada —dice— fui a un funeral. A partir de una edad, una va con frecuencia a funerales, entierros y velorios; luego, hasta eso empieza a escasear. En esta etapa me encuentro. A mí, francamente, los funerales, ni fu ni fa. Si son laicos, son un tostón, pero duran poco; si son religiosos, duran más, pero tienen el aliciente del sermón. Me encantan los sermones. Si volviera a nacer, me gustaría ser predicadora. Hablar y hablar sin decir nada y ver que todo el mundo te escucha: una maravilla. En América hay canales de televisión donde salen predicadores las veinticuatro horas del día. Yo sería una de ésas. Las misas no me gustan nada. No sé quién las diseñó. Un concilio ecuménico, supongo: se nota la mano de un comité mal avenido. Dios no se merece ese espectáculo deshilvanado y repetitivo. No te estoy hablando de mis creencias, Boni; estoy hablando de ti: ya llegaremos al meollo del asunto; dando un rodeo, claro, para no acabar en un abrir y cerrar de ojos y quedarnos otra vez las dos pasmadas. Todo lo que una quiere decir lo puede decir en una frase, pero luego, ¿qué? Las cosas se han de vestir. Cuando yo era joven, una mujer no salía de casa sin vestirse para la ocasión; mi madre siempre salía a la calle con sombrero y guantes, hiciera frío o calor. De niña vi ese mundo, encorsetado, velado, emplumado; ahora, en cambio, de vieja, veo a la gente en camiseta y bragas. Hasta en los entierros, como el que te he comentado al principio. A pesar de ser poco amiga de las ceremonias fúnebres, no me pareció correcto que el único bien vestido fuera el muerto. En esto, como en tantas otras cosas malas que pasan hoy en día, la culpa la tenemos las mujeres. Las mujeres tenemos asignado un papel importantísimo, y al incumplirlo, traicionamos nuestra naturaleza y nuestra razón de ser. Dios creó al hombre a su imagen y semejanza: lo dice el Antiguo Testamento y lo corrobora el catecismo del padre Ripalda. Pero luego lo pensó mejor y creó a la mujer. ¿Para qué? Para que, llegado el momento, afeara al hombre su conducta. En eso, aunque parezca mentira, el hombre tiene ventaja sobre Dios. Si Dios estuviera casado, no habría hecho muchas de las cosas que ha hecho, te lo digo yo.

Dejó de hablar, pero siguió moviendo los labios, como si mantuviera un soliloquio para sí. Luego cerró los ojos y la boca; la Boni pensó que se había dormido, pero la señora Mendieta abrió los ojos en seguida y miró fijamente a su señorita de compañía.

—Hoy has llegado tarde y has estado llorando —le dijo—. La falta la paso por alto, pero un consejo sí te voy a dar: no hagas caso a ese hombre. No te conviene. Me dirás: ¿usted cómo lo sabe, si no le conoce? Da igual: no te conviene. Eso no significa que lo dejes y te olvides de él. Aunque pudieras no lo harías. Yo sólo te digo que vayas a la tuya, a sabiendas de que no te conviene, como beber, fumar o jugar al bingo. Tienes ganas, lo haces y ya está. Pero no pidas más y, sobre todo, no llores.

57

A la mañana siguiente el primero en entrar encontró la oficina vacía. Conforme iban llegando los demás, se hacían cargo de lo sucedido y se metían en sus respectivos despachos, sin decir ni pío, para eludir cualquier responsabilidad. A aquella primera etapa de estupor siguió otra de atonía, hasta que se abrió la puerta y entraron muy contentos Andrepas e Irina. Al advertir el impacto causado por su aparición, se excusaron diciendo que habían salido a desayunar; no habían dejado una nota porque contaban con volver en seguida, pero luego se habían entretenido charlando y disfrutando de aquellos instantes felices, libres de angustias y persecuciones. La alegría por el regreso de los detenidos impidió que el jefe protestara cuando le dijeron que habían cargado el desayuno a la cuenta de la Organización.

—La Organización no tiene cuenta en ese bar —señaló la Boni—; ni en ningún otro sitio.

—Pues ahora ya tiene una —dijo Irina—, porque la acabamos de abrir. El dueño fue muy amable y no puso pegas cuando le dijimos que trabajábamos para una organización estatal.

—Deploro el precedente —dijo el jefe para zanjar la cuestión—, pero lo pasaré por alto en consideración a las circunstancias especiales que concurren.

En una atmósfera relajada, acudieron todos a la sala de reuniones, ocuparon sus asientos y prosiguió el interrogatorio.

A instancias del jefe, Andrepas e Irina se turnaron para explicar el mecanismo de manumisión de las pobres chicas explotadas.

Una vez atracado el yate en el puerto de Barcelona, Andrepas, con su flamante uniforme de navegante acaudalado (pantalón blanco de dril, blazer con botones dorados y gorra de capitán del Titanic), se registraba en el hotel El Indio Bravo, llevando consigo unos contratos de trabajo suscritos por la empresa conservera, de dudosa validez desde el punto de vista de la legislación laboral, pero suficiente para proteger a su poseedor o poseedora, al menos de un modo provisional, de la deportación sumaria y de otros males. Como parte de la estrategia, Andrepas pedía siempre la misma habitación e informaba al recepcionista de que esperaba una visita femenina, le encarecía con un guiño pícaro la máxima discreción al respecto, deslizaba en el mostrador unos billetes y le obsequiaba con varias latas de conservas, que sacaba del macuto. Acto seguido, subía a la habitación; luego tomaba el ascensor y desde la azotea del hotel lanzaba unas señales luminosas con una linterna en dirección al yate fondeado. Hecho esto, volvía a la habitación y ponía en orden los contratos laborales. No tardaba en hacer acto de presencia en el hotel una de las chicas. Sin decir nada al recepcionista, y de un modo furtivo, dada la presunta naturaleza de su trabajo, subía a la habitación de Andrepas, de donde salía al cabo de un rato y abandonaba el hotel con el mismo sigilo. Mientras tanto, las demás chicas habían ido entrando en el hotel por la azotea y, con bien calculada regularidad, lo abandonaban sin que el recepcionista notase nada extraño en aquella ilógica reiteración, en parte, porque en el hotel se alojaba una clientela variopinta que entraba y salía a todas horas; en parte, porque se pasaba las horas muertas jugueteando con su móvil y todo lo demás le traía sin cuidado, y, en parte, porque el hambre le llevaba a abrir alguna lata de conservas y a comerse su contenido, con lo que debía ausentarse de su puesto en reiteradas ocasiones, impelido por una inaplazable contingencia.

Una vez la última de las chicas había salido del hotel, el grupo, guiado por Irina y utilizando líneas de autobús nocturnas, poco o nada frecuentadas, iba al viejo almacén de la conservera; allí las chicas esperaban uno o dos días y luego se iban integrando paulatinamente en el mundo de la legalidad a través de alguna agencia de colocación poco escrupulosa en materia contractual. En una ocasión en que la operación de rescate coincidió con una huelga de transportes públicos, como era poco factible llegar a pie al viejo almacén, recurrieron a la parroquia de San Hipólito, donde les habían dicho que una mujer caritativa regentaba un servicio de acogida para inmigrantes, indigentes y personas sin hogar. Al llegar a la parroquia se enteraron de que la buena mujer había ascendido a los cielos un año antes y estaba en pleno proceso de beatificación, por lo que el servicio de acogida había sido disuelto por las autoridades eclesiásticas. El párroco que les facilitó aquella información era un viejo chocho: mientras desgranaba explicaciones inconexas y edificantes vaciedades, las chicas se distribuyeron por los rincones de la enorme nave y pasaron allí la noche sin que el párroco se percatara de ello. Más adelante, cuando las cosas empezaron a ponerse mal, Irina y Andrepas recordaron la existencia de la parroquia y decidieron buscar allí refugio, tal como los presentes en el interrogatorio y el lector ya conocen.

—¡Ajá! —exclamó el jefe frotándose las manos—. Todo concuerda con mis deducciones. Sherlock Holmes y su ayudante el doctor Jekyll no lo habrían hecho mejor, pese a ser personajes de ficción, con las ventajas que eso comporta.

La euforia del jefe no era compartida por Irina: si hasta entonces había llevado la voz cantante, ahora enmudeció sin previo aviso, sus facciones se nublaron y de sus párpados entornados rodaron dos lágrimas que la Boni calificó de inmediato para sus adentros como «de cocodrilo», por más que manifestaran una honda tristeza, en vista de lo cual, Andrepas tomó el relevo en el recuento de sus andanzas.

—La rueda de la fortuna es volátil —dijo con más gravedad que coherencia— y los planes más sólidos los tuerce el destino; y si no, se tuercen solos: el resultado es el mismo.

La desaparición ocasional de una pobre chica explotada no causaba alarma entre sus desalmados explotadores: en aquel turbio entorno podía ocurrir cualquier cosa y, si ocurría, lo mejor era echar tierra al asunto. También había habido alguna fuga aislada, que casi siempre terminaba bien en la captura de la fugitiva, bien en su regreso voluntario, una vez ésta comprobaba la imposibilidad de sobrevivir por sus propios medios. Ahora, sin embargo, las fugas se habían vuelto colectivas y, al menos en apariencia, se habían visto coronadas por el éxito, y aquello no lo podían permitir los malvados explotadores, tanto por razones económicas como de prestigio.

Un día de primavera, a la hora del crepúsculo, Andrepas baldeaba la cubierta del yate, oyó voces en el muelle y se asomó. Dos hombres de siniestra catadura le preguntaron a quién pertenecía aquel yate tan bonito: eran forasteros, muy aficionados a los deportes náuticos, y les había gustado precisamente aquella embarcación. Andrepas no se creyó el pretexto, pero disimuló y, con una expresión atontada, no muy distinta de la habitual en él, respondió que lo ignoraba todo acerca del patrón de aquel yate: él era un simple empleado de la limpieza. Pero si hubiera sabido algo, añadió, habría sabido que el patrón del yate estaba ausente y no volvería hasta después de Navidad. Los presuntos forasteros le dieron las gracias y se fueron.

Andrepas informó a Irina de la visita y ella frunció el ceño.

—Volverán —vaticinó—. No cejarán en su empeño hasta que no aclaren el asunto. Confiemos en que Lord Pepito alargue su ausencia tanto como sea posible.

Al cabo de dos días volvieron al muelle los mismos individuos con una catadura aún más siniestra y cuando Andrepas se asomó le dijeron:

—Sabemos que el yate es propiedad de un aristócrata inglés llamado Jenkins. Nos pondremos en contacto con él a la mayor brevedad.

Como no tenían forma de advertir a Lord Pepito del peligro que corría, no les cupo más remedio que esperar. Para colmo de males, Lord Pepito se presentó en el yate de improviso, al cabo de muy pocos días. Andrepas lo llevó al camarote, cerró la escotilla, le hizo sentar en el camastro y le puso en antecedentes de lo sucedido. Sin inmutarse, Lord Pepito se sirvió un vaso de whisky y se lo bebió; luego se sirvió otro y también se lo bebió; luego dijo:

—No he entendido un cuerno. ¿Me está diciendo que usted y su novia han convertido mi yate en un puticlub? ¡Ésta sí que es buena!

—Eso es lo de menos, milord Pepito —dijo Andrepas—. Lo importante es que unos delincuentes le andan buscando y si dan con usted, probablemente le matarán.

Lord Pepito se sirvió otro whisky y repitió:

—¡Ésta sí que es buena!

—Con el debido respeto a su noble condición, yo le sugeriría que izara el ancla lo antes posible, se largara de aquí y no volviese nunca más —insistió Andrepas.

Lord Pepito golpeó la mesa de teca con el vaso vacío e irguió la espalda. Tenía las mejillas muy encarnadas, con un ojo miraba hacia la izquierda y con el otro hacia la derecha.

—¿Escaparme? ¿Salir huyendo? ¿Yo? —exclamó con una entereza y una intrepidez apenas veladas por la lengua pastosa y el tartamudeo—. ¡Jamás! ¡Yo no le tengo miedo a nada ni a nadie! Fui campeón de lucha grecorromana en Cambridge, he cazado tigres en el Himalaya y elefantes en el Indostán. Y aunque ahora estoy retirado del servicio activo, si yo estornudo, el Kremlin se caga. ¿Me ha entendido usted?

Antes de que Andrepas pudiera expresar su admiración ante aquella muestra de hombría, Lord Pepito se llevó las manos al pecho, exhaló un gemido y se cayó muerto del susto.

Andrepas bajó a tierra y avisó a Irina. Ella acudió tan pronto pudo y de inmediato se hizo cargo de la situación.

—¡Mira que llegas a ser bruto! —masculló.

—Yo no tengo la culpa —se defendía Andrepas—: me limité a plantearle las cosas como son y el muy nena la espichó del canguelo.

Como primera medida registraron las pertenencias del difunto. De este modo averiguaron que no pertenecía a la aristocracia, ni había ido a Cambridge, ni había desempeñado nunca un cargo gubernamental; su padre tenía una panadería en Bristol y él había salido por piernas del Reino Unido para escapar de la justicia, acusado de estafa, apropiación indebida, abuso de confianza y suplantación de personalidad. Y el yate era un cascajo que se mantenía a flote de milagro.

—Después de todo —dijo Irina, que no se amilanaba ante ninguna dificultad—, hemos tenido suerte. Los malhechores le atribuían la culpabilidad de nuestras acciones. Mantengamos el malentendido: a fin de cuentas, a él le da lo mismo. Pero si lo dejamos aquí, pronto se sabrá que era un farsante. Más vale aprovechar los medios de que disponemos para dejar este asunto resuelto de una vez por todas.

58

Andrepas trataba de recordarle por enésima vez a Irina la fecha aciaga en que le indujo a probar suerte en el Barça, pero ella, concentrada en la elaboración de un plan infalible, no le escuchaba. Finalmente, le ordenó reunir a la tripulación habitual para zarpar sin tardanza. Andrepas recorrió varias tabernas hasta dar con sus fieles marineros. Como todos estaban sin trabajo, le siguieron sin preguntar, cargaron varias cajas de conservas, aparejaron el barco y pusieron rumbo a Barcelona. Una vez allí, Andrepas convocó a la tripulación para el día siguiente, con la advertencia de que, si él no aparecía, dieran parte a las autoridades portuarias.

Cuando los marineros abandonaron la embarcación para disfrutar de unas horas de asueto, Andrepas e Irina envolvieron el cuerpo de Lord Pepito en una manta y con gran esfuerzo lo sacaron del yate y lo llevaron al hotel El Indio Bravo a través de la azotea. A continuación, Andrepas salió a la calle, entró en el hotel, se registró como había hecho en ocasiones anteriores y subió a su habitación. A poco entró Irina en el hotel y subió directamente a la habitación de Andrepas, sin que el recepcionista advirtiera nada extraño en una secuencia de hechos que había visto repetida con anterioridad. Andrepas e Irina subieron a la azotea, llevaron el cuerpo del difunto a la habitación, lo desvistieron y fingieron el suicidio que dio origen a esta historia. Hecho lo cual, Irina salió del hotel por la puerta y Andrepas, por la azotea. De ahí regresaron al yate y, al amparo de la oscuridad, arrojaron al agua las cajas de conservas y luego Andrepas practicó varios boquetes bajo la línea de flotación de aquél. Dado el estado de la embarcación, no tardaría muchas horas en irse a pique.

—Hasta aquí, todo claro —dijo el jefe—. Lo que no entiendo es el sentido de esta maniobra tan barroca.

—Está claro —dijo Irina adoptando un tono didáctico—. Creyendo que Lord Pepito trataba de escapar a su venganza, los malhechores seguirían el rastro del yate y, al llegar a Barcelona, encontrarían el barco hundido, el patrón ahorcado y la policía por todas partes, en vista de lo cual, optarían por dejar las cosas como están y no remover el avispero.

—Sin embargo, todo salió al revés de como

estaba previsto —apuntó la señora Grassiela—. ¿Por dónde falló el plan?

—Por donde siempre —dijo Irina sin mucha convicción—: el factor humano.

La falta de coordinación entre los distintos cuerpos de seguridad implicados en el caso impidió identificar al muerto con el patrón del yate desaparecido y a éste con el contrabandista de las pobres chicas explotadas, con lo cual los malhechores, lejos de desistir en su empeño, redoblaron sus esfuerzos. Por suerte o por desgracia, la policía no buscaba a Irina y a Andrepas: el caso de las chicas no era constitutivo de delito y, por consiguiente, no era competencia de nadie. Esto les concedía un amplio margen de maniobra, pero frente al peligro real de los malhechores estaban indefensos.

—Cuando ya desesperábamos —dijo Irina—, aparecieron ustedes y nos brindaron una nueva posibilidad de establecer vínculos entre las diversas facetas del caso.

—¿No os lo decía yo? —exclamó el jefe dirigiéndose a sus subordinados—. Tenía razón desde el principio, por más que algunos escépticos, por no llamarlos desafectos, manifestaran dudas.

—Ay —prosiguió Irina, ajena a las bravatas del jefe—, pronto se disipó la esperanza ante la incompetencia, negligencia y falta de dirección de ustedes.

Al oír esto, se levantó la Boni, con las mejillas arreboladas, y exclamó:

—¡Haz el favor de no insultar, lagartona! Por si lo has olvidado, nosotros te localizamos, yo primero, en el prostíbulo, y más tarde, con mi pareja de hecho, en el casino, donde tratabas de desplumar a un incauto. Y nunca nos creímos tus mentiras. Bueno, alguno, en un momento de debilidad, se dejó cegar por unas tretas femeniles relamidas, trasnochadas y pueblerinas. Los demás hicimos bien nuestro trabajo. A vosotros, por el contrario, os ha salido el tiro por la culata y por eso estáis aquí, detenidos y a merced de nuestra decisión.

—¿Y lo de hacerse pasar por el Papa? —dijo Pocorrabo con sorna, para echar leña al fuego—. ¿También fue idea tuya?

Irina bajó la cabeza y adoptó la humilde pose de quien, tras haber intentado por todos los medios salvarse de un naufragio, admite su derrota y deja su destino a merced de los elementos.

—Era nuestra última baza —murmuró—. En la parroquia habríamos encontrado asilo, las pobres chicas, el pobre Andrepas y yo misma. El párroco estaba convencido de que le visitaría el Papa. Vosotros lo echasteis a perder.

—Ahí también te equivocas —replicó Pocorrabo—. Los malhechores se apoderaron de la carta en el viejo almacén y conocían vuestras intenciones. Nuestra presencia en la parroquia os salvó de caer en sus manos, no al revés.

—Basta ya —intervino el jefe al ver que otros agentes pedían la palabra y la discusión llevaba trazas de prolongarse—. Esto no es un concurso de méritos. Las cosas están como están, a saber: hemos resuelto el enigma con éxito, con rapidez y sin sufrir bajas, y tenemos a los dos causantes en nuestro poder. Ahora la cuestión es: ¿qué hacemos? Se abre el turno de propuestas.

Todos levantaron la mano y el jefe señaló a Buscabrega por ser el de mayor antigüedad en la casa.

—Lo más lógico —dijo éste—, sería entregarlos a la policía. Ni siquiera haría falta que nos pusiéramos en evidencia: los llevamos a una comisaría de otro distrito y los dejamos a la puerta, atados como dos fardos.

—La policía, cuando los vea, no sabrá qué hacen ahí —objetó la señora Grassiela.

—Pues dejamos un sobre y dentro la relación de sus acciones —dijo Buscabrega.

—¿Y qué ponemos en el pliego de cargos? —preguntó Pocorrabo—. Como delito tipificado sólo está haber dañado un barco, cuyo propietario no está en condiciones de presentar cargos. Lo demás son minucias.

—¿Y hacerse pasar por el Santo Padre? —dijo Buscabrega.

—Bah, eso lo viene haciendo alguien desde que se murió san Pedro y nunca ha habido quejas —respondió Monososo, muy impuesto en cuestiones eclesiásticas.

—Yo voto por dejarlos ir —propuso la señora Grassiela.

Paseó por la sala una mirada interrogadora y tímidamente el nuevo secundó la moción. Le imitaron el jorobado y Monososo, y finalmente Buscabrega y la Boni, de mala gana, se sumaron al consenso. Sólo el taxista se hacía el remolón, para mostrar su enfado por carecer oficialmente de voz y voto.

—Computados los votos, a los cuales sumo el mío —dijo el jefe con solemnidad—, declaro adoptada la decisión de dejar libres al llamado Andrepas y a la llamada Irina, aquí presentes. Ellos, por su parte, firmarán una declaración conforme a la cual nunca han estado detenidos, por lo que renuncian a cualquier tipo de reclamación; otrosí declararán no haber estado en estas dependencias, ni conocer nuestra Organización ni a ninguno de sus miembros.

En el silencio que siguió a estas palabras, como obedeciendo a la batuta de un invisible maestro, todas las miradas se dirigieron hacia los dos detenidos, ahora liberados, a la espera de las debidas muestras de viva gratitud. No hubo tal cosa. Irina se mostraba cariacontecida y Andrepas parecía abismado en un esfuerzo por comprender el brusco giro de la situación. Al advertir el desencanto de quienes acababan de mostrarse tan magnánimos con ellos, Irina se apresuró a dar una explicación.

—No nos juzguen ingratos. Por nuestra culpa ustedes han asumido riesgos, han sufrido agravios, han incurrido en gastos y han trabajado incontables horas extras, y ahora, cuando tienen la oportunidad de cobrarse deudas tan onerosas, nos dejan marchar. Sin embargo —añadió al cabo de unos segundos—, si su intención es inmejorable, les recordaré que de buenas intenciones está empedrado el veraneo —se interrumpió de nuevo y se aclaró la garganta antes de proseguir—. Quise decir el averno. Cuando me dominan sentimientos encontrados, tengo dificultades para hablar en una lengua distinta de la mía. En este aspecto, como en tantos otros, a pesar de mi aparente tronío, soy una mujer desvalida. En cuanto a este infeliz —añadió señalando con el pulgar a Andrepas, que todavía no había salido de su desconcierto—, basta con verlo: nunca rompió un plato; el único error de su vida fue confiar en mí: si cuando le sugerí lo del Barça no me hubiera hecho caso y se hubiera quedado en su pueblo, sin duda habría jugado en algún equipo local, y quién sabe si hasta le habría fichado el CFR Cluj, de Cluj-Napoca, campeón de primera división de la liga rumana el año en curso. De poco sirve, sin embargo, asumir pasadas responsabilidades: tanto Andrepas como yo estamos en un callejón sin salida. En cuanto pongamos los pies en la calle, nos caerá encima la banda de malhechores y...

El nuevo levantó la mano, pidió disculpas por la interrupción y dijo:

—Esta faceta del problema no me parece preocupante. En el tiempo que pasé en la cárcel traté a muchos delincuentes, conozco su modus operandi y puedo asegurar una cosa: a ninguno le gusta estar fuera de su territorio, en un lugar donde la policía seguramente los tiene fichados y ellos, en cambio, desconocen la topografía, no tienen escondite ni lugar seguro donde dormir sin temor a ser delatados, y no saben en quién pueden confiar y en quién no. Además, no pueden dejar abandonados sus negocios mucho tiempo: en el mundo del crimen la competencia es feroz y una ausencia prolongada les puede costar muy cara. Si los malhechores no se han ido ya, se irán hoy, a más tardar. Yo, si estuviera en vuestro lugar, me encerraría un par de días en el hotel El Indio Bravo. Allí os conocen y aquello es la casa de tócame Roque.

—Gracias —dijo Irina—, eres un cielo. Pero luego, ¿de qué vamos a vivir? A Palamós no podemos volver y, aunque pudiéramos, careceríamos de medios de subsistencia. Andrepas se ha quedado sin barco y yo no puedo volver a mi lugar de trabajo: al margen del peligro, a la empresa no le gusta que tengamos actividades paralelas y yo he faltado mucho últimamente. En resumen: no podemos movernos de Barcelona y aquí estamos condenados a la indigencia.

Ante esta afirmación cundió de nuevo el desánimo entre los presentes, hasta que se oyó una tosecilla proveniente del fondo de la sala y el taxista levantó la mano para pedir la palabra. De mala gana se la concedió el jefe y aquél, tras los titubeos iniciales de quien no está acostumbrado a hablar en público, dijo:

—Si nuestro compañero tiene acumulada larga experiencia sobre el mundo de la delincuencia gracias a su estancia en la cárcel, yo, después de muchos años de traer y llevar en el taxi a gente de muy diversa condición a todas horas y a todas partes, tengo un conocimiento cabal de lo que ocurre en la ciudad. Es más: de lo que ocurre en el mundo. Por consiguiente, si me lo permiten, les puedo hacer una sugerencia.

—Déjese de prólogos innecesarios e insustanciales y, si tiene una propuesta, hágala de una puñetera vez —rezongó el jefe.

—En mi modesta opinión —dijo el taxista tras una pausa, no tanto por humildad como por chinchar al jefe, que le hacía vehementes ademanes para que fuera al grano—, con tanto hablar del aspecto criminal de la cuestión, hemos perdido de vista algo importante. A saber: que, salvo error por mi parte, Andrepas sigue siendo el propietario legal de Conservas Fernández. En cuyo caso, ¿por qué no deja de arreglar los problemas ajenos y se dedica al negocio? La empresa no atraviesa por un buen momento, pero en eso no se distingue de las demás. Dejen de usarla como tapadera de una operación que no va a ninguna parte y sáquenle provecho. No les faltan ideas, ni decisión, ni ganas de trabajar. El Estado ofrece toda clase de ayudas e incentivos. Una solicitud bien hecha y un par de llamaditas del jefe, que tiene muchos amigos donde se han de tener, y en menos de un mes reflotamos el negocio.

Miró a su alrededor y, al advertir entre los presentes muestras de asentimiento, se envalentonó.

—Al principio puede resultar difícil, pero nosotros podemos ayudar. Yo podría conseguir que los taxistas hicieran publicidad de los productos. Primero habría que llegar a un acuerdo con la cooperativa, claro. Y la publicidad tendría que ser encubierta para no incumplir la normativa. Por ejemplo: una pareja sube a un taxi, da una dirección, el taxista baja bandera y exclama: ¡Cómo me gustan las anchoas Fernández! O algo por el estilo. Todavía no he tenido tiempo de meditar el eslogan.

Calló de repente, impresionado por su ingenio, su audacia y su verborrea, y reinó el silencio en la sala de reuniones. Era evidente que la idea iba calando poco a poco en la mente de cada uno, pero que nadie quería ser el primero en dar su opinión. Finalmente, el jefe se rascó la cabeza y dijo:

—Con probar, nada se pierde.

EPÍLOGO

Barcelona. Segunda semana de octubre. Una lluvia cansina va limpiando la ciudad de los restos de un verano largo, agobiante, cálido y húmedo, durante el cual la ciudad ha estado sumergida, como todos los años, en un frenesí donde el bullicio a menudo encubre el hastío. Por la mañana, temprano, todavía con la incierta luz del crepúsculo, se reflejan las farolas en las capotas mojadas de los coches que circulan con exasperante lentitud por la calle Valencia. Bajo los paraguas abiertos se apresuran los peatones con muestras de mal humor: habituados a una sequía perenne, los barceloneses anhelan la lluvia, pero cuando finalmente llega, la llevan mal, quizá porque no están bien equipados para afrontarla. Eso le ocurre a un jorobado, que se detiene ante un portal, cierra el paraguas antes de hora y se queda empapado. El jorobado mira con saña el paraguas, como si fuera a insultarlo o a arrojarlo a un alcorque, pero se contiene: es un paraguas muy barato, de varillas cortas y frágiles, que no tiene la culpa de no servir ni para su propósito original ni para nada. El jorobado se siente vagamente identificado con el paraguas y lo sacude con suavidad; luego mira a la derecha primero, luego a la izquierda y luego se pone de puntillas y da vueltas, como una peonza, hasta asegurarse de que nadie observa sus movimientos; sólo entonces cruza el umbral y se pierde en la oscuridad del zaguán. Pocos minutos más tarde llega ante el portal un hombre de andar cansino, hombros caídos y mirada lánguida. Mira hacia la derecha, como ha hecho antes el jorobado, y luego se encoge de hombros, dando a entender que le trae todo sin cuidado. La noche anterior estaba tan animado, gracias al antidepresivo que le recetó el médico de la Seguridad Social, que decidió echar una cana al aire y, siguiendo el consejo de su propio psicólogo, acudió a un teatro del Paralelo a ver una comedia musical, divertida, moderna, de tema gay y trans, muy acorde con el espíritu de los tiempos, titulada *¡Mira, mamá, sin manos!* Aunque se fue a la media parte, la acumulación de chistes manidos y de mal gusto le volvió a sumir en la postración, de resultas de lo cual ha pasado la noche en vela, acosado por los más negros pensamientos.

Casi de inmediato, bajo un paraguas azul, de buena marca, se acerca al portal con paso decidido una mujer de mediana edad, aún vistosa y pizpireta. Como ha refrescado, lleva echada sobre la chaqueta de cuadros grises y blancos una pashmina de color fucsia; junto a ella, al extremo de una correa trota un perrito feo y despeluchado. La mujer camina con el ceño fruncido y sus labios se mueven con el mascullar silencioso de quien debate consigo un asunto vital y enojoso. Vive con su madre, anciana y demenciada, y la persona que la cuida le ha dado aviso de que las deja dentro de unos días para volver a su antigua profesión: surcar los mares. Su madre y ella siempre se han llevado mal y la única salida sensata a la situación actual sería internar a aquélla en una residencia, pero la mujer no acaba de decidirse, en parte porque le remuerde la conciencia y en parte porque una buena residencia es difícil de encontrar y sale cara. Absorta en este penoso dilema, nota que alguien le da un golpecito en el hombro y se da la vuelta: un peatón, con expresión recriminatoria, le señala la acera, donde el perrito acaba de depositar una cagarruta. La señora asiente, desarruga el ceño, sonríe al peatón y da un puntapié a la cagarruta con tanta fuerza y destreza que ésta sale disparada, describe un arco por encima de los coches y va a caer en la acera opuesta, justo enfrente del Museo Egipcio, sin causar mayores males. El cívico peatón baja la cabeza y se aleja a buen paso.

Así, uno tras otro, cada cual con sus penas a cuestas, van llegando todos los miembros de la

Organización, y hasta uno que en rigor ya no pertenece a ella, puesto que le fue concedida la jubilación a instancias de su mujer, a raíz del incidente ocurrido en el transcurso de una investigación, en el cual llegó a temerse por su vida, y también por razones de edad y de algunos episodios de desorientación: hasta tres veces se introdujo por error en oficinas de otras empresas, donde fue descubierto revolviendo los archivos y metiéndose bolígrafos en los bolsillos. Por fortuna, ninguno de estos lapsus tuvo consecuencias ni salió a la luz, porque en todos ellos hubo alguien que le conocía de verle por el barrio y tuvo la amabilidad de acompañarle a su verdadera oficina y dejarlo al cuidado de sus compañeros. Ahora, sin embargo, acude como si estuviera en activo, porque la convocatoria tiene por objeto un caso en el que tomó parte y a cuya resolución contribuyó con riesgo y esfuerzo, mereciendo por ello lo que el jefe de la Organización denominó derechos adquiridos.

La lluvia ha cesado y algunos rayos de sol se filtran por los intersticios de las nubes. El jefe lanza miradas al reloj y da muestras de un nerviosismo que el resto de los reunidos procura disimular. Finalmente se abre la puerta y entra un hombre jadeando, saluda con un ademán general y, dirigiéndose al jefe, se disculpa por el retraso. Ha dejado su taxi en la parada del Paseo de Gracia, entre dos taxis libres, y ha tenido un pequeño altercado con los conductores de dichos vehículos, a quienes ha dicho que volvía en cinco minutos, porque en ocasiones anteriores ha procedido del mismo modo y luego ha estado ausente media hora o más, con la consiguiente confusión de los clientes y alteración del orden de prioridad de los taxis de la parada. Finalizada esta explicación, el jefe hace una señal de asentimiento, el taxista ocupa una silla libre y en la sala reina un silencio expectante. No es para menos. El caso que motiva la reunión plenaria no es nuevo ni presenta incógnitas; por el contrario, se resolvió hace meses y a plena satisfacción de todos los implicados, pero, a pesar del tiempo transcurrido y de otros casos, aparecidos y resueltos en el ínterin (todos ellos de muy escasa importancia, la verdad sea dicha), las secuelas de aquél llegan hasta el presente. Desde hace unos días, las oficinas de la Organización han recibido unas visitas tan breves como misteriosas: unas veces la visitante ha sido una mujer muy guapa, vestida de un modo provocativo; otras, una humilde monjita; en ambos casos, la visitante ha llegado con un envoltorio y ha salido con las manos vacías; también en ambos casos un buen fisonomista habría podido constatar que las dos mujeres, la de aire insinuante y la de aire recatado, guardaban un parecido tan estrecho que, de no mediar tanta diferencia en su porte y su actitud, se habría podido decir que eran la misma persona. Ahora el contenido de los envoltorios está apilado sobre la mesa del jefe en cuatro montones iguales. Junto a estas pilas hay una caja de cartón, tapada y sellada por una cinta adhesiva, que el jefe procede a cortar con un abrecartas. Luego examina con detenimiento el interior de la caja, levanta la vista y emite una tos para acallar los murmullos. Los presentes callan y sacan al unísono de sus respectivos bolsillos otros tantos boletos. El jefe ya ha introducido la mano en la caja. Extrae un papel doblado, lo desdobla, lo mira y dice:

—El lote número uno, compuesto por dos latas de anchoas, una de atún y una de mejillón gordo, ha correspondido al número ocho. ¿Quién tiene el número ocho?

En menos de una hora el sorteo ha terminado. Ha habido objeciones, malentendidos y hasta un conato de altercado debido a la natural confusión entre el seis y el nueve; el dos y el cinco. El azar es malintencionado y en cuanto puede siembra discordias y resquemores. Nada nuevo: entre los miembros de la Organización reina una armonía frágil y ni siquiera la autoridad moral del jefe consigue evitar que emerjan de cuando en cuando envidias latentes, agravios larvados. La naturaleza secreta de sus actividades propicia una atmósfera claustrofóbica y no les permite desahogar las tensiones internas mediante la violencia a terceros, un privilegio reservado a los cuerpos de seguridad de carácter oficial. No importa: volverá el compañerismo a la hora de afrontar riesgos, de ayudarse mutuamente, de resolver con éxito un caso enrevesado. Luego, finalizada la investigación, se reanudarán las rencillas: los agentes no serían humanos si no adolecieran de estas y otras debilidades. Cada cual es como es, y no se pueden pedir peras al olmo.